Éditions du Moment
15, rue Condorcet
75009 Paris
www.editionsdumoment.com

L'EX

Sylvain Courage

L'EX

LES ÉDITIONS DU MOMENT

À Hélène,
Arthaud et Faustine.

PROLOGUE

Ce 14 Juillet 2012, elle aurait eu sa place à la tribune officielle. À la droite du président de la République, aux côtés de Jean-Marc Ayrault, le Premier ministre, et de Jean-Pierre Bel, le président du Sénat, selon l'ordre protocolaire. Une matinée bien en vue, à regarder défiler les troupes françaises sur la plus belle avenue du monde. Elle, la fille du colonel Jacques Royal qui combattit naguère en Indochine et en Algérie, aurait tenu son rang. Son père qui, dit-elle, lui a donné « *une force mentale*[1] » aurait été fier de sa « *meilleure enfant* », la seule de ses trois filles qui trouvait grâce à ses yeux… Elle se souvient encore des attentes de sa mère, des retours de mission du militaire tournant comme un lion en cage. Ségolène aurait su parler aux familles des soldats morts pour la France.

Présidente de l'Assemblée nationale ! Elle en rêvait depuis quinze ans. Dans le splendide hôtel de Lassay, elle aurait reçu ses chers enfants, les hôtes de marque et tous les responsables politiques, de gauche comme de droite. Au

1. Entretien avec l'auteur, le 11 juillet 2012.

perchoir, elle aurait dominé les débats, veillé au règlement, distribué la parole. Ç'eut été l'« *ordre juste* » à coups de maillet d'ivoire, la « *République du respect* » dans les travées, la « *politique par la preuve* » à l'ordre du jour de l'Assemblée. « *J'avais des idées pour revitaliser le débat démocratique, pour remettre les citoyens au cœur du travail parlementaire*[1] », confie-t-elle.

Hélas ! Ce ne fut qu'un songe. En cet été 2012, Ségolène Royal contemple les ruines de ses illusions. Elle guette le moindre signe, cherche un sens à son destin. Rares sont ceux qui sont montés aussi haut qu'elle. Plus rares encore ceux qui sont tombés aussi vite et aussi bas. En 2004, elle avait été la première femme à présider une Région française. Deux ans plus tard, elle fut la première socialiste choisie par les militants pour concourir à l'élection présidentielle. « *Ségo superstar* » ringardisait Dominique Strauss-Kahn, Laurent Fabius, Lionel Jospin et même François Hollande, rêvant, eux aussi, de se présenter. Après une campagne aussi débridée que fervente, elle devint la première femme à atteindre le second tour de l'élection présidentielle… Ses « *désirs d'avenir* » étaient infinis. Mais la vengeance de tous ceux qu'elle avait humiliés, à gauche comme à droite, fut implacable. Cinq ans plus tard, défaite à la primaire socialiste, puis battue aux élections législatives

1. Entretien avec l'auteur, le 18 juin 2012.

de La Rochelle, l'étoile a été happée par un trou noir. Ségolène a tout perdu quand la gauche raflait tout. Spectatrice d'un nouveau pouvoir qui lui doit beaucoup, elle n'est pas assise à la table des vainqueurs…

Pourtant, même à terre, elle continue de fasciner. Dans un monde qui loue les gagnants, elle est « l'Ex » ! Cette figure ambiguë qui semble appartenir au passé mais demeure présente dans l'inconscient collectif français. Qu'on la loue ou la vilipende, Ségolène existe. Depuis ses débuts, elle suscite les passions les plus contradictoires. Démagogique, égocentrique, imprévisible, toujours prompte à se poser en victime selon ses contempteurs, elle est perçue comme une visionnaire généreuse et charismatique par ses zélateurs. Trop détestée par les uns, trop adulée par les autres. Qui est la vraie Ségolène ? Une pionnière qui a inventé une nouvelle communication ? Une refondatrice qui a dépoussiéré la doctrine de la gauche démocratique ? Ou une pure illusion ? Ségolène Royal est inclassable. Mystique ou révolutionnaire, rebelle ou résignée, elle a fait de sa vie une carrière, et de sa carrière une vie. Et représente, à elle seule, les aspirations contradictoires d'une civilisation de l'image : la modernité, l'ambition, le culte de la com', en même temps que la tradition, la quête des valeurs familiales et la nostalgie d'un ordre ancien. Comment cette fille de lieutenant-colonel a-t-elle pu devenir la *Pasionaria* du Parti socialiste ? A-t-elle été victime des « *complots* » qu'elle ne cesse de dénoncer ? Ou s'est-elle perdue dans le miroir que lui tendent les médias ?

Ségolène Royal a pris le risque de la transgression. Contre son parti, ses hommes et ses dogmes. Mais aussi en mettant en scène sa vie privée, en jouant de sa féminité pour paralyser les « machos » et captiver les foules. Depuis leur rencontre à l'ENA, sa relation politique et affective avec François Hollande, faite de ruptures et de réconciliations, se poursuit. Depuis dix ans, les mutations de cet ex-couple atypique ont puissamment agi sur la vie du Parti socialiste et le cours de notre histoire politique. Ségolène aurait-elle été candidate en 2007 si François ne l'avait pas préalablement quittée pour une autre ? Et, inversement, Hollande aurait-il remporté la primaire socialiste si Royal ne l'avait pas rallié en octobre 2011 et soutenu pendant toute la campagne présidentielle ? Ségolène Royal, « *responsable politique de premier plan* », voudrait taire la lutte qui s'est engagée avec sa rivale Valérie Trierweiler il y a de cela dix ans. Amour, ambition, trahison… Les racines de l'affaire du tweet sont à rechercher dans l'incroyable intrigue politico-sentimentale qui a sous-tendu deux campagnes présidentielles. La reconstituer ne fut pas aisé. La mise à jour des événements marquants ne pouvait procéder que du recoupement des sources : Ségolène Royal a témoigné à plusieurs reprises au fil de l'enquête. Et Valérie Trierweiler a accepté d'éclairer les principaux points de ce récit…

Un seul trône pour deux rêves. Deux femmes pour un seul homme… Ségolène a dû batailler sur plusieurs fronts. Avec audace, elle a mené ses combats comme elle l'entendait. Non par héroïsme, mais parce que c'était là son « désir d'avenir » ! Une femme qui prétend gouverner les hommes ? Sans doute n'a-t-elle pas mesuré la liberté qu'elle prenait en défiant l'ordre immuable de la société française. Selon une conception archaïque dont notre République, hélas, ne s'est pas défaite, la femme qui veut s'emparer du pouvoir bouscule un tabou. Il faut qu'elle soit sotte ou bien folle. Son crime ne saurait rester impuni. Ségolène l'ambitieuse n'a pas échappé à la règle. Elle a, certes, commis bien des erreurs. Mais, tel Icare s'approchant du soleil, elle chuterait, c'était écrit. Voici comment…

I

FEMMES DES ANNÉES QUATRE-VINGT

Ils sont entrés en couple à l'Assemblée nationale ! En ce mois de juin 1988, ils prennent la pose devant le fronton du Palais-Bourbon. Costume tergal et grandes lunettes en écaille pour lui. Jupe grise et ample veste fleurie pour elle. Ils ont respectivement trente-trois et trente-quatre ans. Sur la photo publiée par *Paris Match*, ils serrent fièrement dans leurs bras la mallette du parlementaire en cuir noir qui vient de leur être remise. Le député de la Corrèze s'est placé un pas devant sa compagne, il arbore un sourire commercial. En retrait, la députée des Deux-Sèvres a l'air plus timide. Ce cliché, qui figurera à jamais dans l'album de leur carrière respective, signifie clairement que l'avenir leur appartient. Ils vont dévorer Paris. Rien ne leur résistera…

Le mythe de Ségolène et François est sans doute né ce jour-là. Dans *Paris Match*, le magazine du « poids des mots » et du « choc des photos », qui les fait connaître à toute la France et qui sera, dix-huit ans plus tard, le pourvoyeur de leur drame ! À l'époque, le cliché des amants de l'Assemblée aurait pu leur tenir lieu de photo de mariage. Ségolène et François y forment un duo qui se lance à l'assaut du pouvoir. Une ambition pour deux, deux pour une ambition. La mise en scène est explicite. Derrière eux, passe une Porsche noire… En plein soleil, les deux jeunes énarques plissent les yeux. Ils sortent de l'ombre des antichambres de l'Élysée où ils ont fait leurs classes. Tout commence.

Dans le même reportage, ils prennent aussi la pose dans la voiture familiale : François Hollande, souriant, fait mine de conduire tandis que Ségolène tient Thomas, quatre ans, sur ses genoux. Dans le salon de l'appartement de la rue de Rennes, on voit François jouer avec Thomas et Clémence, deux ans, tandis que Ségolène donne le biberon à Julien, un an. Les députés ont déjà trois enfants. Le mobilier est modeste. Dans le salon, un carton sert d'étagère pour les jouets ! Sur papier glacé, Ségolène et François sont modernes, sympas, décomplexés. Ils veulent tout réussir en même temps. Leur carrière et leur famille ! Il représente l'idéal des années quatre-vingt : le « turbo couple » qui veut aller vite et loin. À deux, mais aussi, le cas échéant, chacun pour soi !

Amours voltairiennes

Ségolène Royal et François Hollande se sont connus à l'Ena. Elle, la quatrième d'une fratrie de huit élevée à Chamagne, un village de quatre cents habitants perdu dans les Vosges. Lui, le cadet des deux fils d'un médecin normand installé à Neuilly-sur-Seine. Elle, provinciale timide, un peu perdue dans cet aréopage élitiste dont elle ne maîtrise pas tous les codes. Lui, déjà chef de bande, entouré par ses amis Jean-Pierre Jouyet, Michel Sapin, Jean-Maurice Ripert, Bernard Cottin… Des inséparables qui se voient déjà « *investir les rouages de l'État pour le changer de l'intérieur* ». Ségolène, encore timide, cache sa beauté derrière de grosses lunettes. François, le joyeux drille, brille sous le regard de ses copains. Ségolène est déjà une suffragette au caractère en acier trempé. Et François un petit prince de l'esquive. Au commencement, ces deux-là paraissent aussi différents que complémentaires.

Comme une comédie romantique, leur histoire débute par un affrontement. Ségolène Royal se signale d'abord à l'attention de François Hollande par un refus d'obtempérer ! Après avoir effectué son premier stage en préfecture à la Martinique, où elle a profité d'un mode de vie digne d'une expatriée, la jeune fille sidère ses camarades en refusant tout net de reverser une partie de ses indemnités dans une cagnotte collective. C'est une atteinte grave et caractérisée à la « *péréquation salariale* » ardemment défendue par François Hollande, déjà leader d'une gauche gestionnaire. Premier contact, première prise de bec au sujet de la « redistribution » ! Ségolène, la boursière, fait remarquer qu'elle n'est pas née coiffée comme tous les bourgeois qui fréquentent l'école. Elle a besoin de cet argent pour subvenir à ses besoins quotidiens. Quelques mois plus tard, vient le moment de choisir un nom pour la promo. Ségolène, qu'on n'a guère entendue jusqu'alors, propose « Louise Michel », afin de rendre un hommage féministe à une grande figure de la Commune de Paris. Les jeunes mâles de l'assemblée protestent et la traitent de « *bonne femme* ». En définitive, on choisit « Voltaire », comme François et ses amis l'ont préconisé.

Pourtant la personnalité de Ségolène séduit François. Devant ses amis, il peine à dissimuler son intérêt pour la jeune Lorraine. Ses copains le charrient. « *En anglais et en amour, je suis dans le groupe des moyens* », réplique Hollande. Pas si sûr... Complexé par son physique de « grosse tête » à lunettes, le Normand est un vrai séducteur qui dissimule son jeu. Aux yeux de Ségolène, il a des atouts : l'intelligence, l'humour... Et la politique ! Au cours de l'année 1979, un stage dans le quartier difficile de la cité La Noé, à Chanteloup-les-Vignes, est proposé aux apprentis administrateurs… Ségolène Royal est volontaire. En toute innocence, François Hollande se joint à elle. Les deux jeunes énarques veulent déjà se préoccuper des cités défavorisées. Une heure de trajet, voilà qui crée des liens. En chemin, ils font connaissance. « *C'est durant ce stage que nous avons commencé à nous rapprocher* », confirme Ségolène Royal [1].

François découvre que Ségolène n'est pas la prétentieuse qu'il a supposée. Sa relation avec son invisible fiancé, Guillaume de Chanlaire, un fils de bonne famille qui a raté l'Ena, bat de l'aile. Diplomate, le malheureux vient d'être nommé au Caire. Après quelques allers-retours, Ségolène s'est lassée… Elle se sent un peu seule. D'autant qu'elle souffre encore des soubresauts de la difficile séparation de ses parents. Après des décennies de « *prison domestique* », sa mère Hélène a quitté la maison familiale de Chamagne en 1972. Elle n'en pouvait plus d'être soumise à la tyrannie du lieutenant-colonel Jacques Royal, officier de carrière aux idées bien arrêtées. Au gré de ses affectations, de Dakar, où naquit Marie-Ségolène le 22 septembre 1953, à la campagne vosgienne, en passant par la Martinique, ce père tout-puissant a imposé à la fratrie une discipline de fer, une éducation à la dure et une pratique religieuse stricte. Ségolène la studieuse s'est rebellée contre ce potentat misogyne qui dit avoir « *cinq enfants et trois filles* ». « *Pourquoi*

1. Entretien avec l'auteur, le 11 juillet 2012.

les hommes et les femmes n'ont-ils pas les mêmes droits selon l'Évangile alors que nous sommes tous des enfants de Dieu? » a demandé un jour Ségolène au curé de Chamagne[1]. Elle n'avait alors que douze ans et bousculait déjà les dogmes de l'Église. Grâce à l'école, cette élève douée et travailleuse a pu s'émanciper. Ce fut l'institution Notre-Dame d'Épinal où soufflait, au milieu des années soixante, un vent de modernité progressiste très « Vatican II ». À rebours des conceptions traditionalistes de son père, Marie-Ségolène y acquit un idéal de gauche, social et humanitaire. Puis elle s'inscrivit à la faculté d'économie de Nancy et à une préparation privée pour décrocher Sciences Po. Un parcours brillant, réussi à la force du poignet. La jeune femme est une battante. En entrant à l'Ena après une tentative infructueuse, elle a fait changer son prénom. Marie-Ségolène, pour l'état civil, est devenue Ségolène. Sans doute a-t-elle voulu marquer ainsi sa prise d'indépendance.

Père dominateur et rétrograde, mère soumise... La famille de François ressemble à celle de Ségolène. Georges est un médecin ORL aux idées réactionnaires. Tandis que Nicole, assistante sociale, a des vues progressistes. Adhérente à la Cfdt, elle soutient Mitterrand et doit endurer les récriminations de son époux. À la maison, la politique est un sujet passionnel et les disputes sont fréquentes. Le couple

1. *Madame Royal, la première biographie*, Daniel Bernard, Éditions Jacob-Duvernet, 2010.

est mal assorti. Georges est pessimiste et vindicatif; Nicole, optimisme et enjouée. François souffre, en silence, pour sa mère adorée... Il a mal supporté le brusque déménagement de Bois-Guillaume, la banlieue chic de Rouen où il a grandi. Mais son père, propriétaire d'une clinique, a fait de mauvaises affaires dans l'immobilier. Il s'est fourvoyé en se présentant aux élections municipales sur une liste d'extrême droite se réclamant de Jean-Louis Tixier-Vignancourt, un député partisan de l'Algérie française. Début 1968, les Hollande déménagent, donc, à Neuilly-sur-Seine. C'est la fin de l'enfance. De nouveaux horizons s'ouvrent. Dans l'effervescence de l'après-Mai 1968, François poursuit son apprentissage idéologique. Mais il reste sage. Jamais le jeune homme ne sera tenté par le gauchisme qui enfièvre alors les esprits. Dans ses études, rien ne lui résiste : ce sera Sciences Po, HEC et l'Ena pour embrasser, comme il en rêve, une carrière politique...

Les conversations entre Ségolène et François deviennent de plus en plus intimes. Délégué de la promotion et déjà leader de la gauche voltairienne, François tient tête à Dominique de Villepin, la belle gueule d'aristo, le charmeur de droite, qui lui aussi flirte avec la belle Lorraine... Grâce à François, la gauche l'emporte ! Le brillant jeune homme ne lésine pas sur les arguments pour convaincre Ségolène de s'engager. Ces deux-là imitent Sartre et Beauvoir. Lui, adepte des théories macroéconomiques avant-gardistes, se dit préoccupé par les inégalités sociales. Elle, lectrice du *Deuxième Sexe*, se veut avant tout féministe. Tous deux sont adhérents à la Cfdt et au Parti socialiste. Ségolène s'est encartée dans le VIe arrondissement, où elle réside. François a adhéré à une section de l'Eure, où ses parents ont une résidence secondaire. Il projette, un temps, d'y être candidat aux élections législatives mais doit renoncer : la circonscription est réservée à un radical de gauche.

En politique, François a une longueur d'avance. Il a fondé un nouveau syndicat, le Comité d'Action pour la Réforme de l'Ena (Carena), qu'il préside ! Il persuade Ségolène que la carrière administrative à laquelle elle se destine n'est pas un horizon indépassable. Par son travail et sa réussite, elle a conquis son indépendance et ne sera jamais une « *femme soumise* » comme sa mère. Mais elle peut sans doute espérer mieux. Dans quelques mois, se tiendra l'élection présidentielle, une aubaine pour des jeunes gens doués, ambitieux et amoureux ! Ségolène comprend qu'avec François un grand avenir s'ouvre. Sortie soixantième de sa promotion, elle obtient un poste de magistrat au tribunal administratif de Paris : puisque François intègre brillamment la Cour des comptes, ils ne seront pas séparés ! Le garçon est charmant, toujours de bonne humeur. Ils ne reproduiront pas, veut-elle croire, les erreurs de leurs parents. Ils changeront leur vie en même temps que celle des autres... Et, surtout, ils ne se marieront pas. Ségolène est contre. Les deux amants en sont convaincus : cette vieille institution bourgeoise ne secrète que du malheur...

Les potes de la promo « Voltaire », eux, n'ont rien vu venir. Au début de l'année 1980, François Hollande est invité chez son ami Michel Sapin, à Argenton-sur-Creuse, dans l'Indre, pour tuer le cochon. Surprise ! Il arrive accompagné de Ségolène Royal. « *Une ou deux chambres?* » demande Sapin. Réponse de François : « *Une seule suffira.* »

Déjà l'Élysée...

À peine sorti de l'Ena, en octobre 1980, François Hollande est contacté par Jacques Attali. La campagne électorale approche. Le Géo Trouvetou de François Mitterrand recherche de jeunes technos pour constituer un groupe d'experts. Onzième de sa promo, le sémillant François Hollande, recommandé par les réseaux de la Cour des comptes, présente le profil idéal. Pur produit de la méritocratie républicaine, il brûle de se mettre au service de la gauche démocratique et de son leader charismatique François Mitterrand. Enfant, il a ouvert de grands yeux sur son duel avec le général de Gaulle lors de la première élection présidentielle au suffrage universel de 1965. C'est alors qu'il aurait conçu sa vocation : devenir un jour président de la

République ! Et il n'a jamais dévié. Malgré la surenchère de 68, après avoir flirté quelques mois avec le Parti communiste, le jeune Hollande demeure partisan d'une gauche démocratique. Et voilà que le destin lui adresse un signe.

François s'engage sans hésitation. Pourtant Mitterrand, l'homme de la IVe République, n'est pas le prétendant le plus séduisant. Il a déjà échoué par deux fois aux portes de l'Élysée. La Deuxième Gauche qui fait fureur à l'Ena le considère comme un *has been*. Plus jeune, plus moderne, Michel Rocard a déclaré sa candidature... Mais Hollande le pragmatique a compris que Mitterrand avait su garder le contrôle du PS. Le stratège de Jarnac sera bien, une troisième fois, le candidat de la gauche. François entraîne Ségolène au rendez-vous d'Attali. Les deux tourtereaux sont enrôlés. Ils ont emménagé dans un appartement de la rue de Rennes, roulent dans une vieille R5, et ne se quittent plus. Dans une mansarde de Solférino, ils participent à la campagne victorieuse de François Mitterrand. Quelques notes techniques, des projets d'interviews, des argumentaires à rédiger... La tâche est obscure et ingrate. Mais l'ambitieux duo prend part à l'Histoire. François Hollande est présent place de la Bastille, le 10 mai au soir. Il y reviendra...

Attali, leur mentor, est bombardé conseiller spécial et sherpa du nouveau Président. Ségolène et François pourraient entrer dans les cabinets ministériels. Mais ils préfèrent demeurer dans les coulisses du Château. À proximité du pouvoir suprême qui, pensent-ils, accélérera leurs carrières. La « cellule Attali » se donne pour mission de *« trouver une idée par jour à soumettre à François Mitterrand »*. Pour des raisons budgétaires, les jeunes hauts fonctionnaires continuent de dépendre de leurs administrations d'origine. Ils disposent d'un bureau commun au 2 rue de l'Élysée. Ségolène, chargée, dès le mois de juin 1981, de préparer la réunion à Versailles des pays les plus industrialisés, devient vite une petite protégée de Mitterrand. Le monarque républicain apprécie sa grâce provinciale, sa volonté farouche et la finesse de ses intuitions. La jeune femme, qu'une rumeur présente comme *« la fille de Mitterrand »*, est la cible de jalousies. Jean Glavany, le directeur de cabinet de François Mitterrand, déteste *« ses idées réac »* et fustige les *« dysfonctionnements de la cellule Attali »*. Sans succès ! Ségolène est officiellement nommée chargée de mission pour la jeunesse, la famille et l'environnement auprès du président de la République. Mais le rude Pyrénéen ne cessera jamais de poursuivre l'ambitieuse de sa vindicte…

Avec ses analyses macro-économiques, François éprouve plus de difficultés à se faire apprécier du Président ! Il lui faut attendre les cantonales de mars 1982 pour signer enfin une note politique remarquée par l'auguste président. Battu en Corrèze, le jeune énarque a vécu la défaite de la gauche dans sa chair. Elle s'explique, selon lui, par la déception d'un électorat populaire qui n'a pas perçu les bénéfices de la politique sociale menée depuis mai 1981... À la faveur du remaniement ministériel de mars 1983, François Hollande devient directeur de cabinet de Max Gallo, alors député des Alpes-Maritimes et écrivain thuriféraire du mitterrandisme. Bombardé porte-parole du gouvernement, l'ancien journaliste a grand besoin d'un énarque futé pour l'assister. Hollande découvre les délices de la communication. Il y excelle et noue des relations avec tout ce que Paris compte de plumes et de patrons de presse influents.

En 1984, naît Thomas, le premier enfant du couple libre. La jeune maman prend alors soin de basculer sa ligne téléphonique de l'Élysée à la maison et participe, depuis son lit, à la genèse des Transcourants, ce mouvement de rénovation du PS que lance François pour tenter d'en finir avec les combats des « éléphants ». À partir de cette époque, le rythme de travail de la PME familiale devient effréné. Chaque week-end, François s'en va arpenter les routes du plateau de Millevaches pour assurer son ancrage corrézien. Ségolène supporte mal ses absences. Elle se souvient de la situation qu'a dû endurer sa mère lorsque son père, militaire de carrière, était expédié en mission. Elle refuse d'attendre son homme à la maison. Du coup, Ségolène cherche, elle aussi, à se trouver un fief. Elle tente un débarquement en Normandie, dans le Calvados où, depuis son divorce, sa mère habite le manoir familial. Mais le « parachutage » d'une jeune conseillère de l'Élysée est rejeté par la fédération locale du PS. Ségolène, qui déclare « *J'ai deux amours, mon fils et François Mitterrand* », n'est pas investie. Il lui faut patienter. D'autres enfants naissent : Clémence, en 1985, puis Julien, en 1987... Nicole Hollande est vite mobilisée pour venir en aide à la mère hyperactive et au père déjà à moitié corrézien.

Le 8 mai 1988, François Mitterrand est réélu président de la République. Dissolution de l'Assemblée nationale ! Encouragé par le Président, Hollande se représente en Corrèze, où il avait été battu en 1981, en réussissant toutefois l'exploit de mettre en ballottage le seigneur des lieux, Jacques Chirac en personne. Un coup d'essai remarqué par Mitterrand. À Tulle, ville de gauche tenue par un maire communiste, Hollande a désormais toutes ses chances. Son travail de terrain ne peut que payer et faire oublier sa condition de « Parisien »... Ségolène, elle, hésite à se présenter. Mère de famille, elle culpabilise à l'idée de quitter Paris et ses jeunes enfants. Mais elle n'entend pas non plus sacrifier sa carrière ! Le 21 mai 1988, jour de la ré-investiture, de François Mitterrand, elle profite d'un aparté pour demander au Président de l'aider à dénicher une circonscription. Presque irrité par cette supplique de dernière minute, Mitterrand lui propose la deuxième circonscription des Deux-Sèvres, dans une région traditionnellement de droite. Le Président suppute que cette fragile technocrate ne relèvera pas le défi. Et c'est pourtant ce qu'elle fait, sans hésiter. Sur place, les militants socialistes ont choisi un autre candidat ? La droite est bien implantée ? Qu'à cela ne tienne ! Débarquée *in extremis* dans le bocage poitevin, Ségolène Royal parvient malgré tout à retourner la situation en sa faveur. Elle joue de ses origines provinciales pour flatter l'électorat rural. Face à l'adversaire UDF qui fait placarder des affiches portant le slogan « *Un homme bien de chez nous !* », elle n'hésite pas à faire valoir sa condition de femme : il s'agit de faire bouger les Deux-Sèvres ! Parachutée sans complexe, Ségolène l'emporte contre toute attente. En Corrèze, François triomphe, lui aussi. « *Je pense que ça aurait été dur si j'avais été élue et lui battu* », confie Ségolène à la télévision. Le premier couple à entrer au Palais-Bourbon n'a décidément peur de rien. Pas même de la concurrence.

Une Angevine à Paris

En 1988, l'Assemblée nationale accueille une autre débutante. Élancée, la taille bien prise, les cheveux auburn ondulés comme une vénus de la Renaissance et les traits fins d'une sanguine, elle se prénomme Valérie. Elle n'a que vingt-trois ans et effectue ses grands débuts dans le journalisme. Pour cette ballerine équipée d'un carnet à spirale, les fastes et les ors de la République sont un éblouissement et une première consécration. *Profession politique*, un hebdomadaire spécialisé, lui offre sa première chance. Elle vient de se faire accréditer auprès de l'administration de l'Assemblée et détient désormais cette carte de presse qui lui permet de circuler librement dans les galeries de l'hémicycle, les antichambres des commissions et la fameuse salle des Quatre Colonnes où les députés se mêlent aux folliculaires. Sous les marbres du Palais-Bourbon, le gouvernement de la France ne se joue plus comme naguère. La République est devenue présidentielle depuis trente ans déjà. Mais l'ambiance n'a pas tellement changé depuis le temps de Bel Ami ou de Rubempré. Les ambitions, les idées fortes et les bons mots circulent ici sans entrave. Dans ce sanctuaire, le journalisme reste l'aventure privilégiée des hommes et des femmes qui rêvent de s'affranchir…

Et la ravissante Valérie Massonneau éprouve un immense besoin de changer d'air. Non que sa jeunesse ait été malheureuse. Mais elle fut très modeste et hantée par un drame. À l'âge de treize ans, son père a perdu une jambe en jouant avec un engin explosif. Un de ses camarades en est mort. Jean-Noël Massoneau, lui, touche une pension. Il n'a jamais travaillé. Sa mère, Jeannie, issue d'une famille simple du Maine-et-Loire, élève les six enfants avec autant de tendresse que de débrouillardise. Elle peut compter sur l'aide de « mémé Simone », sa propre mère, qui vient prêter main forte. Il y a de bons côtés : la solidarité entre frère et sœurs, l'école du quartier, les vacances à Saint-Gilles-Croix-de-Vie… Mais les fins de mois sont très difficiles.

À Angers, les Massonneau n'ont pourtant pas toujours été les modestes habitants d'un pavillon HLM. Loin de là. Le père et le grand-père de Jean-Noël, père de Valérie, étaient des banquiers. Mais la banque Massonneau et Cie, sise dans un hôtel particulier cossu du centre-ville, a fait faillite en 1950. Les bourgeois aisés ont tout perdu d'un seul coup. Leur affaire a été rachetée par la Banque de l'Ouest, établissement repris, quelques années plus tard, par le CIC. « *L'ascenseur social a marché à l'envers. Quand nous sommes nés, mon arrière-grand-père et mon grand-père, qui étaient propriétaires d'une banque, étaient morts en ayant tout perdu. Ma grand-mère est restée sans rien*[1] », confie Valérie. Seul témoin de la grandeur passée, Jean-Noël, le pensionné qui ne peut pas travailler, a tendance à broyer du noir. Il reste

1. *Valérie, Carla, Cécilia, Bernadette et les autres, en campagne*, Constance Vergara, Taillandier, 2012.

enfermé dans sa maison à lire les journaux et peine à exprimer ses sentiments. Mais il réussit toutefois à transmettre à Valérie le goût de la lecture et de la politique. À la télé, les émissions *Sept sur sept* ou *L'Heure de vérité* sont comme des fenêtres ouvertes sur le monde du pouvoir qui la fait déjà rêver.

La jeune fille n'est pas seulement belle comme le jour. Elle est intelligente, volontaire et studieuse. Ses professeurs l'encouragent. Après le collège de quartier, elle passe un bac littéraire au lycée Joachim-du-Bellay, fréquenté par les classes moyennes d'Angers. On ne peut que la remarquer. Toute petite déjà, son oncle et ses frères l'ont surnommée « Brigitte », comme Brigitte Bardot ! L'adolescente qui a bien grandi fait se retourner tous les garçons. *« Depuis la seconde, je n'ai pas quitté une paire de talons hauts. Je suis la seule parmi mes sœurs. Adolescente, je m'achetais déjà des tailleurs au marché aux puces*[1] », confie la coquette. Avant les couvertures des magazines, les salons de coiffure d'Angers la prennent pour modèle.

Sûre de sa séduction, la jeune fille rejette l'autorité souvent tyrannique de son père. Dans la maison de Montplaisir, les disputes éclatent. Jeannie, la mère, gagne, elle aussi, en indépendance. Les enfants ont grandi et elle a

1. *Ibid.*

déniché un emploi de caissière à la patinoire d'Angers. Face à Jean-Noël, elle prend la défense de sa fille et l'encourage à poursuivre ses études. « *Ne fais pas comme moi !* » lui répète-t-elle. Bac en poche, Valérie monte à Paris. Elle suit Franck, son premier amour angevin, pour s'inscrire en fac. Ils vivent deux dans une chambre de bonne. Comme dans un film de Truffaut, Valérie gagne sa vie en enchaînant les petits boulots d'hôtesse d'accueil ou de vendeuse de prêt-à-porter. Son père meurt en 1986, à l'âge de cinquante-trois ans, d'un mal que la famille n'a jamais révélé. Après sa licence d'histoire décrochée à Nanterre, la jeune femme obtient un DESS de communication politique. Un de ses profs l'oriente vers une nouvelle publication – *Profession politique* – qui recherche des jeunes diplômés motivés. Valérie gagne le Smic. Mais la voilà libre et dotée d'un sésame : le journalisme.

Son premier reportage consiste à suivre pendant une semaine le directeur de cabinet de Pierre Bérégovoy, ministre des Finances. Les premiers pas de l'Angevine en talons hauts ne laissent pas indifférents ces messieurs de la classe politique qui la contemplent de haut en bas. Valérie a l'habitude. Elle ne se laisse pas impressionner. Pendant la campagne des législatives, elle assiste à une réunion Trans-courants. Elle y croise, pour la première fois, le sémillant fondateur du mouvement, un jeune député plein d'allant :

François Hollande ! « *Un garçon toujours disponible, toujours agréable, drôle et intelligent*[1]. » C'est l'enfance de la passion. Mais pour l'heure, il n'en est pas encore question : Valérie épouse Franck, son amour de jeunesse. « *C'était une belle histoire*[2] », dira-t-elle…

1. *Valérie, Carla, Cécilia, Bernadette et les autres en campagne*, Constance Vergara, Taillandier 2012.
2. *Ibid.*

II

DOMICILE CONJUGAL

Tout se déroule comme prévu. Dans le bureau de François Mitterrand, Ségolène Royal est aux anges. En ce début du mois avril 1992, le Président l'informe de son intention de la nommer ministre de l'Environnement dans le gouvernement de Pierre Bérégovoy. Il ne lui aura fallu que dix ans pour atteindre un premier sommet. Hourra ! voilà son talent reconnu !... Mais Ségolène est saisie par le remords :

« *C'est gênant quand même que je sois ministre et que François ne le soit pas...*

– *Oui, mais je ne vais pas mettre le mari et la femme dans le gouvernement*, répond Mitterrand.

– *Mais on n'est pas mariés !*

– *Je vous l'accorde, mais cela revient au même.*

– *Mais c'est injuste pour François...*

– *Bon, écoutez, je comprends votre sentiment d'injustice. Il y a bien une solution, mais j'ai peur qu'elle ne vous convienne pas : je vais nommer François Hollande et pas vous.*

– Ah ! ce n'est pas ce que je vous demande ! On ne peut pas parler[1]… »

Ségolène doit s'y résoudre. Pour la première fois, elle franchit un palier de sa carrière sans son *alter ego* ! La voie devient étroite, l'escalade en solo s'impose. Le Président, lui, s'en pourlèche les babines. Avec une pointe de perversité, il joue avec les préventions de la jeune femme. Ce Machiavel connaît l'ambition et les compétences de Hollande, mais il s'ingénie à privilégier Royal. À ses yeux, le député de la Corrèze n'est pas fiable. Trop d'humour, trop de causticité… Hollande refuse d'entrer dans les écuries de ses dauphins. Ni Fabius, ni Jospin ! Mais pour qui se prend-il ? Cet impudent préfère Delors. On aura tout vu ! Pour ne rien arranger, ce spécialiste de la fiscalité, qui donne des cours à Sciences Po, s'applique à contredire les choix économiques de Pierre Bérégovoy. Depuis des années, le maître de Bercy s'impatiente aux portes de Matignon. Or François Mitterrand, cette fois, est bien décidé à donner sa chance au fidèle Béré… Pas question de lui infliger Hollande ! Non, décidément, Ségolène est bien la plus mitterrandienne des deux. Épris de littérature, Mitterrand a identifié la véritable héroïne du premier coup d'œil. Intuitive, passionnée, mystique… Cette fille de militaire, élevée dans la religion, lui rappelle les jeunes femmes d'autrefois.

1. *La Madone et le Culbuto*, Marie-Ève Malouines et Carl Meeus, Fayard, 2006.

Mais elle est aussi furieusement moderne sous ses airs innocents. Sa défense du chabichou, en costume poitevin, à la tribune de l'Assemblée, est restée dans toutes les mémoires. Son livre *Le Printemps des grands-parents* a fait un tabac. Elle flaire les bons sujets, proches des préoccupations des Français, et n'hésite pas à prendre son propre camp à contre-pied. *Le Ras-le-bol des bébés zappeurs*, son deuxième ouvrage, stigmatise les effets de la violence à la télévision sur la jeunesse. Succès garanti, même si la conseillère est traité de réac' par la gauche bien-pensante. Ségolène est décidément un précieux atout…

L'environnement devient son nouveau combat. La voilà partie en croisade contre l'autoroute Nantes-Niort qui menace le Marais poitevin, au cœur de sa circonscription. Un crime contre la nature et la biodiversité ! Aussitôt, elle fait remonter le dossier à l'Élysée. Découvrant le projet, François Mitterrand s'inquiète des ravages que produirait l'aménagement d'une quatre-voies dans ce paysage de terre et d'eau qu'il connaît si bien. Et, sous les yeux ébahis de Ségolène, il dessine lui-même le tracé qui épargnera les canaux et les marais : 52 millions de francs de crédits sont débloqués, au titre des « grands travaux du Président » pour sauver ce trésor du patrimoine naturel. Le 4 février 1992, en déplacement à Arçais, carrefour du Marais poitevin, Mitterrand, suivi comme son ombre par Ségolène, petit chaperon rouge à lunettes, ceinte de son écharpe tricolore, enfonce le premier pieu du nouvel embarcadère. De bien belles images et une excellente journée à contempler le « *mystère des lentilles d'eau* »... Ségolène Royal a mérité son maroquin. Mais les élections législatives de 1993 s'annoncent difficiles. Après les déboires d'Édith Cresson, Premier ministre malmené, son entrée dans l'équipe de Pierre Bérégovoy représente un gage de popularité. Il faut absolument regagner ce nouvel électorat de gauche tenté par le vote écologiste.

François est dépassé. Que fait-il pendant ce temps-là ? Il siège à l'Assemblée, participe au débat de la commission des finances, met son talent d'économiste au service du groupe socialiste... Mais tout cela paraît bien terne comparé à l'étoile du Poitou. Il en souffre. Ses ennemis l'appellent « M. Royal », c'est tout dire ! Au ministère, Ségolène légifère sur l'eau, le traitement des déchets, le bruit, la protection du paysage... Et tous les bénéfices rejaillissent sur le Marais poitevin ! Tandis que François, lui, a commis l'erreur de délaisser sa circonscription. La sanction des prochaines législatives menace d'être sévère. Pierre Bérégovoy, le M. Propre qui prétendait lutter contre la corruption, est mis en cause dans une affaire de prêt personnel à taux zéro. C'est l'arroseur arrosé, rigole la France entière. En mars, les comptes sont bons : une vague bleue balaie le pays. En Corrèze, François Hollande est battu. Il n'a plus de mandat, il déprime. La défaite est d'autant plus cuisante que Ségolène Royal, elle, est réélue. Et brillamment. Des cinquante députés socialistes survivants, elle est celle qui obtient le meilleur score au second tour. Lors de la soirée télévisée du 21 mars, elle vole dans les plumes d'un Nicolas Sarkozy très incisif : « *Laissez-nous respirer, Monsieur Sarkozy ! Je fais partie d'une nouvelle génération. Nous reconstruirons, Monsieur Sarkozy. Oui, nous reconstruirons...* »

Il n'empêche, la vie en rose n'est plus de saison. Balladur s'installe à Matignon. Le 1er mai, Pierre Bérégovoy se suicide de deux balles de revolver, à Nevers. Pour assurer ses arrières, Ségolène Royal passe le concours du barreau de Paris. La voilà avocate, on ne sait jamais... Hollande retourne, penaud, à la Cour des comptes. Après treize années de politique, il s'y ennuie. Sans mandat, il a pris la présidence des clubs Témoin voués à la promotion des idées de Jacques Delors. Sait-on jamais... En mars 1994, le Congrès de Rennes ressemble à une boucherie. Aucune majorité ne se dégage : la guerre de succession entre Fabius, Jospin et Rocard fait rage. En juin, cependant, l'horizon s'éclaircit. Tête de la liste socialiste aux élections européennes, Michel Rocard essuie un camouflet : 14,5 % des suffrages seulement ! La liste radicale de gauche conduite par Bernard Tapie a fini de torpiller l'ex-icône de la Deuxième Gauche. La voie est libre pour Jacques Delors. Sa cote grimpe au firmament. Il n'a qu'à faire un signe pour devenir l'un des plus sérieux prétendants à l'élection présidentielle de 1995. Hollande, son lieutenant, croise les doigts. Las, le 14 décembre 1994, sur le plateau de l'émission *Sept sur sept*, Delors le pusillanime renonce en direct. Il estime ne jamais pouvoir disposer d'une majorité pour mener sa politique. François et Ségolène, entraînés dans l'aventure, sont dépités. Il leur faut se trouver un autre cheval. François se range derrière Lionel Jospin. Ségolène, elle, est plus que réservée. Ni Lionel Jospin ni le Premier secrétaire Henri Emmanuelli, qui se disputent l'investiture au cours de la première primaire interne de l'histoire du PS, ne trouvent grâce à ses yeux. Elle ne voit là que « *deux trains lancés à toute allure l'un contre l'autre* ». Et ne cache pas qu'elle aurait préféré se présenter elle-même. Au lendemain du second tour, où il a obtenu le score honorable de 47 %, Jospin redevient Premier secrétaire. Il lui faut une nouvelle équipe. Et – ô surprise ! – il propose à Hollande, le rallié de fraîche date dont il connaît l'entregent auprès des journalistes, de devenir le porte-parole de Solférino. François, qui désespérait de la politique, est remis en selle. Ségolène, cette fois, court derrière…

Les années Jospin

François Hollande revit. Tout va pour le mieux en ce mois de juin 1997. Après l'improbable dissolution du Parlement décidée par le Président Jacques Chirac, la gauche a raflé la mise. Le blocage social qu'espérait contourner le gouvernement provoque une alternance inespérée. Et, en remerciement de ses excellents services, Lionel Jospin, le nouveau Premier ministre, vient de le bombarder Premier secrétaire du Parti socialiste. Bien sûr, François se serait volontiers vu ministre. Mais Lionel l'a assuré qu'il serait comme un « *vice-premier ministre* » associé à toutes les décisions de la nouvelle majorité plurielle ! Assis dans le grand bureau de Solférino, Hollande est enfin fier et satisfait.

Tout irait donc pour le mieux… Si Ségolène ne s'était pas mis en tête de devenir la première femme présidente de l'Assemblée nationale ! Rendez-vous compte ! François comprend bien ce que cet illustre perchoir peut avoir d'attirant pour sa compagne. Le poste – quatrième fonction de l'État – est des plus prestigieux. Il peut même devenir stratégique en période de cohabitation. Et Ségolène, si elle s'y installait, n'aurait pas de comptes à rendre à Lionel Jospin. Elle déteste son autorité ombrageuse, sa raideur protestante et ses permanentes leçons de morale… Le nouveau Premier ministre le lui rend bien : il n'a aucune confiance en Ségolène. Trop d'*ego*, de communication et d'approximation idéologique à son goût… Que faire ? Le nouveau Premier secrétaire désigné par Jospin a bien tenté de dissuader sa compagne, mais elle s'entête. Alors, comme souvent, il renvoie les conseilleurs qui l'assaillent à leurs responsabilités : « *Tu ne veux pas appeler Ségolène pour le lui dire ? Moi je n'y arrive pas !* » Pour finir, la question doit être tranchée par le bureau national, sorte de parlement du Parti socialiste. Dans la salle Marie-Thérèse Eyquem où siègent tous les chefs à plumes, Lionel Jospin propose solennellement que Jean-Marc Ayrault, député-maire de Nantes, devienne président du groupe socialiste à l'Assemblée et Laurent Fabius, président de l'Assemblée nationale. Le nouveau Premier ministre veut ainsi placer un fidèle à un poste stratégique et se débarrasser, avec les honneurs, d'un rival… Mais Ségolène Royal persiste : « *Je suis candidate à la présidence de l'Assemblée nationale* », déclare-t-elle. Jospin est furieux. Son compère Jean Glavany vole dans les plumes de l'impudente : « *Je crois que tu n'as pas bien compris, Ségolène. Le Premier ministre s'est exprimé. C'est une décision à caractère personnel et politique. Je te demande de retirer ta candidature.* » – « *Il n'en est pas question* », rétorque Royal. Elle n'obtient que cinq voix contre quarante lors du vote. François Hollande, lui, s'abstient. « *Le parti n'est pas au service d'un couple* », explique-t-il.

Lionel Jospin n'en peut déjà plus de Ségolène ! Malgré les efforts de son épouse Sylviane Agacinski, qui a organisé des dîners pour rapprocher les couples, l'idée que ces deux-là mènent une carrière politique parallèle ne le séduit pas du tout. Et dire qu'il doit ménager Ségolène pour ne pas blesser François qu'il vient de nommer, à la surprise de tous les « éléphants », à la tête du Parti ! Cette idée de promouvoir l'inventeur des Transcourants lui a été soufflée par Claude Allègre. Ami d'enfance du Premier ministre, ce brillant chercheur a repéré Hollande dans le groupe d'experts qu'il avait formé au Parti socialiste dans les années quatre-vingt. Allègre et Jospin sont tombés d'accord sur un point : François le roué saura apaiser Solférino pendant que Lionel gouvernera…

Mais Ségolène, elle, tente le passage en force ! Comment s'en débarrasser ? Claude Allègre se fait fort de la dompter au ministère de l'Éducation nationale. Le scientifique s'intéresse surtout à la recherche. Il demande de l'aide pour traiter la question scolaire et propose à Jospin de confier le dossier à Ségolène Royal. « *Tu te trompes, ce sera difficile* », dit Jospin. « *J'en fais mon affaire*[1] », conclut Allègre. Jospin consent à la nommer au gouvernement… Comme secrétaire d'État, pour ne pas la voir siéger au Conseil des ministres. Ségolène, qui fut ministre de plein droit en 1992, sous François Mitterrand, proteste avec véhémence. Jospin coupe la poire en deux : elle sera ministre déléguée chargée de l'Enseignement scolaire sous la tutelle du ministre de

1. *Ségolène & François, biographie d'un couple*, Cécile Amar et Didier Hassoux, Privé, 2005.

l'Éducation nationale, Claude Allègre. C'est un lot de consolation pour celle qui espérait, cette fois, décrocher la Justice. « *Elle obtient le ministère du journal télévisé de 13 heures et des magazines féminins* », résume *Le Monde.* Mais la compagne du Premier secrétaire n'ignore pas que Claude Allègre, scientifique bourru, n'a aucune expérience ministérielle. Ségolène, elle, connaît la musique…

Ce sera l'un des pires moments de sa carrière. D'emblée, Ségolène Royal se proclame « *ministre des enfants et des adolescents* », multiplie les sorties sur le terrain et les annonces chocs : lutte contre la pédophilie, interdiction du bizutage, pilule du lendemain… La fonceuse empiète sur les dossiers de ses collègues et irrite son ministre de tutelle qui voudrait contrôler la moindre de ses initiatives. Puis la vraie politique s'en mêle. Allègre, le « dégraisseur de mammouth », est vite en butte à la fureur des enseignants. Il accuse Royal, qui a vu venir la révolte et a alerté Jospin, d'avoir manqué à son devoir de solidarité. Pour ne rien arranger, la ministre déléguée est écartelée entre ses dossiers et sa vie de famille. « *J'étais ministre. François ne l'était pas. Les enfants étaient jeunes. Déjà en 1992, quand j'étais ministre de l'Environnement, j'aurais aimé que François soit plus présent, mais là j'en avais encore plus besoin* [1]*…* »

En mars 2000, l'Éducation nationale est le théâtre d'une bataille rangée. Les profs réclament la tête d'Allègre. Jospin

1. *Ségolène & François*, *op.cit.*

doit sacrifier un ami qui risque, par son attitude intransigeante, de lui faire perdre la présidentielle. De fait, les voix des profs manqueront au soir du 21 avril 2002... Mais pourquoi virer également Ségolène Royal? La ministre déléguée vit comme une injustice son éviction de la rue de Grenelle où elle aurait trouvé logique de succéder à Allègre. Pour la première fois de sa carrière, elle doit demander à son compagnon d'intercéder. François Hollande plaide son cas auprès de Jospin. Il fait comprendre au Premier ministre que donner congé à sa compagne, toujours très populaire, aboutirait à affaiblir le Premier secrétaire ! « *L'humilier, elle, serait m'humilier, moi* [1] », résume-t-il.

Ministre déléguée à la Famille ! C'est tout ce que Lionel Jospin daigne lui proposer. Une sorte de retour à la case départ pour Ségolène, qui suivait déjà ce dossier comme conseillère de François Mitterrand. La responsable politique y voit aussi la manifestation du sexisme du Premier ministre : puisqu'elle est mère de famille, elle se voit confier des affaires de bonnes femmes... Pis, il lui faut cette fois agir sous la tutelle de Martine Aubry, la toute puissante ministre des Affaires sociales, qui la méprise depuis toujours. Lors des réunions des clubs Témoin, au temps de l'hypothèse Delors, elle la traitait d'« *oie blanche* ».

Mais Ségolène Royal n'a pas d'autre choix que de repartir au combat. Tout ministère, aussi marginal soit-il, offre une

1. *La Madone et le Culbuto*, Marie-Ève Malouines et Carl Meeus, Fayard, 2006.

tribune dont elle ne saurait se passer. Les médias sont toujours friands de ses apparitions. Et à ce petit jeu la ministre déléguée se révèle beaucoup plus habile que Martine Aubry, bientôt appelée à Lille pour la préparation des élections municipales, ou Elisabeth Guigou, la froide technicienne qui la remplace. Création du congé de paternité, réforme de l'autorité parentale, accouchement sous X… En deux ans, Ségolène Royal réussit à faire aboutir des réformes sur des sujets concrets touchant la vie des Français. Mais elle a beau se tuer à la tâche, Jospin l'ignore.

Il la ménage d'autant moins que les relations avec François Hollande se dégradent. Gardien de la maison socialiste, le Premier secrétaire, confirmé triomphalement au Congrès de Brest avec 84 % des suffrages, est parvenu, par son génie de la synthèse, à éviter toute crise pendant la période de gouvernement. Il appartient au premier cercle de la Jospinie. Et passe pour le plus habile à anticiper les thèmes de réflexion du Premier ministre, qu'il rencontre chaque mardi, à l'occasion d'un petit déjeuner stratégique, et chaque mercredi, en tête-à-tête. Mais depuis le remaniement, l'entente entre les deux hommes s'est détériorée. En mars 2000, le départ de Dominique Strauss-Kahn, impliqué dans la délicate affaire de la Mnef, a fait espérer à Hollande une nomination au ministère de l'Économie. Or Jospin a préféré y installer Laurent Fabius. L'ennemi mortel de

Hollande préconise des baisses d'impôts. Et Jospin, songeant à la prochaine campagne présidentielle, préfère pactiser avec son vieux rival plutôt que d'exaucer son fidèle allié. Pour une fois, Hollande est en colère. Les deux hommes ont une explication houleuse. Leur entente en ressort affaiblie…

Quand vient le temps de la bataille présidentielle, Jospin choisit Jean Glavany comme directeur de campagne. Encore présent à l'heure de la déclaration de candidature et des premiers meetings, Hollande est condamné à jouer les utilités. La stratégie du candidat favori des sondages est prise en main par Stéphane Fouks, le patron de l'agence de communication Euro Rscg. « *Mon projet n'est pas socialiste* », déclare Jospin qui multiplie les erreurs. Hollande ne peut que constater les dégâts. Le 21 avril 2002, la terrible humiliation de l'élimination du candidat socialiste balaie tous ses espoirs. Mais il l'a vue venir… Ségolène, de son côté, constate que le jeu de massacre ne peut que profiter à une nouvelle génération. Tard dans la nuit du 21 avril, Julien Dray estime que le tour de François est venu. C'est à lui de relever le sceptre. Le Premier secrétaire hoche gravement la tête. Ségolène ne dit rien. Mais elle n'en pense pas moins.

Le doute s'installe...

Ségolène ne l'a jamais caché. Elle préférerait, c'est vrai, que François soit un peu plus présent à la maison, qu'il se charge un peu plus des obligations de la vie de famille et soit plus attentif à l'éducation des enfants. Mais c'est plus fort que lui. François est toujours par monts et par vaux. Certes, la perte de son mandat de député, dans la débine des législatives de 1993, l'a un peu ramené à la maison. Comme le veut la règle des couples modernes, il a alors pris sa part des tâches domestiques. François a fait les courses au supermarché : il a toujours adoré déambuler entre les linéaires en poussant son chariot. Il a aussi vu les enfants après l'école… Mais, désormais, ce relatif équilibre est rompu. Le travail de Premier secrétaire ressemble furieusement à celui d'un voyageur de commerce : il s'agit de visiter les fédérations, une par une, d'enchaîner les réunions publiques, de célébrer les fêtes de la Rose… François Hollande s'en accommode très bien. Il s'en délecte même. Toujours disponible, toujours souriant, il connaît des centaines de militants et de militantes par leur prénom. Il les régale de ses bons mots. Si bien qu'on le redemande… La Corrèze l'occupe aussi pendant les week-ends. Conseiller régional du Limousin et adjoint au maire de Tulle, il va bientôt s'emparer de la mairie…

Ségolène, elle non plus, n'a guère le temps de s'attarder à la maison. Heureusement, elle a trouvé une perle : Aurèle, une nounou antillaise comme on n'en fait plus, qui veille sur les quatre enfants du couple. Et puis il y a Nicole, la mère de François, qui a poussé le dévouement jusqu'à occuper un appartement en face de l'école maternelle fréquentée par les petits Hollande. Ségolène, elle, se penche sur les devoirs. Elle dirige les travaux par téléphone. Mais s'astreint, surtout, à ne pas sortir le soir pour se consacrer à sa nichée. Souvent, elle embarque l'un d'entre eux pour un samedi à Melle, dans sa circonscription. Elle déteste que l'on oppose sa carrière dévorante et ses obligations de mère. Toute allusion à ce sujet signifie-t-elle qu'elle ferait mieux de s'occuper de ses enfants ? Cet argument sexiste, elle l'a souvent entendu de la bouche de ses adversaires. Alors, même si elle culpabilise un peu, même si la petite dernière Flora réclame sa présence, elle mène sa vie professionnelle comme elle l'entend. François, lui aussi, s'en veut de ses absences. Pour se faire pardonner, il prend en charge les loisirs. Un papa « copain » ne peut pas être tout à fait mauvais… François accompagne ses fils Thomas et Julien aux matchs de foot… Surtout, il sacrifie au rendez-vous dominical. Toute la famille se retrouve autour du repas de midi dans l'appartement de Boulogne. François joue alors le *pater familias*. Les discussions sont animées et brillantes.

L'été, les vacances dans la maison de Mougins – acquise en 1986 sur les hauteurs de Cannes – sont l'occasion de grands rassemblements avec enfants et amis. Julien Dray et sa tribu viennent en voisins de Vallauris. François est toujours aussi drôle. Et Ségolène rit aux éclats. Parfois, à Pâques, François préfère embarquer toute la tribu pour un séjour au Club Méditerranée de Pompadour, à une centaine de kilomètres de Tulle. Il s'échappe alors pour régler quelques difficiles affaires corréziennes...

Pourtant un doute s'installe. La politique, loin de les rapprocher, ne cesse de les éloigner. François a beau répéter qu'ils font chacun leur chemin en toute indépendance, l'argument ne convainc guère : Mitterrand comme Jospin l'ont réfuté. Impossible de promouvoir François et Ségolène dans le même gouvernement ! Du coup, chacun a dû se spécialiser. Malgré les vicissitudes, Ségolène a suivi un parcours ministériel. Tandis que François s'est cantonné au Parti. Mais qu'en sera-t-il demain ? Pour franchir les étapes ultimes, décrocher un grand ministère, accéder à Matignon ou, qui sait, se présenter à la présidence de la République, il faudra bien que l'un ou l'autre se sacrifie... S'il devait enfin s'emparer de Bercy ou de Matignon, que deviendrait Ségolène ? Premier secrétaire, son compagnon a démontré sa capacité à maîtriser les intrigues d'appareils. Ségolène, elle, déteste cette mécanique qui semble toujours aboutir à son exclusion. Les femmes sont victimes de ces instances conçues par et pour les hommes. Elle préfère cultiver son image de femme d'action. Faire changer la société concrètement et répondre aux attentes des citoyens ! Elle est persuadée de s'être rendue utile en faisant adopter des lois de protection de l'environnement ou en modernisant les règles de la famille et de la procréation. François ne peut pas en dire autant. Quelle trace laissera-t-il dans l'histoire de la République ? Lui-même en est bien conscient. Son humour et sa bonhomie l'emprisonnent. À force de minorer chaque difficulté, d'esquiver les ennuis, de dissiper les soucis, il souffre de ne pas être pris au sérieux. Il aimerait ne plus être le sempiternel boute-en-train, le « Monsieur Petites Blagues » qu'il s'efforce de paraître et dont se gaussent ses adversaires. La bonhomie, chez lui, est une cuirasse qui lui permet de dévier les coups. Elle cache aussi une haute ambition frustrée qui ne trouve pas encore son expression.

Ségolène a bien compris les doutes qui taraudent son compagnon. Elle connaît son tempérament, son art de l'évitement et sa hantise du conflit. François ne dit rien de ce qu'il ressent. Mais François aspire au bonheur. Quand il ne le trouve pas, il s'échappe. Avec le sourire… Voilà sa nature profonde : cet enfant qui a tant souffert de voir ses parents se déchirer dans un huis clos stérile a érigé la liberté en art de vivre. Il est gourmand, voire épicurien. Ségolène, femme de principe, plus conforme en cela à la personnalité de son père, décédé d'un cancer du poumon en 1981, est aux antipodes de cette philosophie de la jouissance. Elle aime le combat et se réalise dans la peine. Tout peut se résoudre, pense-t-elle, à condition de s'y efforcer, d'agir avec méthode et de faire prévaloir sa volonté. On ne peut imaginer tempéraments plus dissemblables que ceux de Royal et Hollande. Tous leurs amis le constatent. Pourtant, Ségolène veut réussir sa famille autant, si ce n'est plus, que sa carrière. Tandis que François a parfois souhaité que ses parents se séparent, elle a vécu comme un profond traumatisme la fuite éperdue de sa mère pour échapper à l'autorité de son père. François et Ségolène forment un couple à la polarité inversée. François qui est resté très proche de sa mère Nicole, figure aimante qu'il appelle quotidiennement, est un être enjoué. Tandis que Ségolène incarne l'autorité. On l'a souvent présentée comme une rebelle à l'ordre paternel, en prétendant qu'elle avait aidé sa mère à poursuivre Jacques Royal devant les tribunaux pour obtenir le versement d'une pension alimentaire. « *C'est une légende,* explique-t-elle aujourd'hui. *Je n'ai fait que demander que mon père m'aide à financer mes études*[1]. »

Ségolène s'est juré de réussir ce que ses parents ont raté. Elle est prête à tout mettre en œuvre pour défendre sa

1. Entretien avec l'auteur, le 13 avril 2012.

famille et pour que François jamais ne la quitte. Ses enfants, répète-t-elle, ne doivent pas subir les tourments qu'elle a connus. Elle veut les protéger. Ces femmes qui tournent autour de François l'insupportent. Elle connaît son côté charmeur. Mais après vingt ans de vie commune, elle le soupçonne fort d'être devenu séducteur. Le statut de Premier secrétaire du Parti socialiste est enviable. Les militantes peuvent être tentées d'approcher d'un peu trop près le chef. Et François pourrait avoir des faiblesses... De manière insistante, des rumeurs d'infidélité lui reviennent aux oreilles. Dès 1999, de bonnes âmes l'informent des aventures réelles ou supposées de François. Ségolène demande à son compagnon de toujours lui dire la vérité. Hollande évoque des ragots, des médisances... Elle n'est qu'à moitié rassurée. Dès qu'elle dort plusieurs nuits d'affilée au ministère de l'Éducation nationale, le bruit court que le couple mythique se sépare. Même Lionel Jospin s'en inquiète et leur demande de ne pas provoquer de scandale qui pourrait compromettre son accession à l'Élysée. En 2002, la petite Flora, dix ans, revient de l'école en larmes. Des enfants ont prétendu qu'elle était la fille de François Hollande et d'Anne Hidalgo, première adjointe au maire de Paris! Ségolène Royal est perplexe. Elle mène son enquête. Anne Hidalgo a bien une fille, Elsa, née en 1988 de son premier mariage. Mais à l'époque, la jeune inspectrice du travail n'était même pas membre du Parti socialiste : elle n'y a adhéré qu'en 1994, avant de rejoindre le cabinet de Martine Aubry et de conduire la liste socialiste du XVe arrondissement aux élections municipales de 2001. Quand Ségolène la contacte, elle a déjà refait sa vie avec Jean-Marc Germain, le directeur de cabinet de Martine Aubry, dont elle porte l'enfant… La rumeur qui court est aussi invraisemblable que blessante. Pour la faire taire, Ségolène et François invitent à dîner le couple Germain-Hidalgo. Mais la rumeur n'est pas morte. Elle ressurgira…

Pendant la campagne présidentielle de 2002, une jeune et jolie collaboratrice du Premier secrétaire attise ses soupçons. Ségolène la rencontre et la questionne sur la nature de ses relations avec le patron… Malgré ses dénégations, elle s'arrange pour placer des gens de confiance autour de François. Son chauffeur et son garde du corps au ministère deviennent ceux de Hollande. « *Ségolène ne laisse rien passer. Elle veut savoir. Elle ne s'y prend pas toujours bien. C'est même souvent humiliant*[1] », dit le Premier secrétaire.

Ségolène surveille surtout les journalistes qui tournent autour de François et s'esclaffent à ses moindres blagues. Elle a beau passer pour prude, elle comprend bien le jeu de séduction sur lequel repose le métier. Les jeunes femmes qui s'y consacrent doivent toujours s'approcher plus près

1. *Ségolène & François, biographie d'un couple, op. cit.*

pour tenter d'obtenir quelques faveurs : une confidence, un rendez-vous, une interview qui leur permettra de briller. Surtout, ces femmes-là ont un avantage sur toutes les autres : elles n'ont pas besoin de se justifier pour suivre les hommes politiques à la culotte. François adore les convaincre, les charmer, les éblouir… C'est parmi elle que Ségolène est persuadée de trouver la tentatrice, celle qui un jour sans doute pourrait lui arracher François.

« Vous connaissez la rumeur... »

Le Premier secrétaire n'a pas toujours été fidèle, sans doute… Mais cette fois, l'affaire est sérieuse. François est amoureux. Et cela se voit. À chaque fois que cette ravissante journaliste paraît, ses yeux pétillent. Il tombe en arrêt. Il cherche par tous les moyens à se rapprocher d'elle. Il l'appelle sans raison. Une seule intervieweuse lui manque et tout est dépeuplé. Valérie est son rayon de soleil, sa liberté, son secret. Comment l'idylle a-t-elle commencé ? En vérité, le jeu de la séduction dure depuis plusieurs années ! La journaliste, aussi débutante que ravissante, qu'il avait croisée en 1988 s'est fait une place. Elle est devenue reporter à *Paris Match*. Le recrutement a eu lieu à l'Élysée. Valérie Massonneau assistait aux vœux à la presse de François Mitterrand, au début du mois de janvier 1989. Trois cents journalistes étaient présents dans le grand salon. Le

Président leur avait adressé une petite allocution. Mais seule une vingtaine d'entre eux avait eu l'insigne honneur de le rejoindre dans son bureau pour un échange plus poussé. La jeune journaliste de *Profession politique* en était ! Michel Martin-Roland, journaliste de l'AFP détaché à l'Élysée, l'avait prise sous son aile et l'avait fait entrer. Lors de l'entretien, il se dit que le Président lui-même ne fut pas insensible à son charme. Et Laurence Masurel, chef du service politique de *Paris Match*, eut vite fait, autour du buffet, de proposer une pige à l'audacieuse. Une chance que Valérie n'a pas laissé passer. Après six mois de bons tuyaux et de menues infos, elle était engagée.

La jeune femme se consacre au Parti socialiste. Elle aime cet univers ambigu où la camaraderie et l'envie coexistent. François Hollande, parfait commentateur des intrigues de Solférino, est devenu l'un de ses informateurs privilégiés. Le député de la Corrèze est bluffé par l'intérêt que la jeune femme porte aux batailles de courants et aux manœuvres de congrès. Ambitieuse, Valérie soigne son carnet d'adresses. Au cours de l'année 1991, elle invite même Hollande et Royal à dîner chez elle pour faire plus ample connaissance. Elle sympathise avec Ségolène ! Pourtant, au début du mois de juillet 1992, quand son journal lui demande de se précipiter à la maternité de l'hôpital Bégin de Saint-Mandé, afin de recueillir une interview de Mme

Royal qui vient de donner naissance à Flora, la journaliste refuse. Une ministre de la République qui accouche de son quatrième enfant, la performance est unique et sans doute inégalable… Mais Valérie sait que François est hostile à cette mise en scène et elle ne veut, pour rien au monde, y contribuer. Tout le monde n'a pas cette prévention particulière ! Les équipes de télévision, elles, s'en vont tourner leur reportage. Cette fois Valérie ne peut plus se dérober. Elle doit consentir à préparer l'entretien avec sa consœur Catherine Tabouis. Mais elle ne se rendra pas sur place ! De ce jour date, sans doute, son premier différend avec Ségolène Royal.

Dans cette fameuse interview de *Paris Match*, « Maman Ségolène » émet quelques considérations sur la famille. « *Aujourd'hui les enfants souffrent de l'instabilité des parents : ils paient douloureusement le prix d'une quête de la perfection du couple, alors que le couple idéal n'existe qu'au cinéma.* » Son emploi du temps ? « *Tous les jours à midi, je retrouve mes enfants. En fin d'après-midi et pour le coucher aussi. Et je retourne travailler au ministère lorsqu'ils dorment.* » Une chose est sûre : le père est notoirement absent des images de la ravissante madone à l'enfant. Dans le sujet qu'Antenne 2 consacre à l'événement, Hollande est interviewé devant les bureaux de l'Assemblée nationale. « *Ségolène vient d'une famille de huit enfants. Moi, de deux.*

Avec quatre enfants, nous avons atteint une sorte d'équilibre », calcule-t-il.

Comment deviner qu'il sera bientôt rompu ? Valérie et lui déjeunent régulièrement ensemble. En 1993, après sa défaite aux législatives, Hollande a un gros coup de cafard. La jeune journaliste lui remonte le moral. Elle est présente à la première réunion de Témoin. François lui dédicace un numéro de la revue du club deloriste. Elle conservera pieusement cet exemplaire jusqu'à l'Élysée…

La journaliste de *Paris Match*, elle aussi, a fondé une famille. En arrivant dans le grand journal dirigé par Roger Thérond, la jeune femme a divorcé de Franck, son premier mari. Elle s'est amourachée de Denis Trierweiler, une personnalité charismatique. Secrétaire de rédaction, ce fin lettré relit et peaufine les papiers. Mais il est surtout un éminent traducteur de philosophie allemande : Hans Blumenberg, Carl Schmitt et Jürgen Habermas n'ont pas de secrets pour lui. Et Denis, ce qui ne gâche rien, est un fort bel homme. Valérie et lui forment un couple qui semble idéal. Ils se marient en 1995 et mettent vite au monde trois fils. En 2000, la famille Trierweiler s'installe dans une maison de village à Parmain, tout près de l'Isle-Adam, dans le Val-d'Oise.

Sa relation à François Hollande, Premier secrétaire du Parti socialiste, s'intensifie. De reportages en interviews, le journaliste et sa source haut placée prennent un malin plaisir à se retrouver. François Hollande lui manifeste un intérêt bien supérieur à celui qu'il éprouve pour toutes ses consœurs et tous ses confrères. Il n'y en a que pour Valérie. « *Dés qu'elle apparaissait, on voyait le regard de François Hollande s'échapper...* » se souvient une journaliste accréditée à l'Assemblée nationale. Petit à petit, la sympathie qu'ils éprouvent l'un pour l'autre devient une entente fusionnelle. « *La complicité s'est transformée sans que nous n'y prenions garde*[1] », explique Valérie Trierweiler dans les confidences très calculées et très remarquées qu'elle a faites à son amie la journaliste Constance Vergara. François est une étoile montante de la politique. Et pourtant quelle décontraction, quelle simplicité, quel humour! Valérie est fascinée. De plus en plus souvent, elle accompagne le Premier secrétaire dans ses déplacements. À Tulle, où il se rend chaque fin de semaine, et même à l'étranger... Lors d'un voyage à Berlin, en 2001, elle est même la seule à le suivre. Bientôt une rumeur court dans Paris : la belle journaliste et le Premier secrétaire auraient une liaison. Pour la faire taire, Valérie et François préfèrent s'éviter tant la « *nécessité d'être ensemble se fait pressante et donc anormale*[2] », précise Constance Vergara. Mais la campagne de Lionel Jospin, que Valérie Trierweiler suit de près, est

1. *Valérie, Carla, Cécilia, Bernadette et les autres en campagne*, *op. cit.*
2. *Valérie, Carla, Cécilia, Bernadette et les autres, en campagne*, Constance Vergara, Taillandier 2012.

l'occasion d'un nouveau rapprochement. Le 21 avril 2002, jour noir marqué par l'élimination de l'austère socialiste dès le premier tour de l'élection présidentielle, la journaliste est aux côtés de François. Elle partage ce moment qu'elle devine historique avec celui qui demain pourrait incarner la relève de la gauche. Quelques jours après ce choc, elle organise une petite fête pour célébrer la fin de la campagne. François Hollande est le seul homme politique présent à ce raout journalistique... Est-ce le début d'une intimité ? Le petit monde politique colporte depuis plusieurs mois que Valérie Trierweiler est la maîtresse de François Hollande. Ségolène Royal, qui peut compter sur quelques informateurs, ne tarde pas à soupçonner l'idylle. « *Une autre journaliste de* Paris Match *est venue me prévenir*[1]... », révèle-t-elle.

Au mois de février 2003, elle aborde la jeune journaliste dans la salle des Quatre Colonnes. Elle demande à la voir dès que possible. Rendez-vous est pris pour le surlendemain. La députée des Deux-Sèvres reçoit Valérie Trierweiler dans son bureau de l'Assemblée nationale. « *Vous devinez pourquoi je vous ai fait venir*, demande Ségolène Royal. *Vous êtes au courant de la rumeur... – Je ne me fie pas aux rumeurs* », lui répond Valérie Trierweiler. Les deux femmes se jaugent. La journaliste ne se démonte pas. « *Vous avez*

1. Entretien avec l'auteur, le 24 juillet 2012.

trois enfants. J'en ai quatre, faites très attention », conclut Ségolène. Mais l'ex-ministre est loin d'être rassurée. Elle sait que François est fasciné par cette fille ! Ni une ni deux, elle passe un coup de fil à la rédaction de *Paris Match* et menace de faire un esclandre si un coup d'arrêt n'est pas donné à cette relation. Elle appelle aussi Denis Trierweiler, le mari de Valérie, pour le mettre en garde. Plus philosophe que jamais, l'intellectuel sait trouver les mots pour la rassurer. Ségolène n'a pas la certitude qu'une liaison existe. François nie. Mais elle veut mettre le holà à ce qu'elle considère comme une dangereuse dérive. L'avenir de deux familles est en jeu. François et Valérie doivent s'engager auprès de leur compagnon respectif à garder leurs distances. Mais jusqu'à quand tiendront-ils ? Ségolène respire un peu mieux. Mais elle se jure de surveiller François de très près…

III

LE DÉFI DE SÉGOLÈNE

Elle est devenue une icône le 28 mars 2004. Sanglée dans une veste blanche, un bouquet de fleurs à la main, Ségolène lève les bras en signe de victoire. Elle vient de remporter les élections en Poitou-Charentes et devient la première femme à présider un conseil régional. Six ans seulement après le cliché du couple de l'Assemblée nationale, au sommet de sa beauté, elle est seule sur la photo. Mais deux ans après le 21 avril 2002 et le naufrage de Jospin, son triomphe résume le printemps de la gauche. « *Ici, en Poitou-Charentes, c'est la fin d'un système et le début de la démocratie participative*, promet la nouvelle présidente. *La France des régions, ça commence aujourd'hui.* » Ségolène Royal a défait Élisabeth Morin, tête de liste désignée par Jean-Pierre Raffarin, président sortant. Mais personne ne s'y trompe : à Poitiers, la députée des Deux-Sèvres a terrassé le Premier ministre lui-même. Pendant toute la campagne, elle n'a cessé d'agonir sa politique. On la surnomme désormais la Zapatera, en référence à José Luis Zapatero, nouveau chef du gouvernement espagnol et espoir de la gauche européenne. Autant dire qu'on la voit déjà gouverner la France. Encadrée par une équipe avisée, notamment la « Madame Sondages », Nathalie Rastoin, patronne de l'agence Ogilvy, et la conseillère Sophie Bouchet-Petersen, Ségolène Royal administre la preuve de son professionnalisme. « Bécassine » vous salue bien ! Tous les espoirs lui sont permis désormais. Plus jamais elle ne se laissera marcher sur les pieds par un Jospin ou une Aubry. Le papillon est sorti de sa chrysalide. La voilà symboliquement affranchie de la tutelle de François Hollande, même si en coulisse le petit mécanicien du PS tire les ficelles.

Vingt Régions remportées sur les vingt-deux que compte le pays, qui dit mieux ? Et surtout qui l'eût cru ? François Hollande, lui aussi est le grand bénéficiaire de la vague rose. Le Premier secrétaire, laissé orphelin et sans consigne par le retrait « *irrévocable* » de Jospin, apparaît enfin comme l'homme de la situation. Il suffisait d'attendre. Le Congrès de Dijon de 2003 fut un modèle du genre. « François-la-Synthèse » s'y montra au sommet de son art. Encore sonnés par la défaite de Jospin, les « éléphants » Fabius, Strauss-Kahn, Delanoë, Lang, Aubry et Guigou, n'ont pas osé charger. En aparté, tous pestaient contre « François-le-Dernier », ce plus petit commun dénominateur des socialistes, mais aucun n'eut l'audace de s'en prendre à lui. Ces éminences ont préféré dénombrer leurs soutiens et fourbir leurs armes en vue de la future présidentielle… Après deux ans de pouvoir, le duo Chirac-Raffarin est aux abois. La situation économique et sociale n'a fait que se dégrader après la gestion socialiste. Un remords semble porter la gauche. Bien installé aux commandes du PS, François Hollande peut voir l'avenir avec sérénité. Il est le maître du jeu. Du moins le croit-il…

Fort de ses victoires électorales aux régionales, aux cantonales et aussi aux élections européennes du mois de juin, le Premier secrétaire veut rassembler son camp en vue de la prochaine grande échéance : la présidentielle de 2007 ! Or les socialistes s'écharpent à propos du vote au futur référendum sur le projet de traité constitutionnel européen annoncé par Jacques Chirac. Laurent Fabius, que tout devrait pousser vers le « oui », hésite. L'ancien Premier ministre, par l'intermédiaire de son lieutenant Claude Bartolone, qui se trouve être un ami de François Hollande, tente même de marchander son adhésion au traité : il se prononcera pour le « oui » à condition que Hollande ne participe pas à la course à l'Élysée ! Pas question. Le Premier secrétaire, au contraire, ne rêve que de ça, et le laisse même entendre ! Partisan du « oui », il songe à un moyen de démasquer et de disqualifier son plus redoutable et son plus vieil adversaire. Hollande propose de consulter les militants, en organisant un référendum. Quoi de plus démocratique ? Il a fait le tour des fédérations. Et acquis la certitude que le « oui » y est majoritaire. Fabius, lui, estime que le « non » l'emportera parmi les Français. Il s'oppose donc, contre toute attente – et surtout contre Hollande –, à l'adoption du traité constitutionnel. Échec et mat ! Le 1er décembre, le Premier secrétaire l'emporte au PS en rassemblant 59 % des suffrages pour le « oui ». Un triomphe. Mais, pusillanime, il ne pousse pas plus loin son avantage : Fabius, numéro deux du PS depuis 2002, conserve son poste, et ses partisans demeurent embusqués dans l'appareil du parti... Qu'importe, François Hollande, qui a remporté quatre élections – cantonales, régionales, européennes et sénatoriales – et mis son parti en ordre de marche, est désigné *« homme politique de l'année »*. Le Normando-Corrézien, sur un petit nuage, croit son heure enfin arrivée.

Tout est pourtant déjà compromis. Dès les premiers mois de 2005, la campagne du référendum national sur le projet de traité constitutionnel européen change la donne. Sus à l'Europe ! Les peuples de gauche comme de droite rejettent majoritairement un projet d'intégration jugé technocratique, ultra-libéral et antidémocratique. Selon l'institut Ipsos, les intentions de vote en faveur du « oui » sont passées de 60 % en novembre 2004 à seulement 46 % en mars 2005. François Hollande, le « Monsieur oui » du PS, est pris à revers. Sa défense du traité aux côtés du gouvernement et de l'UMP lui aliène une large partie des sympathisants de gauche. Le 29 mai 2005, le « non » l'emporte (54,6 %) lors du référendum sur le traité européen. Pour François Hollande, c'est un cataclysme. L'électorat socialiste a opté en majorité pour le « non ». Lui qui s'imaginait déjà candidat à la présidentielle voit s'effondrer son rêve. Laurent Fabius triomphe rétrospectivement. Le Parti est de nouveau coupé en deux. Ségolène Royal, de son côté, ne s'est guère investie dans la campagne pour le « oui ». Fine mouche, la présidente de la région Poitou-Charentes, toujours auréolée de son succès de 2004, n'est pas atteinte par la déflagration. Et tire vite les conséquences du ratage de son compagnon. François Hollande n'est plus du tout le « mieux placé » pour se présenter !

Un coup de foudre à l'envers

Ségolène se souviendra longtemps de l'été 2005. Cette année-là, la tribu n'est pas au complet sous les pins de Mougins. Les enfants ont grandi. Clémence, qui s'apprête à devenir médecin, a préféré déserter la maison familiale, prendre son indépendance. Julien, le plus rebelle, lui aussi est absent. Il donne du fil à retordre à ses parents : cheveux teints en rouge, piercing, guitare électrique en bandoulière et sorties tardives en scooter… Ségolène s'inquiète pour lui. Le rebelle vient pourtant de décrocher son bac et se passionne pour le cinéma. Cet été-là, à Mougins, ne sont présents que Thomas, l'aîné, bientôt avocat, et Flora, treize ans, la coqueluche de la famille. Délurée, sociable, attachante, elle est tout le portrait de sa mère. Au moins, elle n'est pas encore prête à s'envoler du nid… La maison n'est pas pleine. Et c'est aussi bien ! Car une détestable révélation vient perturber les vacances. Comment Ségolène prend-elle conscience que la relation de François avec Valérie Trierweiler a pris un nouveau tour ? A-t-elle été alertée ? A-t-elle surpris une conversation ou un message ? Ou bien a-t-elle tout simplement compris, à l'attitude de François, à son air absent, que quelque chose avait changé ? Aujourd'hui, elle ne veut pas revenir sur cette découverte pénible qui, dit-elle, appartient à sa « *vie privée* ». À Mougins, la saison des vacances se passe sans heurts apparents. Mais un drame se noue, dont Thomas est le spectateur muet. Les rares témoins l'assurent : tout bascule pendant cet été 2005…

À vrai dire, la menace n'est pas nouvelle. Consciente de l'étrange complicité qui s'est établie entre François et Valérie Trierweiler, Ségolène Royal avait pris les devants. Depuis quelque temps, elle surveillait de près les allées et venues de son homme. Elle s'invitait à des réunions au siège du Parti socialiste, rue de Solférino, surgissait sans crier gare dans son bureau et l'accompagnait plus souvent qu'à l'ordinaire dans ses déplacements. Puis la campagne des régionales l'a accaparée. Malgré des tensions toujours visibles, la politique a repris le dessus. Le couple semblait de nouveau avoir le vent en poupe…

Ce n'était qu'une illusion. Dans la coulisse, le vaudeville avait repris de plus belle ! Pour beaucoup d'observateurs, l'attirance de François Hollande pour Valérie Trierweiler, pendant les mois cruciaux de la campagne des régionales et du référendum européen, est de plus en plus évidente. « *À partir de 2004, nos résistances ont commencé à s'amenuiser*, indique la journaliste. *Nous avions tellement de plaisir à être ensemble. Nous nous téléphonions des heures presque quotidiennement. Il me faisait tellement rire*[1]. » Sur le ton de la plaisanterie qu'il affectionne, le Premier secrétaire ne cesse de s'enhardir. Quand un groupe de journalistes l'accoste, il s'enquiert de la présence de celle sans qui tout lui semble terne : « *Où est ma journaliste préférée ?* » Et quand Valérie paraît, le Premier secrétaire rosit de plaisir. Au point que la profession s'interroge, une fois de plus, sur la nature de cette relation équivoque. Les amies de Valérie la pressent de questions, elle jure résister aux avances du leader de la gauche, et promet qu'il ne s'agit que d'un jeu entre eux.

1. *Valérie, Carla, Cécilia, Bernadette et les autres, en campagne*, *op. cit.*

Après tout, Valérie ne fait que son travail ! En 2004, elle signe seize articles consacrés à son sujet de prédilection. François Hollande y tient toujours le beau rôle. Le plus remarquable de ces papiers paraît le 1er avril 2004. Sous le titre « *Ségolène et François, un couple royal pour la France* », Valérie Trierweiler s'autorise à y dresser le portrait de la compagne du Premier secrétaire : « *Il n'y a qu'à observer son regard lorsque, au premier rang, elle l'écoute dans les meetings. Elle est toujours la première à rire de ses bons mots. Au cours de leurs rares dîners en ville, elle s'efface et c'est lui qui tient l'auditoire en haleine. Mais elle sait aussi sortir les griffes si nécessaire. Elle se méfie des femmes qui l'approchent et réagit à la moindre attaque contre son homme.* » Valérie sait de quoi elle parle !

À la fin de l'année, Valérie Trierweiler sonde la personnalité de son héros : « *2004 marque un autre tournant encore, celui de ses cinquante ans. Un véritable tourment que l'approche de ce 12 août dernier. C'est à peine s'il tolère, à ce moment-là, des plaisanteries à ce sujet, lui si enclin à l'autodérision. "Ça va, je n'ai pas l'âme d'un vieillard!" proteste-t-il*[1]. » Et l'on comprend que la journaliste est déjà la confidente des ambitions du Premier secrétaire. « *Il ignore avec quoi rimera son destin. Il veut seulement rester lui-même, fidèle à ses idéaux d'adolescent. Et ne pas avoir de regrets :*

1. « *Tout roule pour François Hollande* », *Paris Match*, 9 décembre 2004.

avoir tout tenté pour aller au bout de ses rêves. Ceux dont il ne parle pas[1]*...* »

En confiance à *Paris Match* – on le serait à moins ! –, Hollande accepte, au début du mois de mars 2005, une interview conjointe avec Nicolas Sarkozy. L'entretien et la séance photos sont organisés par Laurence Masurel, rédactrice en chef du service politique de l'hebdomadaire. Mais le coup fumant a été monté sans en avertir Valérie Trierweiler, la journaliste pourtant chargée du PS. « *Je savais que cette photo allait faire du grabuge et je ne voulais pas la mettre en porte-à-faux avec ses informateurs*[2] », explique Laurence Masurel qui n'en avise Valérie qu'au dernier moment. Furieuse de n'avoir pas été mise au parfum, la journaliste refuse de venir saluer Sarkozy et Hollande ... *Paris Match* sort deux jours plus tard. La photo des deux hommes portant le même costume sombre, la même cravate bleue, et affichant la même mine réjouie paraît en couverture du magazine. « *Hollande et Sarkozy face aux Français en colère. Ils répondent aux questions des familles, des chômeurs, des étudiants, des chercheurs...* » titre l'hebdomadaire. Tollé à gauche ! La complicité ainsi affichée avec l'adversaire semble légitimer les soupçons d'une connivence de l'establishment pour imposer aux peuples

1. *Ibid.*
2. Entretien avec l'auteur, le 12 juillet 2012.

une Europe qu'ils n'ont pas choisie. Les partisans du « non » s'en emparent. Hollande est cloué au pilori. En s'associant avec Sarkozy, le Premier secrétaire du PS a-t-il ainsi voulu s'imposer comme son futur adversaire à la présidentielle ? Le calcul était pour le moins risqué. Le patron du PS, lui, assure avoir été piégé par *Paris Match* qui ne l'aurait pas averti que la photo ferait la couverture du magazine. Une piètre excuse... Hollande mettra des années à faire oublier ce faux-pas qui lui a sans doute coûté sa candidature à la présidentielle.

Horriblement déçue que son cher et tendre ami François Hollande ait pu s'engager auprès de son propre journal sans l'en informer, Valérie lui en fait vivement reproche : « *Comment pouvez-vous vous prêter à une connerie pareille*? » Le Premier secrétaire n'est pas en reste : il ne comprend pas comment Valérie a pu ignorer la manigance. Cette photo était un piège ! « *Vous auriez pu me prévenir* » s'énerve-t-il. Il reproche à sa tendre amie de ne pas l'avoir suivi lors de son voyage au Liban, à la veille du rendez-vous avec Sarkozy. S'ils s'étaient vus à cette occasion, il aurait pu l'informer de la proposition qui lui était faite. Maintenant, il est trop tard ... De son côté, Valérie peut difficilement lui expliquer son refus de l'accompagner : elle redoutait surtout qu'à cette occasion leurs dernières résistances ne cèdent et qu'ils ne soient, l'un et l'autre, exposés à la tentation.

Du coup, la couverture fatale de *Paris Match* provoque une brouille ! Pendant un mois, les deux confidents cessent de se rencontrer et de s'appeler. Une période de latence, comme dans une comédie romantique où la fâcherie est souvent le prélude à la réconciliation. François et Valérie se retrouvent un soir du mois d'avril. Que se disent-ils ? Quel déclic se produit-il ? Le secret appartient désormais au président de la République et à sa compagne. Mais pendant la dernière campagne présidentielle, Valérie Trierweiler a fourni un indice... Sur Twitter ! Le 15 avril 2012, jour du grand meeting de François Hollande à Vincennes, elle a posté un message sibyllin : « *15 avril. Journée très particulière. Émotion. Lilas. Gaufre. Jeunes. Glycine. Destin. Chemin. Années. Souvenirs. Rassemblement. Printemps.* » Bien peu de twitteurs en ont compris le sens caché. Il s'agissait d'un clin d'œil nostalgique au grand tournant de sa vie : le 15 avril 2005 !

À l'époque, François Hollande fait activement campagne pour le « oui » au référendum sur le traité européen. Le 14 avril 2005, il tient un meeting à Moulins, dans l'Allier. Le 16, à Toulouse, en Haute-Garonne. Valérie est à ses côtés, comme souvent. Et ce qui devait arriver finit par se produire... Leurs existences basculent dans une folle histoire d'amour. Une passion qui emporte tout. Une sorte de coup de foudre à l'envers ! Ils se connaissent et s'apprécient depuis quinze ans. Ils sont devenus les meilleurs amis du monde. Et soudain ils tombent dans les bras l'un de l'autre. Et passent du « *vous* » au « *tu* ». Leurs sentiments sont d'autant plus impérieux qu'ils ont été contenus pendant des années. Impossible de résister. Valérie est bouleversée. Cette femme libre et affranchie qui s'est déjà mariée deux fois connaît une révélation : elle suivrait jusqu'au bout du monde ce quinquagénaire souriant. Il devient l'unique objet de ses pensées : « *l'homme de* [sa] *vie*[1] », dira-t-elle. Après des années de marivaudage, François, lui aussi, est transporté dans une autre dimension. Pourquoi a-t-il attendu si longtemps ? Comment est-il parvenu à séduire une femme aussi belle ? Valérie lui apporte tout ce qu'il désirait secrètement : la fin de la routine, un départ vers l'inconnu, une nouvelle jeunesse... Ils ne se quitteront plus, se disent-ils.

François veut vivre sa passion, rattraper le temps perdu. Pourquoi avoir attendu si longtemps ? Il propose à Valérie de rompre avec leur existence d'avant et de vivre pleinement leur nouvelle aventure. Touchée, la journaliste fait néanmoins comprendre à son soupirant qu'elle n'est pas tout à fait prête. Elle songe à son époux et à ses jeunes enfants qu'elle veut protéger autant que possible. Si incroyable que cela puisse paraître, elle était heureuse en ménage... Mais elle sait aussi qu'elle ne peut en aimer qu'un

1. *Elle*, 14 avril 2012.

à la fois ! Et François prend toute la place. Elle ne peut pas encore faire le grand saut… Qu'en diraient les médias ? La pression deviendrait infernale. À ce stade, sortir de la clandestinité serait une pure folie ! François Hollande, déjà engagé dans une partie complexe avec Ségolène Royal, ne peut qu'en convenir…

Ségolène Royal, elle, veut tout faire pour reprendre son homme. Dès la rentrée de septembre, elle poursuit sa rivale sur le terrain professionnel. Une journaliste n'est pas censée coucher avec sa source ! Elle enrage que l'envoyée spéciale de *Paris Match* suive la gauche, tout en entretenant une liaison avec François. « *Aux États-Unis, cela ne se serait pas passé comme ça. Cette femme n'a aucune déontologie*[1] *!* » Elle veut que la reporter soit mutée au plus vite, qu'elle cesse de rendre compte des affaires du PS ! Il s'agit autant dans son esprit de mettre un terme à un conflit d'intérêts manifeste que d'éloigner la jeune femme du corps du délit. Royal téléphone à sa rivale et lui dit sa colère. Pour se faire entendre, elle va jusqu'à faire appeler le journal par son fils Thomas, alors âgé de vingt ans. Ségolène prend aussi rendez-vous avec Arnaud Lagardère, le grand patron du groupe de médias qui détient *Paris Match*. Bref, elle remue ciel et terre pour expulser Valérie de la vie de François.

L'affaire agite la rédaction de l'hebdomadaire. Denis Trierweiler, le mari de Valérie, lui aussi est à bout…

1. Entretien avec l'auteur, le 24 février 2012.

Ségolène l'a rencontré et lui a demandé d'intervenir. Une initiative que Valérie ne lui pardonnera pas. Un soir de déprime et de bouclage, Denis le philosophe, désespéré, se confie à Alain Genestar, le directeur de la rédaction. Comment ne pas être touché par sa détresse ? Laurence Masurel, marraine de Valérie Trierweiler dans la profession, estime que sa protégée a commis une faute déontologique. Elle le lui dit sans ambages. Elle tient Valérie pour une excellente journaliste, mais la voit en danger : il faut l'écarter de François Hollande et Ségolène Royal ! En novembre 2005, Alain Genestar, demande à la journaliste ce qu'elle compte faire. Valérie doit se rendre à l'évidence : elle ne saurait plus longtemps suivre la gauche. Elle se consacrera désormais aux tribulations de la droite.

Paris Match n'est pas seulement le lieu d'une controverse déontologique. C'est aussi le journal que Ségolène Royal choisit pour faire une rentrée politique tonitruante. Au sommaire du numéro du 22 septembre 2005, figure un entretien avec l'académicien Jean-Marie Rouart. Sur la photo qui accompagne l'article, Ségolène Royal prend la pose avec sa fille Flora, alors âgée de treize ans, sur la pelouse du Champs-de-Mars, des raquettes de badmington à la main. On se croirait dans un *college* anglais. Mais le propos est tout sauf *fair play.* Pour la première fois Ségolène évoque sa « *disponibilité* » en vue de l'élection présidentielle : « *S'il s'avère que je suis la mieux placée et donc que je suis sollicitée par le PS parce que je peux faire gagner mon camp, je le ferai… Cela n'est possible que si François me sollicite et me soutient.* » Rien n'est laissé au hasard. Surtout pas l'invite finale. Ségolène défie François dans le journal de sa rivale et pose sa candidature à l'Élysée ! Cette mise en scène diabolique échappe alors aux lecteurs de *Paris Match*… Mais François Hollande, lui, comprend parfaitement le message. La révélation des ambitions de sa compagne coïncide très exactement avec les journées parlementaires du Parti socialiste qui s'ouvrent à Nevers. Si Ségolène avait voulu lui pourrir sa délicate rentrée post-référendaire, elle ne s'y serait pas prise autrement !

À Nevers, les télévisions se précipitent vers la nouvelle star du Parti. Et les « éléphants », comme piqués par une guêpe, s'agitent furieusement. La France entière assiste à un déchaînement de propos machistes qui augmente par réaction le capital de sympathie dont jouit Ségolène Royal. « *Qui va garder les enfants ?* » grince Fabius. « *La présidentielle, ce n'est pas un concours de beauté* », râle Jack Lang. « *Poum dans le popotin ! comme Merkel…* » ose Michel Charasse… Le florilège des lazzis s'enrichit. François Hollande, qui n'était pas au courant de la teneur de l'interview, est dépassé. Son agacement est visible. Le soir, des élus entendent les échos d'une dispute dans la chambre du couple… Un nouveau cap a été franchi.

Au mois de novembre, le Premier secrétaire demande à la présidente de Poitou-Charentes de ne pas perturber le congrès exceptionnel du Mans par de nouvelles déclarations tendant à accréditer sa future candidature. Ségolène Royal qui a réussi son entrée en scène accepte de jouer le jeu de la femme soumise. « *Je ne veux pas gêner François* », répète Royal qui ne pipe mot pendant toute la durée du conclave. La tâche est suffisamment délicate, puisqu'il s'agit de refaire l'unité des socialistes après la fracture du référendum européen. François Hollande sauve cependant les meubles. Sa motion majoritaire rassemble 53 % des suffrages, mais il doit composer avec une forte minorité « noniste » : le Nouveau Parti socialiste d'Arnaud Montebourg et Vincent Peillon représente 23 % des adhérents, le courant fabiusien 21 %. Mais ces querelles d'appareil ne passionnent guère. Tous les regards sont déjà tournés vers la présidentielle. « *Et si c'était elle ?* » titre benoîtement *Le Nouvel Observateur* le 15 décembre 2005. L'hebdomadaire de la gauche sociale-démocrate a bien flairé l'air du temps. Mais en affichant très précocement ce qui ressemble à un choix, il donne un coup de pouce décisif à la future candidature de Ségolène Royal. François Hollande est très agacé. Dans le dossier proposé par l'hebdo, Ségolène Royal commente quelques photos clés de son parcours. Elle revient sur le cliché controversé de la naissance de Flora. Exposera-t-elle encore ses enfants dans la presse ? « *S'ils sont d'accord*, dit-elle, *je le referai bien sûr !* [...] *Je sais bien que François est réticent. Mais il pose bien avec Sarkozy. Il ne va pas jouer les saintes-nitouches !* » L'allusion à la couverture de *Paris Match* est doublement assassine. Pour la première fois de leur carrière, Ségolène traite François en adversaire politique. Pis : elle le renvoie à son erreur, comme si elle connaissait les circonstances qui ont présidé à la publication du malencontreux cliché.

Dans la coulisse, le couple est au bord de la crise de nerfs. François n'en démord pas, il est amoureux. Délaissant le cocon familial, il trouve refuge chez ses amis Jean-Pierre Jouyet, Julien Dray ou Jean-Pierre Mignard. À Noël, les deux belligérants prennent des vacances chacun de leur côté. Ségolène part, avec sa fille Flora, aux Antilles. François passe la Saint-Sylvestre en compagnie de Julien Dray et Jean-Pierre Mignard... Signe de temps troublés : le réveillon des « Voltairiens », qui réunit chaque année la joyeuse bande de la promo 80 – Jouyet, Ripert, Cottin et consort – n'a pas lieu. Les intimes du couple sont inquiets. Comment Ségolène et François vont-ils traverser cette épreuve ? À l'heure où chacun d'entre eux peut devenir candidat à l'élection présidentielle, la querelle sentimentale se double d'un enjeu politique majeur. Lequel acceptera désormais de se sacrifier pour l'autre

Au milieu du tumulte, Ségolène et François se fixent une règle : leur vie privée ne regarde qu'eux et rien ne doit filtrer dans les médias! La moindre publication concernant la faillite de leur couple pourrait avoir des conséquences désastreuses. Pour leurs enfants, bien sûr, qui sont au courant mais ne doivent, en aucun cas, pâtir publiquement de la situation. Mais aussi pour leurs carrières et leurs chances de se présenter, un jour, à la présidence de la République. Déjà, les paparazzis sont sur le qui-vive. Ségolène et François doivent à tout prix sauver les apparences. Aux yeux de l'opinion, leur couple doit demeurer une valeur sûre. Pas question de ternir une belle image qu'ils ont mis des années à construire. Rien ne va plus, mais ils doivent paraître unis. Pour le meilleur et pour le pire, dit-on. Eh bien, ce sera pour le pire…

Valérie Trierweiler, elle aussi, doit ménager sa famille. La journaliste ne saurait ignorer le sort de son mari, en pleine détresse, et de ses trois fils encore bien jeunes. Deux fois, François Hollande lui propose de tout plaquer pour vivre leur amour sans entraves. Deux fois, la journaliste refuse. Elle redoute trop les conséquences d'une telle décision. Pour ses enfants et pour son activité professionnelle… Outre sa collaboration à *Paris Match*, elle présente, depuis 2005, des émissions politiques sur la nouvelle chaîne Direct 8, propriété du groupe Bolloré. La vie est si compliquée qu'à la fin de l'année 2006, les amoureux se résolvent même à ne plus se revoir! Pour calmer le jeu, François et

Valérie reprennent leurs distances. Et tentent un retour dans leurs foyers respectifs. Impossible ! Ils retombent aussitôt dans les bras l'un de l'autre.

Échec à Jospin

L'immense popularité de Ségolène Royal inquiète François. Le 10 janvier, avec son accord, elle a pris la tête d'une délégation du Parti socialiste pour aller apporter un soutien à Michelle Bachelet, candidate à l'élection présidentielle au Chili. Le rapprochement des deux femmes a séduit l'opinion. Si Bachelet triomphe à Santiago, pourquoi Ségolène ne pourrait-elle prétendre à l'Élysée ? Hollande connaît les talents de communicante de sa compagne. Mais aussi ses faiblesses, son manque d'expérience en matières économiques et diplomatiques. Si elle devait être désignée à l'issue de la primaire socialiste, il est persuadé qu'elle ne pourra pas l'emporter face à Sarkozy. En outre, une telle candidature le mettrait dans une situation personnelle intenable. Hollande ne se voit certainement pas en compagnon de la présidente de la République…

Comment la contrer ? Le Premier secrétaire caresse deux hypothèses : s'imposer *in extremis* en jouant des divisions du parti et de son statut de premier des socialistes, ou bien… faciliter le retour de Lionel Jospin, sauveur de la dernière minute, qui pourrait, s'il était élu, le nommer à

Matignon. Dépassés par la Zapatera, François et Lionel ont besoin l'un de l'autre. Mais jamais leurs discussions ne débouchent sur une proposition claire. « *François attendait que Jospin lui apporte son soutien. Et Jospin attendait que François l'appelle*[1] », se souvient Ségolène Royal. Ce pas de deux ne mène nulle part ! Malgré les efforts de leurs entourages respectifs, Jospin et Hollande continuent de se regarder en chiens de faïence pendant que Ségolène Royal fait le tour des fédérations pour les rallier à sa future candidature. « *Tu as vu mes sondages ?* » lance-t-elle à ses interlocuteurs, qui doivent s'incliner devant l'évidence : Ségolène Royal demeure favorite. Chaque fois que François ramène la discussion sur le tapis, elle se montre inflexible. Elle s'oppose catégoriquement au retour de Jospin, qui l'a si mal traitée quand il dirigeait le gouvernement. Va-t-elle alors jusqu'à menacer de priver le père de tout contact avec ses enfants au cas où il ferait alliance avec l'ancien Premier ministre ? « *Si tu rappelles Jospin, tu ne reverras pas tes enfants.* » La petite phrase attribuée à Ségolène Royal fait le tour du microcosme. Mais elle a toujours démenti avoir exercé ce chantage. « *C'est une médisance que colportait Jospin*[2] », croit-elle savoir.

Elle se souvient, surtout, d'une discussion cruciale. Dans le salon, à Boulogne, François Hollande ne mâche pas ses

1. Entretien avec l'auteur, le 13 avril 2012.
2. Entretien avec l'auteur, le 11 juillet 2012.

mots. « *Jospin veut revenir. Il sera candidat à la primaire et il va l'emporter* », assène-t-il. Mais le Premier secrétaire est loin d'être maître chez lui. En vérité, il ne fait plus que passer comme une ombre dans l'appartement familial. Sa vie privée est bouleversée. En politique aussi, sa boussole s'affole. Jospin ? Ségolène s'étrangle. « *Jospin, s'il est candidat, ne passera même pas le premier tour de la présidentielle, comme en 2002*[1] *!* » s'exclame-t-elle. Pour la première fois, depuis vingt-trois ans qu'ils se connaissent, les deux anciens condisciples de l'Ena ne partagent pas du tout leur vision du jeu. Pourtant, la donne est simple : François n'est plus en mesure de se présenter. Discrédité, le virtuose de la manœuvre de congrès ! L'opinion se contrefiche du Premier secrétaire comme d'une guigne. Sa cote de popularité reste vissée au plancher. Celle de Ségolène s'envole. Elle est la candidate préférée des Français, avec 42 % des suffrages, contre 19 % à Jospin, 15 % à Dominique Strauss-Kahn, 14 % à Jacques Lang, 10 % à Laurent Fabius, et... seulement 9 % à François Hollande[2] ! Phénomène politique sans précédent, la présidente de la région Poitou-Charentes plane au-dessus du PS et de son minuscule Premier secrétaire. Elle est devenue l'anti-Fabius, l'anti-Jospin, l'anti-DSK, l'anti-Hollande... Tout en une ! Son discours

1. Conversation avec l'auteur, le 11 juillet 2012.
2. Sondage CSA/*Le Parisien* du 14février 2006.

iconoclaste et inspiré ringardise les palinodies de Solférino. La *Pasionaria* de la démocratie participative est « la » présidentiable socialiste. Elle supplante même Nicolas Sarkozy, le champion de la droite, dans les intentions de vote au second tour. Alors qu'attend François pour en prendre acte ? Et pourquoi s'ingénie-t-il à négocier avec Jospin, celui qui a lâché la troupe en rase campagne, le 21 avril 2002 ? « *Non Jospin ne peut pas revenir ! Je maintiens ma candidature !* » redit Ségolène. Puis la voix juvénile de Thomas Hollande se fait entendre : « *Maman a raison. Jospin ne peut pas revenir. Je soutiens la candidature de maman...* » Son père essaie encore de faire valoir son point de vue. Mais de quelle autorité peut se parer celui qui abandonne le domicile familial ?

À l'occasion de l'université d'été de La Rochelle de 2006, Lionel Jospin admet avoir commis des erreurs lors de la campagne présidentielle de 2002, et verse une larme. Le 4 septembre, dans une tribune au *Monde*, il se dit « *capable d'assumer la charge de l'État* ». Mais devant le peu d'enthousiasme suscité par l'hypothèse de son retour il finit par jeter l'éponge... La primaire oppose Ségolène Royal, héroïne populaire, à deux représentants, très suffisants, de l'establishment socialiste : Dominique Strauss-Kahn et Laurent Fabius. Mais les démonstrations convenues de l'ancien ministre de l'Économie de Jospin et de l'ancien Premier ministre de Mitterrand ne peuvent rien contre la parole atypique de Ségolène Royal, qui s'affranchit de tous les dogmes : démocratie participative, ordre juste, république du respect... Malgré les trois débats télévisés organisés pour la faire trébucher en direct, Ségolène Royal triomphe. Le 16 novembre, 60 % des 180 000 militants consultés la désignent pour représenter le Parti à l'élection présidentielle. Pour l'occasion, une formule d'adhésion à 20 euros est proposée. Quelque 80 000 nouveaux membres rejoignent le PS, pour apporter très majoritairement leur soutien à la madone des sondages. Une nouvelle ère semble s'ouvrir... Ainsi s'impose Ségolène Royal. En ne faisant rien comme les autres. Il se produit dans son existence à la fois un drame intime et un petit miracle. François Hollande, l'homme avec lequel elle a bâti son projet de vie et de carrière la quitte... Mais Ségolène – ô surprise ! – s'en trouve libérée. Elle connaît une métamorphose visible. Son sourire éclatant rectifié par un chirurgien-dentiste, ses tailleurs ajustés qui mettent en valeur sa féminité, ses idées fulgurantes et baroques, sa volonté de « femme debout » ! Plus rien ne sera comme avant. En même temps qu'elle referme douloureusement une porte sur son passé, Ségolène Royal s'invente un « désir d'avenir » qui, jure-elle, ne la lâchera pas.

La campagne en solitaire

Elle pense qu'elle n'aurait jamais dû perdre cette élection présidentielle. Que tous les « *machos* » de la terre se sont ligués pour lui faire mordre la poussière. Que les caciques du Parti socialiste ont secrètement souhaité sa défaite. François Hollande ne l'a pas soutenue, les médias ont exploité la moindre de ses erreurs – la « *bravitude* » ! – et même les instituts de sondage l'ont donnée perdante dans le débat d'entre-deux tours contre Nicolas Sarkozy, alors qu'elle estime toujours avoir, ce soir-là, bousculé son adversaire. Dans la mémoire de Ségolène Royal, 2007 est à la fois une blessure et un aboutissement. Une image demeure. Le 1er Mai, au stade Charléty, devant 50 000 sympathisants, Ségolène Royal, en tailleur blanc et corsage rouge, prêche à sa façon. « *Mon projet, c'est vous !* » lance-t-elle, puis « *Aimons-nous les uns les autres !* » Dans la foule, presque anonyme, François Hollande, désœuvré, salue les militants qui le reconnaissent. Thomas Hollande, leader de la « Ségosphère », ce réseau de jeunes militants qui agissent sur Internet, ouvre de grands yeux sur sa mère.

Mais un cauchemar la hante aussi. « *C'était dur après une journée ou une semaine de campagne harassante de ne trouver personne à la maison pour vous soutenir*[1] », confie-t-elle. Elle se remémore les deux cambriolages dont elle a été victime. Son appartement de Boulogne retourné :

1. Entretien avec l'auteur, le 24 février 2012.

« *Tous les meubles renversés et les bijoux fantaisie de ma fille alignés sur son lit comme pour faire peur*[1]*...* » Le peu d'empressement de la police à faire aboutir les enquêtes. Alors, pour ne pas tomber, la candidate s'est étourdie dans l'action. Elle est allée au bout de ses forces. Pendant six mois, la nouvelle Jeanne d'Arc a mis ses blessures intimes sous le mouchoir. Fendant la foule en tailleur blanc, elle a voulu incarner, à elle seule, un renouveau de la politique. Habitée, messianique, quasi christique, Ségolène Royal s'est offerte en spectacle comme aucun autre leader politique avant elle. Au prix de l'enthousiasme, puis de la défaite...

La défiance entre la candidate et le parti s'est installée d'emblée : lors de sa cérémonie d'investiture, le 26 novembre 2006, Ségolène Royal n'a pas de mots pour mettre à l'honneur ses compétiteurs de la primaire. Elle se refuse à inviter les caciques du parti à monter à la tribune. Elle a triomphé du parti et de ses dirigeants qui la méprisent depuis tant d'années et elle s'imagine qu'elle peut réussir sans eux. Ils ne le lui pardonneront jamais. Tout en elle leur déplaît : la manière dont elle bafoue les dogmes socialistes, le culte de la personnalité dont elle fait l'objet, ses caprices et ses brusques changements de pied...

La candidate comptait sur François Hollande pour lui ramener le PS... Mais, dès le mois de novembre, le Premier

1. *Ibid.*

secrétaire refuse de devenir son directeur de campagne. Il n'a jamais voulu croire aux chances de Ségolène. Il ne partage pas ses idées iconoclastes et préfère demeurer à son poste, garant de l'unité des socialistes. Abandonne-t-il Ségolène à son sort ? Non, il délègue certains de ses proches à ses côtés. « *Il faut protéger Ségolène, y compris contre elle-même* », répète-t-il, paternaliste. C'est ainsi que François Rebsamen, le maire de Dijon, devient le codirecteur de la campagne, au côté de Jean-Louis Bianco, le fidèle ami de la candidate depuis les années Mitterrand.

François Hollande s'érige pourtant en gardien de l'orthodoxie du parti. Quand Ségolène Royal prétend diminuer les prélèvements obligatoires, il déclare que cet objectif ne fait pas partie du projet socialiste et rappelle ardemment l'obligation de financer le budget de l'État et la protection sociale. Dans une tribune au *Monde*, il se prononce même pour une hausse de l'impôt sur le revenu pour tous les Français dont les salaires excèdent 4 000 euros nets mensuels ! Ségolène Royal et son entourage y voient un sabotage. Au « 2-8-2 », siège de sa campagne, sis au 282 du boulevard Saint-Germain, le Premier secrétaire n'est pas le bienvenu. On lui reproche d'avoir « *lâché* » la candidate. Ségolène et son commando – Julien Dray, Sophie Bouchet-Petersen, Nathalie Rastoin… – se défient désormais des conseils de son ancien compagnon. Elle choisit pour porte-parole un de ses plus virulents adversaires : le sémillant Arnaud Montebourg, qui s'autorise une blague sur le plateau de Canal +. « *Le seul défaut de Ségolène Royal, c'est son conjoint* », déclare le député de Saône-et-Loire. François est furieux. Ségolène se contente de suspendre pendant trois semaines le plaisantin.

François est devenu, lui aussi, un de ces « éléphants » qui peuplent Solférino. Sa compagne veut voler de ses propres ailes et appliquer sa méthode. Des « *débats participatifs* » sont organisés pour aboutir à la confection du programme. « *C'était fantastique, tout le monde s'est mis à plancher dans toute la France. On n'avait jamais vu ça*[1] », se souvient Dominique Bertinotti, alors mandataire financière de la candidate. Mais, dans le même temps, Nicolas Sarkozy lance son offensive : le congrès de l'UMP du Bourget, le 14 janvier, est une démonstration de force et de cohérence politique. Déjà le candidat UMP dépasse Ségolène Royal dans les sondages. En mouvement depuis trois ans, l'ancien ministre de l'Intérieur a imposé ses thèmes fondamentaux de longue date : sécurité, valeur travail et identité nationale. Le 11 février, à Villepinte, quand Ségolène Royal égraine la litanie des 100 propositions de son Pacte présidentiel, synthèse du programme socialiste et des propositions du débat participatif, il est déjà trop tard.

1. Entretien avec l'auteur, le 13 juillet 2012.

Ses dérapages verbaux suscitent des sarcasmes. Ainsi, en voyage en Chine, elle déclare : « *Qui va sur la Grande Muraille conquiert la bravitude* » – au lieu de la bravoure. Puis, interrogée à la télévision, elle affirme que, en France, « *une femme sur trois meurt sous les coups de son conjoint* » – au lieu d'une femme tous les trois jours... Fait rare, la candidate enregistre même une défection fracassante dans son équipe de campagne : Éric Besson, un proche de François Hollande, responsable du chiffrage de son programme, démissionne le 14 février de son poste de secrétaire national chargé de l'économie. Un mois plus tard, il publie un petit livre d'entretien assassin : *Qui connaît Madame Royal*[1] *?* Le futur ministre de Nicolas Sarkozy y dénonce le « *populisme* » et l'« *amateurisme* » de la candidate : « *Je pense en conscience que Ségolène Royal ne doit pas devenir présidente de la République. Je ne le souhaite pas pour mon pays. Je le redoute pour mes enfants.* » Il rejoindra donc son rival au premier tour de l'élection présidentielle et... deviendra ministre. Mais ce tir de barrage n'empêche pas Ségolène Royal de réussir sa « *mobilisation populaire* ». « *L'appareil et la direction du parti avaient tendance à faire de la résistance. Mais la base nous suivait*[2] », assure Dominique Bertinotti. Chacun de ses meetings draine une foule fervente. Les

1. Grasset, 2007.
2. Entretien avec l'auteur, le 13 juillet 2012.

adhérents de Désirs d'Avenir, l'association fondée pour soutenir son action politique, forment une avant-garde fanatique. Tandis que Thomas Hollande, précurseur des réseaux sociaux, mobilise la « Ségosphère » sur Internet… Le 22 avril 2007, Ségolène Royal obtient 25,8 % des suffrages. « *Je n'ai pas été éliminée au premier tour comme Jospin* », rappelle-t-elle. Mais la candidate socialiste est distancée par Nicolas Sarkozy (31,1 %). Et François Bayrou (18,5 %) s'impose comme le troisième homme.

Bayrou ! Ne pas avoir pu rallier le centriste entre les deux tours de l'élection demeure son grand regret. « *Si Bayrou avait accepté la main que je lui ai tendue, nous aurions pu renverser la tendance du premier tour. Il aurait été mon Premier ministre*[1] », assure Ségolène. Mais le fondateur du Modem, avec lequel elle considère avoir organisé le « *débat de l'avenir* », le 28 avril 2007, reste circonspect. Il laisse entendre qu'il votera blanc au second tour. « *J'étais en avance en préconisant l'alliance avec les centristes. François Hollande et le PS m'ont désavouée en 2007. Mais lors de la dernière présidentielle, il ne voulait que ça*[2]… » note l'ex-candidate. Grands vaincus de 2012, Royal et Bayrou n'ont plus que leurs yeux pour pleurer. L'une a eu raison trop tôt, et l'autre trop tard.

---

1. Entretien avec l'auteur, le 13 avril 2012.
2. Entretien avec l'auteur, le 11 juillet 2012.

« *Merci Ségolène! Merci Ségolène!* » Au siège du PS, rue de Solférino, il est 21 heures, ce 6 mai 2007. La candidate vaincue apparaît en tailleur crème au balcon. « *On va gagner, on va gagner* », hurle la foule des militants qui emplit la rue en contrebas. On se pince ! Ségolène Royal a pourtant sèchement perdu : 47 % des suffrages se sont portés sur son nom, contre 53 % à son rival Nicolas Sarkozy, élu sixième président de la Ve République. La rue de Solférino déborde d'allégresse... Bien plus que la place de la Concorde où le vainqueur a organisé un concert. « *Tout ne fait que commencer*, crie Ségolène dans le micro. *Nous allons continuer ensemble. Nos valeurs vont triompher. Un immense espoir s'est levé. Vous avez pris la parole et vous allez la garder. Et nous allons construire ensemble le renouveau qui nous conduira vers les victoires futures.* » Après avoir fait entonner le « *Tous ensemble, tous...* » à ses supporters, la prêtresse de l'ordre juste annonce même l'organisation d'un « *grand rassemblement de la fraternité et des remerciements* » (*sic*). « *Nous serons plus nombreux qu'à Charléty.* » L'émotion est à son comble. « *Vus d'ici, vous êtes magnifiques. Merci pour ce cadeau. J'ai besoin de vous car le mouvement continue.* » Une défaite ? Non, un nouveau départ !

IV

LA GUERRE DES EX

Les hostilités ont commencé au lendemain du second tour de l'élection présidentielle de 2007. *La Femme fatale*[1], livre-événement des journalistes du *Monde* Raphaëlle Bacqué et Ariane Chemin, révèle enfin au grand public ce que le microcosme politico-médiatique murmure depuis des mois : rien ne va plus entre Ségolène et François ! Médusés, des millions d'électeurs découvrent que la candidate socialiste et le Premier secrétaire ont vécu une crise de couple pendant tout le temps de la campagne. Comme Nicolas Sarkozy et son épouse Cécilia ! Le livre bien informé devient vite un best-seller. Mais Royal et Hollande n'ont pas encore décidé de passer aux aveux : ils attaquent conjointement l'ouvrage pour diffamation ! Avant d'abandonner les poursuites. Car la confirmation de la séparation arrive bien vite. Le 16 juin 2007, au début de la soirée électorale du second tour des législatives, par une dépêche AFP

1. Albin Michel, 2007.

sans fioritures ni excès de sentimentalisme, Ségolène Royal donne congé à son compagnon : « *J'ai demandé à François Hollande de quitter le domicile, de vivre son histoire sentimentale de son côté, désormais étalée dans les livres et les journaux, et je lui ai souhaité d'être heureux.* » Aussitôt, cette révélation prend le pas sur les résultats électoraux. Elle est près même d'occulter le fait que la gauche progresse d'une soixantaine de sièges par rapport aux estimations du premier tour ! Les socialistes sont furieux : Royal a pris en otage le parti pour régler ses comptes avec Hollande, s'indignent-ils. À moins que ce ne soit l'inverse : Ségolène congédiant le Premier secrétaire pour mieux s'emparer du parti !

Pendant deux ans, la candidate et le Premier secrétaire ont donné le change. La campagne, l'intérêt supérieur de la gauche et la sauvegarde de la famille l'exigeaient. Bien sûr autour d'eux, dans le premier cercle amical et politique, la réalité de leur couple en déshérence était connue. Mais nul n'a osé briser le tabou. Même Nicolas Sarkozy, pourtant bien informé, s'est contenté d'une infime allusion au désaccord politique entre le Premier secrétaire et la candidate lors du débat télévisé d'entre-deux tours. Désormais, Ségolène Royal voudrait tourner la page. À aucun moment, durant la campagne, elle n'a laissé voir le drame intime qu'elle traversait. « *Je voulais rester digne de la fonction que prétendais occuper*, dit-elle. *Et puis je devais avant tout mener campagne*[1]. »

François, lui aussi, a caché son malaise en s'immergeant dans l'action. Il a enchaîné les meetings pour défendre la candidature de celle que tout le monde croyait être sa compagne. Quand la presse s'enquérait de ce que pourrait être son rôle en cas de victoire de Ségolène, il bottait en touche : non, il ne se voyait pas en « Premier Monsieur » de France ! Non, il n'aurait pas de bureau à l'Élysée. Désormais, cette comédie-là, est bien finie. Chacun peut suivre le cours de son destin. François peut vivre sa nouvelle vie. Et Ségolène reprendre sa route. Elle n'envisage qu'une forme de résilience : la conquête politique !

Ce n'est pas un mystère, Ségolène a des vues sur Solférino. Le PS lui a tant fait défaut durant la campagne présidentielle. Pas question de le laisser se remobiliser contre elle ! Auréolée de son relatif succès du second tour de 2007, elle s'estime la plus légitime pour en prendre la direction. Comme Mitterrand en 1974, ou Jospin en 1995. Le 9 mai 2007, François Hollande croit sa dernière heure arrivée. Son numéro deux, François Rebsamen, ci-devant codirecteur de la campagne de Royal, lui fait comprendre qu'il doit songer à faire ses cartons. Le maire de Dijon a tout prévu : une direction provisoire lui sera confiée, en

1. Entretien avec l'auteur, le 28 juillet 2012.

attendant la tenue d'un congrès extraordinaire qui portera Ségolène à la tête du PS. Sur le papier, le putsch est imparable. Mais c'est compter sans les embardées médiatiques que provoque la candidate socialiste. Commentant la campagne, elle déclare avoir douté de deux mesures emblématiques dans son projet présidentiel : l'établissement d'un Smic à 1 500 euros et l'approfondissement des 35 heures ! Une claque pour Fabius, à l'origine de la proposition sur le salaire minimum. Une gifle pour Jospin, le père des 35 heures ! Ce règlement de comptes à posteriori heurte les militants et les dirigeants. Ils découvrent avec horreur que leur candidate avoue ne même pas avoir cru en ce qu'elle défendait quelques semaines plus tôt. Impossible de lui laisser les rênes du PS dans ces conditions ! Du coup, la tribu se ressoude tant bien que mal autour de François Hollande. « *Ils se sont tous mis d'accord pour refuser un congrès extraordinaire auquel Ségolène avait droit, pour attendre la date du congrès régulièrement prévu en novembre 2008* », se souvient Guillaume Garot, le député-maire de Laval, qui rejoint alors la « patronne » et deviendra l'un de ses plus fidèles collaborateurs. En attendant, Hollande est sauvé !

« *J'en ai marre que la vie de mon parti tourne autour d'un seul couple* », lâche Manuel Valls sur un plateau de télévision. La rupture n'est pas encore officielle. Pourtant les jeunes loups socialistes voudraient tourner la page de l'album familial. Ségolène a perdu. Et François est jugé responsable de la défaite par tous ces chers camarades qui considèrent qu'il n'a pas su « *tenir sa femme* ». C'est lui qui a semé la zizanie en abandonnant Ségolène... Ouvrant ainsi à sa compagne la présidentielle ! Mais le Premier secrétaire est aussi vu comme un « *traître* » par tous les ségolénistes qui lui reprochent d'avoir lâché leur championne en pleine bataille électorale. Bouc émissaire, *has been*, pré-retraité, Hollande ne perd rien pour attendre !

Ségolène s'en va seule passer des vacances à Mougins. Sans François, pour la première fois. L'ambiance est morose. Heureusement, Dominique Besnehard, l'agent des stars, entreprend de distraire « l'Ex » qui traîne son cafard. Sorties en boîte, virées sur la Côte : Ségolène s'émancipe. François, lui, s'évade au Maroc en compagnie de Valérie. Sur une plage, ils sont surpris par un *paparazzo*. Les clichés paraissent dans *Closer* et *Choc*. Le couple dépose plainte pour atteinte à la vie privée... À la fin du mois d'août 2007, la traditionnelle Université d'été de La Rochelle est le théâtre d'un chassé-croisé réglé par leur entourage respectif. Quand Hollande entre dans une salle, Royal en ressort. Les ex-concubins s'évitent. Il s'agit de prouver que leur relation s'est « normalisée », qu'ils sont devenus des partenaires politiques, ni plus ni moins. Mais personne n'est convaincu...

La rupture – pour avoir été officialisée – est loin d'être franche. À la rentrée, l'Ex laisse entendre que François regrette sa vie de famille et qu'il est prêt à reconsidérer la situation ! « *Si je le lui demande, il revient* », aurait-elle alors dit à son entourage. Interviewée par *Paris Match* sur ce point, Ségolène dément : « *C'est tout le contraire : je lui souhaite très sincèrement d'être heureux. Et je garde au père de mes enfants la part de considération que ce lien avec eux implique et qu'ils doivent garder*[1]. » Mais, deux mois plus tard, elle donne à nouveau crédit à la « thèse du retour » dans son livre *Ma plus belle histoire, c'est vous.* « *Aujourd'hui, tout cela est passé. Je goûte cette nouvelle liberté, cette sérénité reconquise, même si elle fut douloureuse à reconquérir. Et quand François Hollande récemment a parlé de revenir, je lui ai dit que ce n'était pas une bonne idée*[2]. » Royal profite aussi de cet ouvrage en forme de règlement de comptes pour accuser Hollande de l'avoir abandonnée pendant la campagne : « *La candidate n'a pas trouvé d'épaule où poser son front, pour se lâcher, pour pleurer quand c'était dur. [...] La solidarité politique n'a pas compensé l'abandon privé.* » Elle indique aussi le moyen de l'emporter en 2012. « *Pour gagner une prochaine fois, il faudra le soutien de tout un parti et d'un compagnon amoureux, à fond avec la*

1. *Paris Match*, 8 septembre 2007.
2. *Ma plus belle histoire, c'est vous*, Ségolène Royal, Grasset, 2007.

candidate. » Ce constat, au moins, a dû plaire à Valérie Trierweiler...

Gare au retour du refoulé ! Cet hiver-là, Ségolène ne peut s'empêcher de vider son sac. Répondant aux questions de Michel Drucker sur le plateau de *Vivement dimanche*, le 27 janvier 2008, tout de noir vêtue, elle porte l'estocade : « *Ce n'est pas grave de changer de vie. Ce qui est insupportable pour moi, ce sont les situations de bigamie qui continuent.* » Voilà, tout est dit ! Après l'émission, cette phrase lui sera reprochée par son entourage. Mais, avec le recul, force est de constater qu'elle décrit précisément ce que Ségolène a ressenti... « *Ce qui est horrible pour tous ceux qui l'ont vécu, c'est le manque de vérité, c'est le mensonge* », dit encore Ségolène ce dimanche-là. *Ce qui m'a sauvée, c'est de continuer à penser aux Français qui attendaient que je reste digne, que j'incarne la fonction présidentielle.* »

Ces accusations, que François Hollande rejettent aussitôt avec vigueur, n'ont sans doute qu'un objectif : semer la zizanie dans le nouveau couple que son ex-compagnon forme désormais officiellement avec Valérie Trierweiler. En entendant sa rivale, la journaliste s'étrangle. Valérie a été contrainte, elle aussi, de quitter son foyer et ses enfants à la demande de Denis Trierweiler, son époux, qui souhaite divorcer. La séparation est douloureuse... « *Hollande et Trierweiler ont commencé à vivre ensemble par nécessité, leur conjoint respectif les ayant mis à la porte!* » explique un de ses amis journalistes. François et Valérie quittent le meublé de leurs amours clandestines et emménagent dans un immeuble moderne du XVe arrondissement, rue Cauchy, en bordure du parc André-Citroën. Eux qui ont vécu sans toit ni loi depuis deux ans peuvent enfin poser leurs pénates. Ils meublent le trois-pièces, aménagent un nouveau foyer. Ils y résideront encore après la victoire de François Hollande à l'élection présidentielle.

Ségolène ne fait pas que régler ses comptes. Elle prépare déjà la suite. En attendant que le parti veuille bien se rénover, elle s'appuiera sur son mouvement Désirs d'avenir, dont la présidence est alors confiée à son ami l'avocat Jean-Pierre Mignard. Le mouvement revendique dix mille militants. Un effectif invérifiable. Une chose est sûre : il est constitué d'adorateurs plus que de militants classiques. Particulièrement actifs sur Internet, les ségolénistes de Désirs d'avenir exercent une veille de tous les instants, disséquant les articles et les émissions consacrés à leur idole, ils ne tolèrent pas la moindre réserve. Ségolène prend bien soin d'entretenir leur ferveur. Mais ces groupies lui tendent, hélas, un miroir déformant. Ségolène Royal peut aussi compter sur le fidèle soutien du milliardaire et mécène Pierre Bergé. Le fondateur de Saint-Laurent règle le loyer des trois cents mètres carrés de bureaux où elle installe son quartier général, 95 boulevard Raspail. Ségolène Royal ne siège plus à l'Assemblée. Pour se conformer au principe du non-cumul des mandats, elle a transmis sa circonscription à sa suppléante, la jeune Delphine Batho. Un choix qui se révélera douloureux… Le règne de Nicolas Sarkozy ne fait que commencer. La présidente de Poitou-Charentes préfère se replier sur sa Région, conçue comme un laboratoire de sa « *politique par la preuve* ».

Tout sauf Royal !

À la fin du mois de septembre, Lionel Jospin publie *L'Impasse*, un court essai de réflexion politique. Méthodique, il règle son compte à la candidate de 2007, « *personnalité secondaire de la vie politique* », qui n'aurait jamais dû être candidate si François Hollande avait œuvré en faveur d'une candidature « *solide* » : celle de Jospin lui-même ! « *François Hollande a neutralisé les autres candidats potentiels sans pour autant avancer sa propre candidature. Dans cette indécision et ce vide politique, s'est glissée puis imposée l'option inattendue de la candidature d'une femme populaire mais mal connue, ayant peu participé à la vie du Parti socialiste et pas préparée à affronter une telle échéance*[1]. » Ainsi, le retraité de l'île de Ré se venge de celle qui lui a interdit tout retour. Et fournit le mot d'ordre du prochain congrès : « *Il faut tourner la page.* »

1. *L'Impasse*, Lionel Jospin, Flammarion, 2007.

En novembre 2008, le Congrès de Reims est une élimination en règle. Ségolène ne se présente pourtant pas isolée à ce rendez-vous de tous les socialistes. L'ex-candidate de 2007 est parvenue à rassembler une partie de la génération montante. François Rebsamen, Manuel Valls et Vincent Peillon ont signé sa motion. Elle bénéficie aussi du soutien de deux puissantes fédérations qui font et défont les majorités : les barons de l'Hérault et des Bouches-du-Rhône, Robert Navarro et Jean-Noël Guérini, la suivent. Pourtant, jusqu'à l'automne, les « solférinologues » ne lui accordent guère de chances de l'emporter face à la motion de Bertrand Delanoë, soutenue par le Premier secrétaire sortant, François Hollande, et celle de Martine Aubry, qui s'appuie sur les partisans de Laurent Fabius et de Dominique Strauss-Kahn. Ces deux armées semblent avoir été constituées pour prendre en tenaille l'intruse ! Les sondages ne la donnent pas vainqueur. Voilà pourquoi, le 15 septembre, la présidente de Poitou-Charentes annonce son rapprochement avec le petit courant de Gérard Collomb, qui prend la tête de sa motion, baptisée « E ». Première surprise ! Le 6 novembre, le vote des militants place ladite motion « E » en tête avec 29 % des voix, devant la motion « A » de Bertrand Delanoë (25 %), la motion « D » de Martine Aubry (24 %) et la motion « C » de Benoît Hamon, à l'aile gauche du parti. N'en déplaise aux « éléphants », Ségolène reste populaire à la base du parti. Mais ce vote ne suffit pas à désarmer les préventions de l'appareil. « *En principe, les autres motions auraient dû se rassembler autour de la nôtre. Car nous étions arrivés en tête. Mais cette synthèse nous a été refusée*[1] », déplore Ségolène Royal. Que redoutent les signataires des motions « A », « C » et « D » si Ségolène devenait Première secrétaire ? Une dérive du parti, sa personnalisation, sa transformation en club de supporters. Quelques semaines plus tôt, la fête de la Fraternité, organisée au Zénith de Paris, a horrifié les socialistes orthodoxes. Ségolène Royal, revêtue d'une tunique de soie bleue et les cheveux étonnamment bouclés, y a donné un meeting d'un genre nouveau. Arpentant la scène comme un comédien de stand-up, la patronne, coachée par Dominique Besnehard et la metteuse en scène Ariane Mnouchkine, s'est improvisée bateleuse : « *Comme Cyrano de Bergerac, je n'abdique pas l'honneur d'être une cible.* » Et a lancé quantité de flèches en direction du PS, se remémorant « *la riante primaire, la courtoise présidentielle, les gentils coups bas, les tendres attaques, les doux cambriolages, les amicales pressions…* »

Cette mauvaise impression est renforcée par le discours exalté que prononce Ségolène Royal en ouverture du Congrès. « *Il nous faut prendre soin de notre parti et pour*

1. Entretien avec l'auteur, le 11 juillet 2012.

cela il va falloir nous guérir nous-mêmes, nous soigner », lance-t-elle à des congressistes peu habitués à la psychologisation des débats. « *Lorsque nous nous retrouverons tous au travail, entre nous, l'estime reviendra et nous aurons tant besoin des uns des autres que nous finirons bien par nous aimer un tout petit peu.* » Les vieux socialistes s'enfoncent dans leurs sièges. De rage, ils serrent les poings. Ségolène en appelle à un « *nouveau Front populaire* » ouvert aux centristes pour battre la droite… « *Sommes-nous donc si faibles, si apeurés, que la seule idée d'une alliance éventuelle, dans trois ans, nous jette hors de nous-mêmes ?* »

Déjà en partance, le Premier secrétaire François Hollande ne souhaite pas s'en mêler. À plusieurs reprises, il a tenté de passer des messages à son ex-compagne pour lui faire comprendre que les joutes d'appareil et les intrigues de parti n'étaient pour elle. Mais Ségolène, comme d'habitude, s'est obstinée. En l'absence de toute synthèse, l'élection du Premier secrétaire, qui se joue entre les leaders des deux premières motions, s'annoncc cauchemardesque. Aubry ne souhaite pas se présenter ! Il faudra toute l'insistance des lieutenants de Fabius et Strauss-Kahn pour décider la maire de Lille : « *Martine, fais ton devoir ! Tu dois barrer la route de Ségolène Royal* », l'exhortent-ils. Avec 42 % des suffrages, la « dame du Poitou » frôle l'élection au premier tour. Hamon appelle alors ses troupes à voter massivement pour Aubry. Mais ce n'est pas encore suffisant. Au second tour, Ségolène Royal est d'abord donnée gagnante ! « *François m'a appelée au début de la soirée pour me dire que j'étais élue* », se souvient Royal. Et puis, tout change dans la nuit. Au matin, Aubry prend l'avantage avec 42 voix d'avance ! Aussitôt, l'entourage de Ségolène Royal dénonce des irrégularités dans le comptage et la collecte des résultats. La fédération du Nord, acquise à Martine Aubry, est visée. Le ton monte. Le camp Royal menace de porter l'affaire devant les tribunaux et demande l'organisation d'un nouveau vote. Pendant cinq jours, le Parti est au bord du gouffre. Pour finir, une commission présidée par le jospinien Daniel Vaillant valide le scrutin et accorde 102 voix d'avance à Martine Aubry. Ségolène Royal est flouée. Elle le sait. Mais comment réagir ? « *Si elle avait fait intervenir la justice, c'était la mort du Parti. Elle s'est montrée responsable. Elle s'est soumise à la décision* [1] », explique Guillaume Garot. Martine Aubry ne joue pas l'apaisement. À Solférino, la nouvelle Première secrétaire, qui mettra un an à trouver ses marques, n'accorde aucune place aux ségolénistes et concentre tous les pouvoirs. « *Tout a été fait pour mettre Ségolène Royal dehors* », proteste alors son allié Vincent Peillon. François Hollande n'est guère mieux traité : sorti par la petite porte d'un parti qu'il a cornaqué pendant onze

1. Entretien avec l'auteur, le 12 juillet 2012.

années, il est accusé d'impéritie par celle qui lui succède. « *Il n'a rien foutu. Rien ne fonctionne*, répète Aubry. *Même pas les toilettes !* »

Que sont ses amis devenus ?

La perte du Congrès de Reims est un coup très dur pour Ségolène Royal, sans doute le plus violent et le plus injustifiable de tous ceux qu'elle a reçus. Mise au ban par sa propre famille alors qu'elle pouvait prétendre la diriger, elle ne s'en est sans doute jamais remise. En 2007, elle était parvenue à transformer la défaite en espoir. Mais les intrigues et les manipulations dont elle a été victime l'atteignent au plus profond. Elle ne succédera pas à François Hollande au poste de Premier secrétaire. Pire, elle voit son ex-compagnon valider l'élection sans doute frauduleuse de Martine Aubry. Ségolène a de quoi déprimer...

Mais, désormais, elle croit disposer d'une épaule sur laquelle poser sa tête en cas de coup dur ! Durant l'été 2008, dans un club de vacances, elle a fait la connaissance d'un homme d'affaires franco-marocain, André Hadjez, avec lequel elle semble filer le parfait amour. Inconnu du microcosme politique, le compagnon de Ségolène est éditeur de livres et de jeux de société. Dès le Congrès de Reims, il apparaît à ses côtés. Mais nul ne remarque ce petit homme grisonnant, invariablement chaussé de santiags. En février

2009, le couple, immortalisé par le paparazzo Jean-Claude Elfassi lors d'un week-end à Marbella, fait la couverture de *Paris Match*. Ségolène et André attaquent le magazine pour violation de leur vie privée. De plus en plus présent, l'homme d'affaires, touche-à-tout, se pique de lever des fonds pour Désirs d'avenir. Il prétend aussi conseiller Ségolène ! Mais on lui prête une influence funeste. Il aurait écarté certains compagnons historiques comme l'avocat Jean-Pierre Mignard, sommé de quitter la présidence de Désirs d'avenir sous prétexte que Ségolène Royal entendait transformer l'association militante en ONG ! Sous son influence, Ségolène se brouille aussi avec Dominique Besnehard, l'agent des stars qui lui fournissait son contingent de vedettes du show business et voulait faire d'elle une diva de la politique.

Ses amis sont de plus en plus clairsemés. Mais Ségolène semble ravie. Elle n'est plus seule. Elle trouve son André « *doué en multimédia et très amoureux* ». Pierre Bergé, le milliardaire et mécène de Ségolène Royal depuis 2007, est moins enthousiaste. En juillet 2009, il refuse tout net de régler la facture de 41 000 euros que lui présente la société de Hadjez. Le businessman a piloté une version calamiteuse du site Désirs d'avenir. Rien ne marche, la création artistique est d'un goût douteux. Pierre Bergé, déjà échaudé par les factures de la Fête de la Fraternité, prend ostensiblement ses distances. Sept mois plus tard, il cessera de régler les 8 000 euros de loyer mensuel du 95 boulevard Raspail…

Au printemps 2009, la campagne des européennes fournit à Ségolène Royal l'occasion de reprendre pied au PS. Les socialistes sont en panne dans les sondages. Pour éviter la catastrophe électorale qui menace de l'éjecter de Solférino, Martine Aubry a besoin de renfort. Elle appelle à l'aide Ségolène Royal. À Rezé, le 27 mai 2009, les deux rivales revêtues de la même veste blanche tiennent un meeting commun. Pour prix de son ralliement, Ségolène Royal décroche la vice-présidence de l'Internationale socialiste. Une fonction qui lui permet de voyager à l'étranger au frais du parti. Mais dans la perspective de la primaire pour la présidentielle de 2012, dont la Première secrétaire a annoncé l'organisation, elle manque cruellement de soutiens au sein de l'appareil. Après le coup de Trafalgar de Reims, elle a abandonné son courant L'Espoir à gauche aux mains de Vincent Peillon. Or elle suspecte, non sans raison, ce prof de philo qui l'a toujours méprisée de s'emparer de la boutique. En novembre 2009, elle tente de remettre la main sur son bien en s'invitant, alors qu'elle n'y était pas conviée, aux premières rencontres du Rassemblement, organisées à Dijon par l'eurodéputé. Sont présents des responsables politiques socialistes, écologistes, communistes et centristes du Modem… C'est l'illustration de la « *coalition arc-en ciel* » à laquelle Ségolène tient tant et qui fait bondir les caciques socialistes. La dame du Poitou fait une arrivée de star à la gare de Dijon. Mais Peillon ne se soumet pas, bien au contraire. Dénonçant un « *coup médatique* », il s'insurge contre cette « *visite surprise* » et ne tolère pas d'être « recadré » par la patronne. La querelle s'envenime par médias interposés. À bout de nerfs, Peillon finit par déclarer que Ségolène relève de la « *psychiatrie lourde* » et que, si elle avait été un homme, il lui aurait « *cassé la gueule* ». Le courant ne survit pas à l'échauffourée.

Ségolène Royal a perdu beaucoup d'amis en route. Rebsamen, Valls, Filippetti, Colomb, Peillon, ont pris la tangente. Il ne lui reste plus qu'un carré de fidèles pour affronter l'épreuve de la primaire. Tout son entourage a changé. La journaliste Françoise Degois, qui la suivait depuis la campagne de 2007, quitte France Inter pour la rejoindre. Passionnée et affective, la nouvelle conseillère spéciale au cabinet de la présidence de la Région Poitou-Charentes est censée mettre en œuvre « *les politiques de civilisations*. En réalité, elle demeure ce qu'elle n'a pas cessé d'être depuis deux ans : la plus irréductible zélatrice de « la patronne ». Auteur d'un ouvrage d'entretiens paru au début de l'année 2009 [1], Degois – amie et conseillère – ne cesse de trouver Ségolène Royal « *géniale* ».

1. *Femme debout, entretiens avec Ségolène Royal*, Denoël, 2009.

La résurrection de François

La scène remonte au mois de janvier 2009. Elle est cruciale. Ce jour-là, François Hollande enterre sa mère Nicole. À quatre-vingt-quatre ans, son admiratrice et sa complice de toujours vient de succomber à un cancer. François est bouleversé. Cette perte immense intervient pour lui après la déroute du Congrès de Reims. Il est au fond du trou et s'en veut de ne pas avoir été présent lors des derniers instants de cette femme généreuse et gaie qui lui a donné le goût de la vie et fut une parfaite grand-mère. Dans l'église de Saint-Ouen, il s'inquiète : ses enfants, qu'il ne voit que de loin en loin depuis sa séparation d'avec Ségolène, seront-ils à l'enterrement de Nicole ? Assisteront-ils malgré tout aux funérailles de leur chère grand-mère ? Oui ! Les voilà. Mais Ségolène n'est pas là ; elle qui avait bien connu Nicole n'est pas venue lui dire adieu. François n'a pas souhaité sa présence. Pour ménager Valérie, bien sûr…

Même à distance, François Hollande continue d'être tiraillé entre les deux femmes. Après son départ officiel, au mois de juin 2007, ses enfants lui ont tenu grief d'avoir abandonné leur mère. Les ponts ont été coupés pendant de longs mois. Cette absence l'a atteint au plus profond. Il a bien cru les perdre alors. Puis, petit à petit, les contacts ont été rétablis. À l'occasion d'une réunion de famille,

Clémence, sa fille aînée, fut la première à rendre visite au nouveau couple formé par leur père et Valérie Trierweiler. Ensuite, Thomas, qui s'était engagé si ardemment dans la campagne présidentielle de Ségolène, a rétabli la communication, lui aussi. Enfin, tous sont venus à l'enterrement de la mère de leur père…

C'est le moment pour François Hollande de toucher le fond et de remonter lentement vers la surface. Politiquement, il n'est plus rien après onze années passées à la barre du Parti socialiste. Au Congrès de de Reims, ses oreilles ont sifflé. La plupart des hauts responsables du parti l'ont tenu pour responsable de la zizanie. Les cadres et les militants, il le sait, continuent de l'apprécier. Mais François, s'il rêve toujours à un grand destin, doit désormais apprendre à agir pour son propre intérêt et non au service du collectif. Heureusement, sa nouvelle vie avec Valérie lui autorise enfin cette liberté qui lui a si souvent manqué ces dernières années. Le téléphone sonne beaucoup moins. Les deux amoureux en profitent pour voir du pays. Ils visitent les Iles grecques, en scooter, comme s'ils avaient vingt ans. Jamais Valérie n'a été aussi heureuse. Elle possède enfin son François pour elle toute seule.

Son avenir politique est incertain. Mais un petit groupe de hollandais fidèles croit encore en son étoile. Ils ne sont qu'une poignée mais vont contribuer à la renaissance de

Hollande. Il est temps pour François de se décider une bonne foi pour toute et de se préparer pour la grande échéance de 2012. Valérie le soutient et l'encourage. En septembre 2009, son compagnon s'interroge sur son avenir. « *Soit tu penses que tu es le meilleur, et tu y vas. Soit tu penses qu'un autre est meilleur que toi et tu n'y vas pas* », lui dit-elle. Ce jour-là, François affirme enfin qu'il est le meilleur. « *Alors vas-y ! Mais ne bricole pas. Mets tout en place pour que ça marche*[1] », ajoute Valérie. De son côté, Stéphane Le Foll, le plus constant de ses amis, lui fait comprendre qu'il s'agit, à cinquante-cinq ans révolus, de sa dernière chance d'accomplir son rêve de jeunesse. François doit mettre tous les atouts de son côté, cette fois. Et d'abord se glisser dans le costume d'un présidentiable. Sous la surveillance de Valérie qui prend l'habitude de passer commande pour lui au restaurant afin d'éviter les calories en trop, François entame un régime. Il s'offre des complets sur mesure, pour la première fois de sa carrière. Il change de lunettes et de coiffure… À Lorient, le 27 juin, devant ses compagnons, il prononce un discours fondateur. Il s'agit de proposer aux Français trois pactes – productif, éducatif et fiscal – afin de redresser le pays. Les grandes lignes de sa campagne sont tracées. Valérie Trierweiler est à ses côtés. Ses vieux amis

1. « Vainqueur solitaire », par Raphaëlle Bacqué et Ariane Chemin. Le Monde, 8 mai 2012.

sont bluffés. « *On a tout de suite compris qu'il y avait quelque chose de changé. Il rayonnait de nouveau*[1] », se souvient Bernard Poignant, maire de Quimper et compagnon de route depuis le temps des Transcourants. Dans la foulée, Hollande fonde les clubs Répondre à Gauche, pour porter sa candidature. La démarche est parfaitement orchestrée.

En pré-campagne, Hollande subordonne sa candidature à son élection à la présidence du conseil général de la Corrèze. Cette première étape sur le long chemin qu'il a entrepris est franchie le 27 mars 2011. Quatre jours plus tard, depuis Tulle, François Hollande se lance dans la campagne de la présidentielle en s'alignant dans la primaire socialiste. Cette déclaration précoce lui permet de cultiver son image de « *candidat normal* ». Face à Dominique Strauss-Kahn, le directeur général du FMI attendu comme l'homme providentiel. Et face à Nicolas Sarkozy dont le comportement excède une majorité de Français.

Mais la normalité de François Hollande souffre déjà d'une exception. Dans la primaire socialiste, le président du conseil général de la Corrèze doit aussi affronter son ex-compagne ! Cette situation parfaitement inédite – la revanche de 2007 ! – n'attire guère l'attention. Et pourtant, elle n'est pas facile à maîtriser. Ségolène Royal se prépare elle aussi. Elle n'a rien abandonné de ses ambitions

1. Entretien avec l'auteur, le 4 mai 2012.

présidentielles. Face à la crise financière, elle défend une régulation du capitalisme et une mise au pas des banques. À Dakar, elle fustige le discours prononcé deux ans plus tôt par Nicolas Sarkozy : « *Quelqu'un est venu ici vous dire que "l'homme africain n'est pas entré dans l'Histoire". Pardon, pardon pour ces paroles humiliantes et qui n'auraient jamais dû être prononcées et – je vous le dis en confidence – qui n'engagent ni la France ni les Français.* » Au nom du testament de François Mitterrand qui, lors du dernier Conseil des ministres socialistes de 1993, avait mis en garde les socialistes contre une droite toujours prompte à « *brader la Sécurité sociale* », elle prend vivement parti contre la réforme des retraites. Dans sa région de Poitou-Charentes, elle vole au secours du constructeur automobile Heuliez. Grâce à une prise de participation de la région Poitou-Charentes, le constructeur va se consacrer à la production d'une petite voiture électrique : la Mia.

À l'approche des échéances, la présidente semble avoir retrouvé son allant. Le 21 mars 2010, elle est réélue à la tête de la région Poitou-Charentes en obtenant 61 % des voix au second tour. Avant François, elle est légitimée par le suffrage populaire. Dès novembre 2010, elle est la première a annoncé sa candidature à la primaire. Est-elle en passe de réussir un de ces retours gagnants dont elle a le secret ? En vérité, Ségolène Royal ne se précipite pas. Comme tous les prétendants socialistes, elle attend de connaître la décision de Dominique Strauss-Kahn, le grand manitou du FMI. À la différence de François Hollande, qui le déteste, elle a toujours entretenu des relations cordiales avec celui qu'elle a pourtant vaincu lors de la primaire de 2007. Ségolène le rencontre au mois de janvier 2011. Le directeur général du FMI honore quelques rendez-vous politiques afin de préparer son éventuelle candidature. DSK espère rallier le plus grand nombre possible de hauts responsables du Parti. Il sonde les intentions de Ségolène. L'ex-candidate de 2007 ne veut rien exclure. Elle souhaite, bien sûr, être candidate mais laisse entendre que si un consensus se dégage, elle saura jouer collectif. Elle est surtout persuadé que si DSK se décide, il ne fera qu'une bouchée de Hollande. Ses relations avec son ex-compagnon sont au plus bas depuis la parution, en octobre 2010, d'une interview dans *Gala*. François Hollande y a déclaré publiquement sa flamme à Valérie Trierweiler. « *C'est une chance exceptionnelle que de pouvoir réussir sa vie personnelle et de rencontrer la femme de sa vie. Cette chance, elle peut passer, moi je l'ai saisie* », a annoncé son ex-compagnon qui voulait « *rassurer* » sa nouvelle compagne sur la profondeur de ses sentiments. Valérie Trierweiler est aux anges. Son amie journaliste Constance Vergara qui a recueilli l'interview a fait du bon travail. Mais Ségolène l'a très mal pris. La femme de sa vie ? Est-ce à dire que la mère de ses quatre enfants qui a passé près de trente ans à ses côtés ne compte pour rien ?

Un règlement de comptes se prépare. Jusqu'au printemps 2011, Ségolène Royal refuse que l'on évoque devant elle les ambitions présidentielles de son ex-compagnon. Le sujet est tabou. Son conseil politique n'ose même pas l'aborder de peur de susciter l'ire de la patronne. Ségolène Royal compte secrètement sur Strauss-Kahn pour mater l'impudent... Mais DSK ne reviendra pas ! C'est, selon Ségolène Royal, le « *coup de bol*[1] » dont a bénéficié François Hollande. Le « *candidat normal* » dont la cote remontait dans les sondages, se trouve soudain en position de favori. Aubry tergiverse. Ségolène, elle, fonce et croit aussi profiter de l'aubaine. Elle devient la challenger. « *Je vais passer devant Aubry au premier tour et battre Hollande au second*[2] », répète-t-elle alors pour se persuader de ses chances. Pendant l'été, elle entreprend une vaste tournée dans les quartiers populaires pour inciter son électorat à se mobiliser. Problème : cet électorat qui lui est favorable est peu enclin à participer à une élection d'un genre nouveau dont il ne maîtrise pas les règles. Au pied des barres HLM, Ségolène reçoit un accueil enthousiaste et s'illusionne sur ses chances réelles.

1. Entretien avec l'auteur, le 12 mai 2012.
2. Entretien avec l'auteur, le 27 mai 2011.

Par une indiscrétion publiée dans un livre[1], elle fait savoir qu'elle n'a plus « *aucun compagnon officiel* ». « *Je vis seule avec mes deux filles. Je veux que les Français sachent que je vais m'occuper d'eux à plein temps* », déclare-t-elle. *Exit* André Hadjez. Le séducteur des gazettes people disparaît comme il était venu. Sans explication… En cette rentrée 2011, l'ire de Ségolène se concentre sur François. À l'Université d'été de La Rochelle, elle convie les journalistes à dîner dans la tour de la Chaîne, qui surveille le port : langoustines, fruits de mer… Ségolène passe de table en table. Elle ne prononce pas son nom. Elle parle de « *l'autre candidat* », avec un air entendu. Malgré les règles de bonne conduite censées régir la primaire, elle brocarde la vacuité des propositions de son ancien compagnon et incite les journalistes à se pencher sur les finances du département de la Corrèze, lourdement endetté. Dès le lendemain, François Hollande est interrogé à ce sujet. « *Ségolène, à toujours raison !* » dit-il avant d'improviser une brillante démonstration sur le lourd héritage que la droite lui a transmis en Corrèze… Le 7 septembre, *Le Figaro* rapporte des propos qui font jaser : « *Le point faible de François Hollande, c'est l'inaction. Est-ce que les Français peuvent citer une seule chose qu'il aurait réalisée en trente ans de vie politique? Une*

1. *Élysée 2012 : les hommes de l'ombre*, Élisabeth Chavelet et Mariana Grépinet, Robert Laffont, 2011.

seule ? » Rappelée à l'ordre par Jean-Pierre Mignard, qui pilote la Haute Autorité de la primaire, Ségolène dément avoir tenu un pareil discours. Elle déposera même une plainte contre *Le Figaro* pour éviter que la droite ne puisse s'en saisir. Mais le mal est fait ! Devant ses vieux copains, Hollande risque une plaisanterie. Lui inactif? Il lève les quatre doigts de sa main droite. Quatre ! Comme leurs quatre enfants. « *Et sans compter les travaux préparatoires* », rigole le candidat à l'élection présidentielle.

Dans cette élection, Royal prétend ne parler que de politique. Mais les tourments privés refont surface. Lors du premier débat télévisé organisé entre les six candidats – Aubry, Royal, Hollande, Montebourg, Valls et Baylet –, elle perd ses moyens. Dans le couloir des loges, elle a croisé sa rivale Valérie Trierweiler. Son entourage proteste et exige que ce genre de rencontre ne se reproduise plus lors des prochaines émissions… Cette précaution ne suffira pas. Éclipsée par Arnaud Montebourg, son ancien porte-parole, Ségolène Royal peine à faire entendre sa différence. Le 10 octobre, plus de 2,6 million d'électeurs prennent part au vote. Le héraut de la « démondialisation » rafle 17 % des suffrages et la troisième place derrière Hollande. Tandis que Ségolène Royal doit se contenter d'un petit 7 %. En sortant de son quartier général de la Maison des Polytechniciens, elle sourit tristement comme une petite fille. Devant les journalistes, elle confie son immense déception. Les larmes remplissent ses yeux. « *C'est très dur, c'est beaucoup de choses données, beaucoup de déception pour tous ceux qui m'ont soutenue...* » dit-elle, étouffant un sanglot. « *Merci Ségolène ! On vous soutiendra toujours...* » répondent quelques fans. Ce 9 octobre 2011, Ségolène Royal a enfin fendu l'armure. La « *femme forte* » que rien ne devait détruire redevient humaine. Ses larmes cathartiques sont la quintessence de ses tourments. « *Je m'en remettrai parce que je suis forte* », dit Ségolène dans un demi-sourire.

Ce soir-là, Thomas Hollande avait prévu que la défaite serait au rendez-vous. Discrètement, il avait averti son frère et ses sœurs et leur avait demandé de se tenir prêts. Il faudrait soutenir maman en cas de coup dur. Pendant la campagne, les enfants du couple avaient décidé de demeurer discrets. Pas facile de voir papa et maman s'affronter dans une élection ! Après leur mère en 2007, les enfants trouvaient légitime que leur père tente sa chance en 2012. Mais ils n'avaient pas laissé tomber Ségolène. Le 6 octobre 2011, Thomas était apparu, ainsi que sa sœur Flora, au dernier meeting de leur mère organisé dans la salle parisienne du Bataclan. Quatre jours plus tard, la bande des quatre accourt à la Maison des Polytechniciens. Leur père a remporté la première manche. Ils en sont fiers. Mais, ce soir, c'est la perdante qui a besoin de leur tendresse. Par téléphone, François Hollande, lui-même, les a incités à demeurer auprès de leur mère. Vainqueur du « match des parents », il se garde bien de tout triomphalisme. Sans doute a-t-il déjà compris que les larmes de Ségolène marquent la fin de la « guerre des ex ».

V

LES SECRETS D'UN RALLIEMENT

Ils dînent tous ensemble. Ce lundi 10 octobre 2011, vingt-quatre heures après le désastre du premier tour de la primaire citoyenne, Ségolène Royal réunit ses quatre enfants dans l'appartement familial de Boulogne-Billancourt. C'est autour du repas que les membres de la famille nucléaire des Hollande-Royal ont pour habitude de traiter les questions difficiles. Thomas, l'aîné, vingt-huit ans, Clémence, vingt-six ans, interne en gastro-entérologie. Julien, vingt-quatre ans, l'artiste qui rêve de cinéma, et Flora, vingt ans, l'étudiante en psycho, ont toujours su se comporter dans ce genre de circonstances. Ce soir-là, ils sont sa fierté, sa consolation et son grand conseil. Que doit faire maman après sa cuisante défaite au premier tour de la primaire citoyenne ? Se rallier à l'un des deux finalistes ? Martine Aubry ou François Hollande ? La discussion est ouverte et franche. Mais Ségolène précise qu'elle souhaiterait surtout faire « *un choix politique* ». « *Quoi que je fasse, il ne faudra pas le prendre personnellement. Mais je voudrais savoir ce que vous en pensez*[1]*…* » dit-elle. Pour Thomas, le plus expérimenté, qui a participé pleinement à la campagne de 2007 aux côtés de sa mère, la situation est limpide : « *Je pense qu'il faut absolument faire gagner la gauche. Et le seul à pouvoir le faire, c'est François.* » On croirait entendre un vieux routier du parti. Son frère et ses sœurs sont plutôt de cet avis aussi. Mais la ligne défendue par François Hollande est-elle la bonne ? Ne vaudrait-il pas mieux faire cause commune avec Martine Aubry et Arnaud Montebourg pour proposer une vraie politique de gauche ? Julien, le plus rebelle de la fratrie, défend ses idées d'extrême gauche. Il préférait aiguillonner papa vers une politique anticapitaliste. Mais voilà, chez les Hollande-Royal, Martine Aubry n'a jamais été en odeur de sainteté. Elle a maltraité Ségolène quand elle était ministre du gouvernement Jospin, a volé maman et aussi flingué papa quand elle s'est emparée du Parti socialiste. Difficile à avaler ! Pourtant les petits examinent sérieusement l'hypothèse de pactiser avec elle. La politique avant tout. Thomas, Clémence, Julien et Flora se montrent exemplaires. Surtout, ils respectent la liberté de leur mère. Pas question de faire pression. « *Tu fais ce que tu veux…* » disent les enfants. Ségolène les regarde. Ségolène

1. *L'homme qui ne désirait pas être président*, Antoine André et Karim Rissauli, Albin Michel, 2012.

les écoute… Mais ne leur fait nullement part de son choix. À table, il y a la mère, mais aussi la femme qui n'a surtout pas oublié. Les enfants le comprennent. Ils se séparent sans savoir de quoi demain sera fait.

Les trois jours les plus longs

Ségolène est au fond du trou. Mais elle tient entre ses mains le destin de son ancien compagnon. Moins de dix points séparent François Hollande (39,1 %) de Martine Aubry (30,4 %). Les ralliements des perdants de la primaire vont être décisifs pour créer une dynamique au second tour. Manuel Valls, l'homme au 5 %, a déjà fait son choix : ce sera Hollande. Nul n'en est surpris. Dès son entrée en lice, au mois de juin, le député-maire d'Évry avait assuré Hollande qu'il ne ferait rien contre lui et se rallierait à son panache après avoir fait un tour de piste et popularisé ses idées. Ces deux-là se sont entendus comme larrons en foire.

Arnaud Montebourg, la révélation du scrutin, n'a pas encore dit sa préférence. Fort de 17 % des suffrages, le héraut de la « démondialisation » peut peser sur le résultat final. Mais son choix paraît prévisible… L'ancien avocat est en conflit ouvert avec Martine Aubry. Motif : l'affaire Guérini. Avant que la justice ne s'en mêle, l'ancien avocat avait dénoncé cette vaste affaire de trafic d'influences impliquant l'homme fort de la fédération socialiste des

Bouches-du-Rhône. Aubry n'avait pas voulu voir... Voilà pourquoi, depuis des semaines déjà, des contacts ont été pris avec le clan Hollande. Mais Montebourg ne se précipite pas. Après avoir annoncé qu'il ne ferait part de sa préférence personnelle qu'au lendemain du débat d'entre-deux tours, il a adressé une lettre présentant sa vision du monde aux deux finalistes. Et prétend ne se déterminer qu'au vu de leurs réponses, et en fonction de leur adhésion à ses thèses néo-protectionnistes. Arnaud fait du Montebourg. Mais il s'agit surtout pour lui de gagner du temps, afin de mieux faire avaler à ses partisans son prochain ralliement au candidat le plus modéré...

En attendant, la balle est bien dans le camp de Royal. Que va-t-elle décider ? La France entière est à l'écoute. Ségolène n'a obtenu que 7 % des suffrages. Mais son choix, qualifié de cornélien, apparaît de loin le plus symbolique. La femme outragée se prononcera-elle pour celui qui l'a lâchée en 2007, ou bien pour celle qui lui a volé le parti en 2008 ? La peste ou le choléra ? Les paris sont ouverts. Depuis des semaines, les esprits forts prédisent que Mme Royal ne pourra échapper à son destin. Mère des quatre enfants de François, elle se saurait se rallier qu'à son ex-compagnon, qui se trouve être, de surcroît, le mieux placé pour l'emporter... La politique, disent ces exégètes, est régie par une loi imprescriptible : le faible va au fort. Et l'on voit mal une femme de cette trempe s'affranchir des liens sacrés de la famille. Seul un résultat plus probant aurait pu lui ouvrir un vrai choix. Mais, à 7 %, il lui faudra accepter son sort, aussi triste soit-il, et sans demander son reste. Bien sûr, au soir des résultats, la peine de Ségolène n'a pas été feinte. Ses larmes ont coulé, en direct, devant les caméras de télévision. Mais tandis que s'avance le char du vainqueur mieux vaudrait les sécher et lui faire bon accueil. Tout semble écrit, comme dans une tragédie…

Et comme dans une tragédie – ô infâme fatum ! – le premier mouvement de Ségolène, nouvelle Antigone, consiste à se rebeller. Quoi ! Un sort contraire voudrait la contraindre à se coucher devant son vainqueur, celui-là même qui, cinq ans auparavant, fut le fossoyeur de ses rêves ! La tentation de la vengeance est d'abord irrépressible. Ségolène s'abandonne au sentiment jubilatoire d'une revanche sur celui qui a jeté par-dessus bord vingt-cinq ans de vie commune. Pendant trois jours au moins, elle jouit de la situation. Ses deux adversaires, celui qui l'a trahie et celle qui l'a volée, sont suspendus à son verdict. Pendant trois jours au moins, le sens de l'Histoire lui appartient. Martine Aubry espère et François Hollande désespère ! Ce sont les trois jours les plus longs…

Quand François l'appelle au soir de la défaite, Ségolène refuse de lui répondre. Tout à sa peine, elle n'a pas encore le courage d'entendre la voix du vainqueur. Qu'il attende ! Après tout ce qu'il lui a fait subir… Son heure viendra bien assez tôt. Qu'il se ronge un peu les sangs, ce ne serait que justice. Un abîme sépare encore Ségolène et François. Mais l'un comme l'autre savent que l'heure des retrouvailles a sonné. De quoi seront-elles faites ? À quoi joue Ségolène ? Est-elle résolue à lui compliquer la tâche ou se fait-elle simplement désirer ? En vérité, rien n'oblige la combattante vaincue à se rendre aussitôt. Elle peut bien négocier ses conditions et juger, une fois n'est pas coutume, de la sincérité du champion. La semaine promet d'être longue. Déjà les gazettes prédisent que Royal pourrait attendre le débat télévisé qui opposera bientôt les finalistes avant de se prononcer. Si toutefois elle se prononce…

Le lundi 10 octobre au matin, l'équipe de François Hollande se réunit à la Maison des Polytechniciens, dans le VIIe arrondissement parisien, là même où, la veille, ont coulé les larmes de Ségolène. Ainsi le décor ne change pas, tandis que les personnages entrent et sortent au gré de l'intrigue. Aux lendemains du scrutin, la soldatesque hollandaise fait grise mine. Il lui faut disputer ce second tour alors qu'elle a, un temps, espéré triompher dès le premier. Un duel fratricide est annoncé. Et l'avance dont dispose Hollande se révèle moins confortable que ne l'avaient pronostiqué les sondages. « *Moins de dix points, nous redoutions que cela soit très juste face à une Aubry très pugnace qui remontait dans les études d'opinion. Ce jour-là, on avait vraiment la trouille*[1] », se souvient le député Bruno Leroux. Et s'ils s'étaient trompés ? En raillant l'indécision et la mollesse supposées de son adversaire, la maire de Lille n'est-elle pas en train de prendre le dessus ? Un plan est vite arrêté. Les barons Moscovici, Le Foll, Rebsamen, Peillon, Leroux sont d'avis de répliquer. Hollande va se rendre dès la fin de la matinée sur un marché de la capitale pour délivrer un message de fermeté et dénoncer « *les manœuvres obliques* » de son adversaire. Mais il va aussi discrètement rencontrer Martine Aubry, dans un salon de l'hôtel Lutetia, pour adopter un code de bonne conduite.

Reste Ségolène. Que faire ? Quand on en vient au sujet douloureux, les camarades en complet veston qui entourent Hollande regardent le bout de leurs souliers. Le cas de l'Ex a toujours été tabou. Et nul n'a jamais osé l'aborder de front avant ce jour. Chacun sait que le rétablissement des relations avec l'ex-compagne du chef est un terrain dangereux. Heureusement, comme un fait exprès, Valérie Trierweiler n'est pas venue assister à cette réunion. Interrogé sur ses intentions à l'égard de son ex-compagne, Hollande informe ses lieutenants que la dame dont il fait le siège refuse pour l'heure de lui adresser la parole ! Et dire que les Aubrystes prétendront qu'un accord préalable avait été scellé entre les anciens complices…

1. Entretien avec l'auteur, le 14 juin 2012.

Pour commencer, Hollande ne bénéficie d'aucun traitement de faveur. Ségolène Royal souhaite au préalable entendre, chacun à son tour, les protagonistes de la primaire. Elle déjeune d'abord avec Arnaud Montebourg pour évoquer la possibilité d'un front rassemblant les trois candidats situés le plus à gauche. Aubry, Montebourg, Royal : voilà qui ressemblerait fort à un « tout sauf Hollande »... Une hypothèse d'école que l'on évoque entre anciens déçus de l'homme de la synthèse. Les consultations se poursuivent dans les bureaux parisiens de la région Poitou-Charentes, à deux pas de la gare Montparnasse. En début d'après-midi, Martine Aubry comparaît la première. Elle plaide sa cause en promettant une « *campagne de filles* » entre les deux tours. Le concept est simple : à condition de s'unir, les deux femmes socialistes pourraient châtier les mâles fautifs. D'abord François Hollande, puis Nicolas Sarkozy ! Voilà qui ne manquerait pas de sel. On ferait campagne « *la main dans la main* », dit Aubry. On rirait bien. En cas de victoire, Ségolène pourrait s'installer à la présidence de l'Assemblée nationale. Ce perchoir dont elle rêve depuis tant d'années, Martine le lui promet. Deux femmes liguées contre deux « *gros machos* » : Ségolène semble apprécier le scénario. En tout cas, elle ne dit pas non.

Deux heures plus tard, François Hollande fait son entrée dans le bureau de son ex-compagne. Ce sont des retrouvailles après des années de combat à distance. Ségolène est sur ses gardes. L'échange dure trois quarts d'heure. « *C'est ton devoir de me soutenir* », dit Hollande. Une formule qui choque Ségolène. N'était-il pas du sien de l'aider en 2007 ? Mais le vainqueur du premier tour sait trouver les arguments politiques. Même si les idées de sa compagne sont plus proches de celles de Aubry, la désignation du candidat socialiste à l'élection présidentielle ne répond pas à la logique des petits arrangements de congrès. D'ailleurs Ségolène les a toujours détestés… François est en tête. Il a désormais besoin du soutien de tout son camp pour affronter Nicolas Sarkozy. C'est au nom de cette logique de rassemblement qu'il presse son ex-compagne de le rejoindre. L'argument fait mouche car il respecte les formes politiques auxquelles l'ex-candidate de 2007 est si sensible… En mesure de l'emporter, Hollande lui promet une place digne de son rang dans la campagne et, en cas de victoire le 6 mai, la présidence de l'Assemblée nationale. Comme Martine ! C'est bien le moins. Ségolène n'est pas près de l'oublier. Mais elle se garde bien, pour l'heure, de manifester la moindre inclination. Dans son esprit, tout demeure ouvert. Hollande, toujours anxieux, doit s'en retourner sans assurance. Il sait que Ségolène consultera bientôt les enfants. Il peut compter sur eux…

Mais ce n'est pas le seul soutien dont il bénéficie. Depuis le début de la primaire, des relations ont été établies avec le

« conseil politique » de Ségolène. La dame a toujours su s'entourer de fidèles et brillants serviteurs. Pendant l'été, en prévision des choix de l'automne, les hollandais leur ont fait une cour assidue. *« Nous sommes très demandés »*, s'amuse Guillaume Garot, le maire de Laval, à quelques jours du premier tour de la primaire. Avant même ce premier tour, Jean-Louis Bianco, Najat Vallaud-Belkacem, Delphine Batho, Bernard Lesterlin et Guillaume Garot ont déjà fait leur choix : en cas de second tour face à Aubry, ils pencheront pour Hollande. En échange, le favori des sondages a promis de les intégrer à l'équipe de la future campagne présidentielle et de veiller, en cas de victoire, sur leur carrière...

Tout ce petit monde se retrouve, le mardi 11 octobre, pour un déjeuner très politique à La Rotonde, brasserie du boulevard Montparnasse où Ségolène a ses habitudes. Les ségolénistes du conseil politique sont encore sous le choc de la défaite. Mais ils trinquent au champagne que le patron avait mis au frais en cas de qualification au second tour ! Il y aura bien une vie après la primaire. Et les amis de Ségolène ne doutent pas de la voie à suivre. Et le disent sans ambages à leur patronne. Tous sont favorables à un ralliement à François Hollande. Tous rejettent l'idée de se ranger derrière Aubry. Ils ont gardé un trop cuisant souvenir des tricheries du Congrès de Reims en 2008. Pas question de pactiser avec les magouilleurs. Seule Dominique Bertinotti, ci-devant directrice de campagne, se dit favorable à un ralliement à la Première secrétaire. Ségoléniste pure et dure, elle est sensible à l'argument de la solidarité féminine.

Pour Ségolène Royal, cette quasi-unanimité est très préoccupante. Sa garde rapprochée pourrait lui désobéir si elle s'obstine à refuser l'évidence. Elle risque non seulement la défaite, mais l'isolement. La pire des difficultés en politique... Petit à petit, Ségolène comprend qu'elle n'a guère le choix. Mais y a-t-elle seulement cru ? Même les fidèles militants de Désirs d'Avenir se déclarent majoritairement favorables à une alliance avec Hollande. Bien sûr, il lui est encore loisible de ne pas choisir du tout, de renvoyer ses électeurs du premier tour à leurs responsabilités et de se mettre en réserve de la gauche. Mais cette attitude ne lui ressemble pas. Après une chute comme celle de la primaire, il lui faut, au contraire, à tout prix remonter en selle sous peine d'être définitivement reléguée dans les oubliettes de l'Histoire. Pendant quelques heures encore, la « *femme debout* » peut se griser de son indépendance si chèrement acquise. Mais elle sait aussi qu'elle devra bientôt accomplir le geste que ses enfants, ses amis et sans doute la grande majorité des Français attendent. « *Elle a vraiment hésité avant de se rallier à mon père*[1] », dit Thomas Hollande qui, une fois de plus, intercède entre ses deux parents.

1. Entretien avec l'auteur, le 4 juillet 2012.

Dans l'après-midi du 11 mai, les discussions avec François reprennent. Dans le secret d'une relation politique renaissante, Ségolène et François se reparlent. Ils se revoient. Et parviennent à surmonter cinq années de discorde presque comme si de rien n'était. Ségolène a fait part à François de tous les thèmes qui lui sont chers : la mobilisation des classes populaires, la réforme bancaire, la transition écologique, l'aide aux PME... François lui promet qu'il saura, dans la future campagne présidentielle, s'appuyer sur elle, écouter ses intuitions et profiter de sa capacité de mobilisation. L'ancien duo magique du PS refonde son pacte historique. La défaite de 2007, la campagne de 2012 leur offrent la possibilité d'un nouveau départ. Et même, pour Ségolène, la promesse d'une résurrection si, avec l'aide de François Hollande président de la République, elle finit par accéder au perchoir. Ce poste éminent dont elle rêve depuis 1997. À l'époque, elle avait osé se porter candidate contre Laurent Fabius et n'avait récolté qu'une volée de bois vert. Mais tout ceci ne sera sans doute bientôt qu'un lointain souvenir. Elle s'imagine déjà régnant sur les débats parlementaires en bonne intelligence avec le nouvel hôte de l'Élysée ; elle qui croit le connaître mieux que tout le monde, malgré les vicissitudes de l'existence. « *Fais ce que les enfants te demandent* », lui répète François, utilisant, à toutes fins utiles, le seul argument que

Ségolène Royal ne saurait réfuter : l'intérêt supérieur de sa famille. « *Ce n'est pas à eux de prendre les coups* », a souvent répété la guerrière. Rien dans le jeu politique ne justifie, à ses yeux, de leur infliger des souffrances. Sur ce point, au moins, Ségolène et François sont toujours tombés d'accord même s'ils n'ont pas toujours su leur épargner un triste spectacle. Ségolène fera donc son devoir de mère. Mais pas seulement. La femme politique qu'elle ne cesse jamais d'être a aussi le sentiment de jouer gagnant-gagnant. Comme naguère, l'accord familial qui met la larme à l'œil de tous les observateurs sentimentaux comporte une dimension politique. De quoi soigner son orgueil blessé.

Mais il n'est pas question que de politique et de famille dans cette discussion. Comme dans toute bonne négociation, l'accord scellé par les ex-concubins comporte aussi un volet patrimonial ! Associés depuis une vingtaine d'années, dans la Société civile immobilière de la Sapinière, Ségolène Royal, François Hollande et ses parents sont restés copropriétaires en indivision de leur appartement de Boulogne. Les anciens concubins partagent aussi la propriété de la maison de vacances de Mougins acquise en 1986. Il s'agit de mettre fin à ces indivisions. Et, comme par miracle, la transaction, qui n'avait pas abouti depuis la séparation officielle de Ségolène et François en 2007, est réglée en quelques heures ! À Ségolène l'appartement de cent vingt mètres carrés à Boulogne. À François, la maison de vacances de Mougins d'une valeur estimée à 880 000 euros. « *François voulait clarifier les choses car il allait devoir faire une déclaration de patrimoine*[1] », explique Ségolène Royal. Le futur président s'est montré généreux. Les bons comptes font les bons alliés ! Le partage sous seing-privé a été réglé devant notaire au mois de décembre. Au passage, le « candidat normal », excellent fiscaliste, a allégé son patrimoine pour afficher un total inférieur au seuil de l'Impôt de solidarité sur la fortune.

Le communiqué de Ségolène Royal est publié, le mercredi 12 octobre, à la mi-journée : « *J'ai décidé de prendre mes responsabilités pour aider le plus efficacement possible à la victoire de la gauche. François Hollande est arrivé en tête du premier tour et il est légitime d'amplifier cette avance, les solutions neuves que je défends seront prises en compte dans le programme du candidat.* » Parmi ses propositions qui devraient être recyclées par Hollande, elle cite « *la réforme bancaire, la lutte contre les licenciements, la moralisation de la vie politique avec le non-cumul des mandats et la mutation écologique de l'économie* ». Prévenue dans la matinée du choix de Ségolène, Martine Aubry réagit sportivement. « *Ce n'est pas un coup dur. Ségolène Royal a fait le choix personnel de soutenir François Hollande, et Martine Aubry respecte ce*

1. Entretien avec l'auteur, le 24 juillet 2012.

choix », affirme son porte-parole, le député Olivier Dussopt. Il n'empêche, la Première secrétaire a bien cru un instant que Ségolène céderait au désir de vengeance. Lors de leur conversation, elle n'avait guère ménagé son ancien compagnon. Mais il n'était pas aisé d'effacer, en quelques heures, le souvenir du Congrès de Reims. La défiance entre les deux femmes demeure une constante : Aubry, numéro deux du gouvernement Jospin, a trop souvent marqué son mépris à l'égard de sa camarade socialiste. La loi de la famille l'emporte sur la construction politique. Aux yeux de Martine Aubry, la reformation du tandem Royal-Hollande ressuscite un vieux cauchemar. Elle lui rappelle le temps où ils avaient jeté leur dévolu sur son père. Après la défaite de 1993, le couple espérait voir Jacques Delors se présenter à l'élection présidentielle. Martine l'avait vécu comme une captation d'héritage. François et Ségolène de nouveau réunis ! La Première secrétaire, qui les avait vus s'affronter pendant tant d'années, est abasourdie. Le soir même, lors du débat d'entre-deux tours, elle apparaît résignée et subit la domination de François Hollande.

Dès le lendemain, sur le plateau du journal télévisé de France 2, Ségolène Royal tire la morale de l'histoire : « *Je ne peux pas renier ma vie avec lui. Avouez d'ailleurs que le bilan de ce couple n'est pas si mauvais que ça avec quatre enfants et deux candidats à l'élection présidentielle.* » Imparable ! Trois jours seulement après sa déconfiture, elle est déjà de retour, persuadée d'avoir donné le « coup de pouce » indispensable à la victoire de son ex-compagnon et bien décidée à en retirer un profit politique. À tous les journalistes qu'elle croise, elle répète son ambition de se faire élire à la présidence de l'Assemblée nationale, comme le lui a promis François. Elle annonce aussi, dans la foulée, sa candidature aux prochaines législatives dans la première circonscription de La Rochelle. Maxime Bono, le député sortant, lui a proposé de prendre sa suite. Ségolène a accepté de bonne grâce. Son avenir est tout tracé.

La presse unanime loue son prompt rétablissement. Les messages d'encouragement affluent. Même Valérie Trierweiler lui a adressé un message public de félicitations ! « *Hommage à Ségolène Royal pour son ralliement sincère, désintéressé et sans ambiguïté.* » Mais voilà, Ségolène Royal se passerait bien de ce genre de commentaire. Elle n'apprécie guère le procédé qu'elle juge incongru. Et surtout, elle en perçoit l'ironie vacharde. « *Sincère* », « *désintéressé* », « *sans ambiguïté* » ? Le choix des adjectifs ne trompe pas. Valérie n'ignore rien des dessous financiers du ralliement. Ce tweet, alors considéré par l'opinion comme un geste bienveillant, en préfigure d'autres, beaucoup plus cinglants !

Encore fragile, Ségolène a besoin de faire le point, de se reconstruire. Dans les semaines qui suivent son ralliement, elle multiplie les voyages au long cours. Elle s'éloigne de quelques milliers de kilomètres pour servir la francophonie ! « *Je n'avais pas eu le temps de le faire jusqu'alors*[1] », expliquet-elle. Du 2 au 21 novembre, elle se rend au Vietnam pour participer à une réunion des chaires Senghor consacrées à la francophonie ; puis à Pondichéry, en Inde du Sud, pour un voyage d'étude : la restauration du grand canal qui divise l'ancien comptoir français doit être en partie financée par la région Poitou-Charentes. Ce projet la passionne plus que la révolte de la fédération socialiste de Charente-Maritime provoquée par son investiture dans la circonscription de La Rochelle... À son retour, elle fustige « *les cacophonies* » qui émaillent la négociation et la signature de l'accord programmatique et électoral entre le Parti socialiste et Europe Écologie-les Verts. « *Il faut travailler en comités, en commissions, bien poser à plat les choses, et éviter, en période de campagne, les cacophonies. Parce que, en effet, ça fait le jeu de la droite* », rappelle Royal qui n'a rien perdu de son franc-parler. Recevant Thomas Wieder et David Revault d'Allonnes, journalistes au *Monde*[2], la « *grande brûlée* » décrite par Laurent Fabius confie ses états d'âme : « *Je me sentais mûre,* explique-t-elle. *Ça a été un choc violent. Comme un accident de voiture. Vous roulez, vous tapez*

1. Entretien avec l'auteur, le 13 avril 2012.
2. « Après les larmes », 15 décembre 2011.

un mur, fini… Et moi, je ne meurs pas. Je suis toujours debout. J'ai une énergie en moi qui est hors du commun, je suis faite comme ça. » Ségolène assure alors ne plus songer à l'Élysée. « *Je pense que j'en ai fait le deuil*, assure-t-elle. *Mais bon, en politique comme dans la vie, on ne sait jamais ce qui peut arriver. Je n'ai jamais de parole de renoncement. Je suis dans le présent. Si on est dans le ruminage* [sic] *du passé ou la préparation du futur, on passe à côté de sa vie.* » À l'occasion de cette interview, elle forge un néologisme qui en dit long sur ses états d'âme. Après la « *bravitude* » de 2007, quand François Hollande la quittait et qu'il lui fallait être brave dans la solitude, la voilà qui se défend contre le « *ruminage* », contradiction de rumination et minage ! Tout un programme.

VI

« ILS ONT VOULU M'ENTERRER »

La campagne débute par une épreuve. Ce 12 janvier, François Hollande inaugure son siège de campagne au 59 de l'avenue de Ségur, dans le VIIe arrondissement, un des quartiers les plus huppés de la capitale. Tout le gotha socialiste est présent : les « éléphants » – Henri Emmanuelli, Lionel Jospin, Laurent Fabius, Jack Lang, Bertrand Delanoë… –, les anciens rivaux de la primaire – Manuel Valls, Arnaud Montebourg, Martine Aubry. Et la garde rapprochée : Pierre Moscovici, Stéphane Le Foll, Michel Sapin, Bruno Le Roux… Sur l'estrade, ces éminences font cercle autour du capitaine qui donne le coup d'envoi devant un parterre de deux cents journalistes. « *C'est là que nous allons organiser notre campagne pour qu'elle soit victorieuse* », lance le député de Corrèze qui promet d'y consacrer « *toute son énergie, tout son temps* ». « *Je ne serai pas souvent dans ce siège de campagne, mais vous êtes déjà nombreux, vous me suppléerez* », prévient-il. Debout, à la droite de l'orateur,

Ségolène a la mine des mauvais jours. Elle croise les bras, le visage fermé, le regard dans le vague. C'est que l'ennemie est là, elle aussi ! Au premier rang, debout juste en face d'elle, se tient Valérie Trierweiler, venue assister à l'allocution de François Hollande. Pendant vingt-cinq minutes les deux rivales doivent prendre leur mal en patience. Jamais elles n'ont été mises en présence si longtemps. Les deux femmes ne se saluent pas, ne se sourient pas et évitent que leurs regards ne se croisent. La presse les épie. Il leur faut faire bonne figure, adresser quelques sourires aux photographes, se concentrer sur le discours... Ségolène, spectatrice de François, se drape dans sa dignité.

Mais le propos de son ancien compagnon la consterne ! Le candidat qui prend bien soin de rendre hommage à Bertrand Delanoë, maire de Paris, aux anciens Premiers ministres Laurent Fabius et Lionel Jospin, au président du Sénat Jean-Pierre Bel, à la Première secrétaire Martine Aubry et au président du Parti radical Jean-Michel Baylet, ne prononce même pas son nom, n'y fait pas la moindre allusion. La candidate de 2007 est passée par pertes et profits ! Elle est devenue transparente. François a parlé comme si elle n'était pas là. Ségolène comprend que les politesses du ralliement sont révolues. Et déjà oubliées les louanges de la convention d'investiture, quand le champion à la rose saluait celle « *qui a inspiré tant d'approches nouvelles et qui fut une candidate valeureuse à l'élection présidentielle de 2007 »*.

Les journalistes dissèquent la scène. « *Comment Hollande a-t-il pu zapper Royal de son discours?* » s'interrogent-ils. « *N'y a-t-il pas pensé une seule seconde?* » Quelques heures plus tard, Pierre Moscovici, installé dans son nouveau bureau, le seul qui ouvre directement sur celui du candidat, donne la réponse d'un air sibyllin : « *Bien sûr, François Hollande aurait dû avoir un mot pour Ségolène. Mais il ne le pouvait pas!* » Le directeur de campagne n'en dira pas plus…

Il faut décrypter le message. Si le candidat ne s'est pas autorisé à mentionner celle qui l'a précédé en 2007, c'est qu'au « 59 », le QG de Hollande, règne Valérie Trierweiler, sa compagne si inquiète du retour de Ségolène. Elle qui, au fil des années, croyait s'être débarrassée de l'Ex la voit revenir en force. Au Parti socialiste, les pires ennemis finissent toujours par se rabibocher avant de se déchirer à nouveau, elle aurait dû s'y attendre. Mais c'est plus fort qu'elle. Dès que Ségolène paraît, la moutarde lui monte au nez. Elle se rappelle combien la séparation des couples a été douloureuse. Elle ne veut pas voir revenir ce passé et ses ambiguïtés. Si François a retrouvé le fil de son destin, c'est grâce à elle. Et certainement pas grâce à Ségolène Royal! La voir accourir au secours de la victoire heurte son sens de la justice. Valérie considère que Ségolène se pose éternellement en victime, qu'elle s'est présentée deux fois « contre François ». En 2007 puis en 2011. Ça suffit ! Non, sa révolte n'est pas « *irrationnelle* », comme le disent les machos hollandais qui ont déjà pris ombrage de son influence. Elle est parfaitement rationnelle, au contraire. Valérie n'a pas besoin d'être « *rassurée* », comme le répète François pour justifier ses sautes d'humeurs. S'il ne tenait qu'à elle, elle dénoncerait publiquement les faux-semblants de sa rivale. Mais voilà, Ségolène, la « légitime », peut tout à loisir distiller ses commentaires dans les médias qui la vénèrent. Elle, « l'illégitime », doit se taire. Pire, tous ses confrères semblent s'être ligués pour lui resservir l'éternel cliché de Ségolène et François, ce couple mythique qui les fascine tant. Durant la primaire, son sang n'a fait qu'un tour quand Franz-Olivier Giesbert, invitant François Hollande à son émission, a osé comparer François Hollande et Jacques Chirac : « *Vous aussi vous avez une compagne élue...* » Fureur de Valérie qui a expédié un texto courroucé au patron du *Point* le traitant de « *goujat* »...

Valérie voudrait que François la défende. Après le ralliement de Ségolène, la convention d'investiture du candidat socialiste devant 3 500 militants et sympathisants réunis à la Halle Freycinet, à Paris, fut sa première heure de gloire. Après un discours remarquable, François l'avait gratifiée d'un baiser sur la bouche, immortalisé par tous les photographes. Ségolène Royal, que l'organisation avait pris bien soin d'asseoir à huit sièges d'elle, n'avait eu droit qu'à un double serrage de main après son passage à la tribune : « *Faisons à nouveau, avec toi, le tour du monde…* » avait-elle osé déclarer. Comme pour marquer son territoire, la journaliste dispose désormais d'un bureau au QG. Officiellement, il ne s'agit que d'un pied-à-terre. Valérie a fait savoir qu'elle y répondra à son volumineux courrier et y patientera en attendant François… En réalité, celle que l'on surnomme déjà « la Duchesse » pour son air hautain se mêle de plus en plus aux travaux de l'équipe de communication, assiste à des réunions et s'impose vite – bien qu'elle s'en défende – comme l'une des personnalités les plus influentes de l'entourage de François Hollande. « *C'est elle qui lui parle en dernier* », constate un compagnon des jours anciens.

Ségolène l'a bien compris : Valérie fera tout pour l'empêcher de monter à bord… Un combat à distance s'engage. D'un côté, une politique qui lutte pour sa survie et espère une résurrection en se plaçant dans le sillage du nouvel homme fort qui est aussi, pour elle, un familier. De l'autre, la compagne du politique qui sort de l'ombre pour s'imposer comme la plus proche conseillère. Le combat est inégal. Valérie Trierweiler est l'intime du possible président. Et Ségolène Royal, sa mauvaise conscience…

L'obstacle Valls

Un homme s'immisce dans ce duel : Manuel Valls, l'incontournable directeur de la communication. Rallié le soir même de sa défaite à la primaire, l'ancien porte-parole de Jospin à Matignon cadenasse la stratégie, calibre les messages, protège le candidat contre les assauts des médias. « *Mon seul souci, c'est de faire élire François Hollande* », répète celui qui fut naguère l'un de ses plus féroces détracteurs. Valls qui voulait voler de ses propres ailes s'épanouit dans le sillage du chef : « *Hollande est le seul stratège de sa campagne.* » L'iconoclaste qui voulait en finir avec le « *vieux socialisme* » se fait le promoteur d'un projet présidentiel qui n'est pas le sien… En novembre 2011, les hollandais historiques se moquaient de ce rival, défait à la primaire, immédiatement rallié au service du vainqueur en reprenant un job qu'il avait occupé auprès de Lionel Jospin de 1997 à 2001. Dès janvier 2012, les mêmes ploient sous le joug de celui qu'ils surnomment aimablement « la Kommandantur ».

Car le fils du peintre catalan Xavier Valls n'a rien perdu de son caractère. Orgueil ibérique, autorité ombrageuse et ambition en bandoulière : le Cid d'Évry – presque quinquagénaire ! – est partout. Il ne lâche pas le candidat d'une semelle, ne laisse rien au hasard. Son obsession ? « Présidentialiser » François Hollande. Même s'il faut pour cela bouleverser quelques habitudes : finies les discussions impromptues avec les journalistes dont raffole l'ex-Premier secrétaire ! Terminées les photos de famille avec l'encombrante tribu socialiste ! Seul face à l'Histoire, le candidat doit se détacher de son parti, de son destin ordinaire et même de sa famille... Il le faut pour que la magie de l'incarnation opère. Les électeurs doivent pouvoir s'identifier à celui qui va les représenter. Hollande doit donner sa personne à la Nation ! Voilà pourquoi Ségolène Royal, qui charrie tant de souvenirs ambigus ou négatifs, n'est pas considérée par le nouveau maître du « 59 » comme un atout dans la partie politique qui s'engage... Mais bien comme un valet de pique dont il convient de se débarrasser. Hollande est le Solal d'Albert Cohen. Et Ségolène, la tribu des Mangeclous à elle toute seule. Moins on la verra, mieux le candidat se portera.

Le député-maire d'Évry est un déçu du ségolénisme. Après la défaite de 2007, il a fait partie des jeunes rénovateurs qui ont cru en l'étoile de la candidate. Partisan du « non » au référendum interne de 2005, Valls était brouillé avec François Hollande depuis cette date. La complicité des années Jospin qui unissait Valls, porte-parole de Matignon, et Hollande, Premier secrétaire du PS, n'était plus qu'un vieux souvenir ! *« On ne se voyait plus, sauf à l'occasion de rares déjeuners*[1] », précise-t-il. Le quadra impatient tenait le Premier secrétaire pour responsable de l'incurie dans lequel

1. Entretien avec l'auteur, le 10 avril 2012.

s'enfonçait le Parti. En adhérant à L'Espoir à gauche, le club mis sur pied par Vincent Peillon pour soutenir la campagne interne de Ségolène Royal, Valls l'ambitieux croyait avoir misé sur le bon cheval. L'appareil socialiste allait enfin changer de mains… Cruelle déception ! En novembre 2008, après la nuit des dupes et les nombreuses tricheries qui entachèrent l'élection de Martine Aubry au poste de Première secrétaire, il fut le plus ardent défenseur de Ségolène. Valls, hors de lui, exigeait que fussent recomptées les voix et voulait porter l'affaire devant les tribunaux… Il n'en a rien été. L'Espoir à gauche, abandonné par Royal, s'est délité.

Après s'être rangé derrière l'hypothétique candidature de Dominique Strauss-Kahn, le député-maire d'Évry a fini par tenter sa chance. Tout seul, comme un grand ! Mais, en vérité, après l'implosion sidérante de l'ex-directeur général du FMI, il conclut un pacte avec François Hollande. « *Au passage, la primaire m'a permis d'acquérir beaucoup de notoriété et de faire connaître mes idées* », dit Valls.

Arrivé avant-dernier dans la course à l'investiture socialiste, avec 5 % des suffrages, Valls, devenu un allié politique de François Hollande, est un vrai pro de la com ! Ami de Stéphane Fouks, le patron de l'agence Euro Rscg, depuis sa jeunesse étudiante à la faculté de Tolbiac, le directeur de la communication applique les recettes du marketing politique. François Hollande a beau dire qu'il se défie des conseillers en communication, et singulièrement des apprentis sorciers d'Euro Rscg qui ont fait tant de mal à la candidature de Lionel Jospin en 2002, Manuel Valls, lui, estime que le candidat est un bon produit qu'il faut mettre en valeur.

Son agenda, son image, sa parole doivent demeurer sous contrôle. Valls décide de confier la mise en scène et la réalisation de tous les futurs meetings à André Loncle, spécialiste de l'organisation des grands shows, pressenti pour mettre en scène la campagne de Dominique Strauss-Kahn. Dorénavant, les télévisions ne pourront plus tourner leurs propres images des réunions publiques tenues par François Hollande. Elles diffuseront des plans choisis, supervisés par la communication du candidat. Non sans faire grincer quelques dents, le prétendant socialiste adopte la stratégie qui fit la supériorité de Nicolas Sarkozy en 2007. L'improvisation à la Ségolène Royal n'est plus de mise…

Valls joue en outre avec maestria du système de cour ! Pour être au mieux avec Valérie Trierweiler, il requiert ses avis. En retour, la journaliste, experte en communication politique, loue son « *professionnalisme* ». Le courant passe d'autant mieux que la compagne de François Hollande s'est liée d'amitié avec la violoniste Anne Gravoin, seconde épouse du député-maire d'Évry. « *Valls a réussi à s'imposer grâce à sa femme artiste qui épate Valérie !* » soupire un hollandais grincheux.

À l'étage de la communication, œuvre aussi Nathalie Mercier, une obligée de Valérie Trierweiler. Ancienne communicante de l'agence Euro Rscg, cette femme de réseaux a participé à la campagne de Lionel Jospin en 2002. De cette époque date son amitié avec la journaliste de *Paris Match* qui suivait le Parti socialiste… Mise en disponibilité par le musée du Quai-Branly, où elle officie habituellement comme directrice de la communication, elle conseille son amie Valérie « à titre gracieux ». Puis obtiendra d'être rémunérée sur les comptes de la campagne. Officiellement, elle est chargée de la « mobilisation » des célébrités. Mais elle veille aussi sur l'image de l'apprentie Première dame. Organise ses dîners artistiques et mondains. Et passe une partie de son temps à surveiller les agissements de Ségolène Royal…

Au « 59 », l'Ex est une étrangère. Une pièce rapportée ne disposant que d'un droit de visite. Ce sera le mardi matin, toutes les deux semaines, à l'occasion du conseil politique restreint qui réunit les chefs du Parti et les ex-candidats à la primaire. Mais elle ne saurait s'y rendre à l'improviste. Chacune de ses apparitions doit être annoncée pour éviter toute rencontre avec la compagne du chef. Isolée, elle ne bénéficie d'aucun relais. Placées sous les ordres de Valls, ses anciennes collaboratrices Najat Vallaud-Belkacem et Delphine Batho ont été bombardées porte-parole du candidat. Une position très en vue qui leur interdit tout écart.

Motus et bouche cousue ! Elles ne prendront guère parti dans la bataille de femmes qui s'engage. Désormais, la vaincue de la primaire ne peut compter que sur ses propres forces...

Le camouflet du Bourget

L'équipe de communication du « 59 » a tout préparé. Le grand rassemblement du Bourget sera « l'épiphanie » du candidat. Place à la rencontre d'un homme avec le peuple de France. Le 22 janvier, Hollande doit être seul en scène et prononcer un vibrant discours. Après le concert de Yannick Noah et avant l'adresse à tous les Français, des images de sa vie seront projetées et deux clips diffusés. L'un retracera les victoires de la gauche depuis 1981. L'autre, plus personnel, confié à Djamel Bensalah, le réalisateur de *Neuilly sa Mère*, lèvera un coin du voile sur l'homme. « *Les Français attendent de le connaître pour faire leur choix* », relève Olivier Faure, conseiller du candidat. Hollande, sa vie, son œuvre, ses valeurs, le tout en moins de trois minutes.

Assise au premier rang avec tous les caciques du Parti qui la détestent cordialement, Ségolène Royal découvre en même temps que les 10 000 sympathisants et les 450 journalistes la grand-messe du Bourget. Mais elle a beau chercher, elle n'y trouve pas la moindre trace de son rôle passé et présent ! Son image n'apparaîtra pas. Son nom ne sera jamais cité pendant les trois heures d'un show pourtant réglé comme du papier à musique. Point de Ségolène dans le clip de présentation de l'histoire des socialistes ! De l'élection de Mitterrand en 1981 au gouvernement Jospin de 1997… La vidéo projetée sur deux immenses écrans escamote la geste de 2007. Rien sur Charléty, le grand meeting de l'entre-deux-tours, sa mystique et sa ferveur populaire. La première femme à atteindre le second tour d'une élection présidentielle en France avec ses 17 millions de suffrages n'est plus montrable. Une humiliation ! Pas la moindre réminiscence de sa vie avec Hollande dans le film biographique. C'est tout juste si on l'aperçoit en compagnie de François, derrière Attali et Mitterrand, sur un cliché des années quatre-vingt. S'agit-il d'une impasse sur la vie privée ? Non, car Valérie Trierweiler, elle, a droit de cité… Pis, dans les images du prétendant, projetées comme dans un mariage, Ségolène reconnaît une photo habilement recadrée d'un petit déjeuner en famille : on y voit François et les enfants. La mère, elle, a disparu ! Mais ce n'est qu'un début, François Hollande, dans son discours fleuve, évoque son enfance, sa jeunesse et ses influences. Pas la moindre trace de Royal ! Il invoque les mânes de Mitterrand, bien sûr, dont Ségolène était considérée comme la fille spirituelle. Puis celles de Jospin : « *La gauche, je l'ai dirigée avec Lionel Jospin, quand nous gouvernions ensemble le pays avec honneur et j'en revendique les avancées.* » Mais l'héritier de quarante ans de socialisme ne se reconnaît aucun lien avec la première socialiste candidate à la présidence de la République, qui fut aussi sa compagne !

Que faire ? Ségolène Royal, qu'on devine bouleversée par tant d'ingratitude, réfléchit à sa contre-attaque. Va-t-elle faire un scandale ? Non. En habile routière de la politique, elle choisit de cibler sa riposte. Impossible de viser François sans provoquer un esclandre. Ségolène qui garde la tête froide préfère mettre en cause le clip « historique » concocté par Solférino et Ségur… Croisant une équipe de Canal + dans les coulisses, elle confie sa déception : *« Il n'est jamais bon de zapper des périodes politiques. Il faut que les entourages fassent attention.* » Doux euphémisme ! Le chagrin de Ségolène, tout en retenue, bouleverse le village médiatique. Les témoignages de solidarité affluent. Les réseaux ségolénistes se mobilisent. Quelques ténors de la droite protestent contre le mauvais traitement réservé à une figure politique qu'ils ont pourtant toujours exécrée. Dès le mardi 24 janvier, après la réunion du conseil politique, Ségolène s'isole avec François dans son bureau du deuxième étage. Elle lui fait comprendre l'absurdité de la situation. *« Tu ne peux pas faire comme si la campagne de 2007 n'avait pas existé. Ton entourage te donne de très mauvais conseils. Ils ont voulu m'enterrer. Si tu me gommes de la photo, cela se retournera contre toi...* » Hollande reconnaît sans barguigner qu'une erreur a été commise. Il sait bien qu'il ne peut pas faire abstraction ainsi de l'ancienne candidate et de la mère de ses enfants. Il sait aussi parfaitement pourquoi il en est arrivé à cette extrémité. Mais la vérité est indicible, à cet instant. Sauf à rouvrir les vieilles blessures... Il y a les raisons privées. La hantise de sa nouvelle compagne qui craint de voir ressurgir la partenaire politique d'hier et – qui sait ? – la complice d'autrefois. Et il y a la raison politique : après trois défaites consécutives de la gauche aux élections présidentielles, le candidat socialiste veut apparaître comme neuf. Tout ce qui pourrait rappeler ses anciennes attaches à la candidate malheureuse de 2007 lui semble néfaste. Pour lui 2012 doit être l'exact opposé de 2007, c'est-à-dire une campagne maîtrisée et victorieuse. Mais François sait aussi parfaitement de quoi est capable son ex-compagne pour exploiter la moindre faille. En se saisissant de la « maladresse » du Bourget, elle a marqué des points. Il serait fâcheux qu'elle continue à se répandre dans les médias. Son fils Thomas, premier défenseur de sa mère, lui est tombé dans les bras après le triomphe du Bourget... Pas question de rallumer une guerre familiale à quatre mois du scrutin. Cette fois, la raison politique rejoint les intérêts familiaux. Le film de présentation du mouvement socialiste sera corrigé. Mais ce n'est pas suffisant. Ségolène demande et obtient une compensation : elle jouera les vedettes américaines à l'occasion d'un grand meeting dans l'ouest de la France. Elle prendra la parole et ils se retrouveront tous les deux sur la même scène. François sait d'avance que la réunion de l'ancien couple, tant attendue par les médias, n'a pas que des avantages. Elle pourrait donner lieu à des interprétations politiques et sentimentales qu'il redoute. Mais comment faire autrement ? Ségolène a si bien joué la grande scène de la mémoire blessée qu'il n'y a pas d'alternative : il faut la faire monter sur le pont du navire. « *Ségolène a raison. Il y a eu un défaut de vigilance...* » confie-t-il à la presse.

Le soir même, Hollande fait un geste d'apaisement. En campagne à Toulon, où son ex-compagne tenait meeting cinq ans auparavant, il souligne que « *toutes les personnalités du Parti* » ont été présentes au grand rassemblement du Bourget : « *les candidats, les candidates qui s'étaient présentés à la primaire* » et « *tous ceux, toutes celles qui à un moment avaient pu aussi être nos candidats, dans des élections majeures. En 1995, en 2002 avec Lionel Jospin, en 2007 avec Ségolène Royal.* »

Le lendemain, sur Europe 1, l'oubliée du Bourget pousse son avantage : « *Je demande simplement le respect de cette histoire. Certains craignaient qu'il y ait une ovation populaire dans la salle. Mais il faut se réjouir quand des socialistes sont applaudis. Il ne faut pas en avoir peur ! Je demande le respect de la vérité au nom de ces millions de gens qui se battent, qui s'engagent. C'était une étape importante qui explique que nous allons peut-être gagner l'élection présidentielle.* » Fair-play, l'ex-candidate reconnaît la « *belle réussite du Bourget* », mais souligne une faiblesse : « *Les catégories populaires ne sont pas venues, les banlieues non politisées ne sont pas encore là* »*;* ce combat « *doit nous mobiliser dans les semaines à venir* ».

Pour les ségolénistes, c'est la journée de la fierté. Najat Vallaud-Belkacem, porte-parole du candidat, invitée sur France 3, le dit sans ambages : « *Ségolène Royal a mis en avant des thèmes qui ont fait grandir la gauche, Je pense à la démocratie participative, à la fermeté contre la délinquance, à la relation avec le drapeau et la Nation, des thèmes avec lequel le Parti socialiste n'était pas si au clair et que Ségolène Royal a largement portés. Ce sont des progrès, il faut que le Parti socialiste dans son intégralité en ait conscience et les valorise sans cesse. Moi, je le fais, maintenant il faudrait que nous soyons nombreux à le faire.* »

Comme tous les ténors socialistes de sa campagne, Ségolène Royal peut légitimement prétendre à « son » meeting. Rendez-vous est pris le 22 mars à Rennes. François lui doit bien cela… Mais à la différence d'un baron appelé à chauffer la salle, elle pourra, elle, apparaître aux côtés du candidat. Ségolène est ravie. Elle s'imagine déjà, sur la scène, dans l'éclat des flashs. Cette promesse la rassure. Euphorique, elle multiplie les rencontres avec les journalistes dans son bureau de la rue du Départ, tout près de la gare Montparnasse, pour leur confier, l'air de rien, la grande nouvelle : Ségolène Royal et François Hollande remonteront bientôt sur les planches ! Elle ne s'est pas laissé faire. Ah ça, non ! Il lui aura suffi d'une petite phrase – « *Il n'est pas bon de zapper une période de l'histoire…* » –, d'un euphémisme lourd de sens, pour rétablir la situation. En *Mater dolorosa*, elle cultive, depuis des années, l'art de la litote. On a cru l'éliminer. Elle revient en force. D'un seul coup d'un seul, elle a réveillé l'attention sur elle. « *La femme la plus puissante de la campagne* » – expression qu'elle emploiera peu après –, c'est bien elle. Manuel Valls, qu'elle a joint au téléphone dès le lendemain du Bourget, doit reculer, lui aussi, devant la réprobation unanime causée par sa mise à l'index de l'Histoire. Les films seront corrigés. Mais le député-maire d'Évry n'entend pas être le seul responsable. Quelques jours plus tard, rencontré dans un restaurant du Parc Montsouris où il a ses habitudes, le Catalan réagit avec orgueil : « *C'est une affaire à trois*, lâche-t-il. *Ce qui a vraiment posé problème à Ségolène, c'est son absence totale dans le discours de François*[1]. » Il reconnaît à demi-mot s'être fait taper sur les doigts. « *François Hollande n'avait pas vu les clips avant le*

1. Entretien avec l'auteur, le 10 avril 2010.

meeting. » Mais le directeur de la communication souligne que le film retraçant les victoires socialistes est d'abord l'œuvre de... Martine Aubry ! La Première secrétaire l'avait commandé pour les besoins de sa propre campagne pour la primaire. Il ne comportait donc pas une seule image de François Hollande. Un « oubli » qui a été réparé. Et Ségolène Royal alors ? Mais Valls s'élève en faux contre l'accusation portée par la présidente de la Région Poitou-Charentes : contrairement à ce qu'elle répète à tous ses interlocuteurs, aucune photo familiale n'a été recadrée pour l'éliminer du tableau. « *Un pur fantasme !* » Et comment se serait-il procuré des photos de famille ? Le bruit court alors que Thomas Hollande aurait été mis à contribution. Il lui aurait été demandé s'il pouvait se procurer quelques clichés réunissant ses parents pour illustrer le passé familial. Peine perdue ! Le jeune homme a tranquillement répondu que sa mère avait tout détruit...

Il faudra attendre de longs mois pour que Manuel Valls, devenu ministre de l'Intérieur, admette avoir exclu Ségolène du clip commémoratif à la demande de Valérie Trierweiler. « *J'ai porté le chapeau* [1] » reconnaîtra-t-il sobrement.

Vite montrée du doigt, Valérie Trierweiler, elle, s'est pourtant défendue de toute intervention. Dans le portrait

1. Entretien avec l'auteur, le 15 juin 2012.

que dresse d'elle son amie Constance Vergara[1], la journaliste se donne même le beau rôle : « *Ma seule intervention a consisté à valider, la veille au soir, l'image que l'on voyait de François et de moi. En découvrant le film, j'ai alerté sur le fait que c'était un problème que 2007 n'y soit pas représenté. Mais c'était trop tard. J'ai su à l'instant même que c'était moi que l'on accuserait d'avoir censuré l'image de Ségolène Royal. Et c'est bien ce qui est arrivé.* » Problème : dans le même ouvrage, elle se vante d'avoir « *lu et relu* » son discours pendant la nuit… Que n'a-t-elle suggéré à son compagnon d'y inclure un mot pour la candidate de 2007 ?

« *Pff… N'importe quoi !* » La version des événements soutenue par la nouvelle compagne de François Hollande ne provoque que l'agacement de Ségolène. La dame du Poitou ne peut voir que la main de sa rivale derrière cet enterrement de première classe. « *Il faut qu'elle se calme*[2] *!* » lâche-t-elle, furibonde, quand on se risque à aborder le sujet. La candidate de 2007 préfère reprocher à François Hollande d'être « *mal entouré* », visant son équipe de communication, plutôt que de mettre en cause l'ambivalence de son ancien compagnon.

L'équilibre entre les femmes du chef est difficile à tenir ! Le 26 janvier est encore un grand jour. François Hollande

1. *Valérie, Carla, Cécilia, Bernadette et les autres en campagne*, *op. cit.*
2. Entretien avec l'auteur, le 24 février 2012.

doit dévoiler son projet présidentiel, ce fameux programme que les médias attendent depuis des semaines et que les artilleurs de l'UMP s'apprêtent à canarder… À la Maison des Métallos où se tient la présentation magistrale, les anciens candidats de la primaire socialiste sont au premier rang : Martine Aubry, Jean-Michel Baylet, Arnaud Montebourg, Manuel Valls… Ségolène Royal s'installe, elle aussi, bien en vue, à côté de Pierre Moscovici. Un bloc-notes sur les genoux, elle écoute la présentation des soixante propositions mises en avant par un Hollande plus techno que jamais. Et surveille du coin de l'œil une Aubry en pleine communion de pensée avec l'orateur. La Première secrétaire semble boire les paroles de celui qu'elle considérait comme « *flou* » et « *mou* » peu de temps auparavant… Mais ce n'est pas cette conversion qui provoque le courroux de Valérie Trierweiler. Le soir même, dans la loge de l'émission *Des paroles et des actes*, où le candidat socialiste doit affronter Alain Juppé en face-à-face, l'impétueuse favorite manifeste sa mauvaise humeur. Furieuse qu'on ait pu installer son ex-rivale au premier rang pour la présentation du projet, elle plante là l'entourage hollandais : Claude Bartolone, Vincent Peillon, Pierre Moscovici, Manuel Valls restent entre hommes pour assister à la performance de leur champion !

VII

LA CAMPAGNE D'UN AUTRE

Il veille sur elle. Se hisse sur la pointe des pieds pour l'apercevoir, reine d'un jour, au milieu d'un essaim de journalistes qui jouent des coudes. « *Ségolène, Ségolène !* » Ce 7 février, dans le quartier de Belsunce, au cœur de Marseille, l'apparition de Mme Royal ressuscite un instant la ferveur de la campagne présidentielle de 2007. « *C'est impressionnant. Elle est toujours aussi populaire* », confie Thomas Hollande, l'aîné de ses quatre enfants. Pourtant nous sommes bien en 2012. Et la reconstitution du tandem mère-fils n'a officiellement qu'un objectif politique et médiatique : servir la candidature du père. « *Ségolène Royal est une femme politique qui a le sens des responsabilités. Elle a surmonté la déception de la primaire et s'engage pour la victoire de François Hollande* », commente le jeune homme devant les micros qui se tendent. Il n'a que vingt-huit ans et l'allure d'un bobo-intello parisien en jeans et baskets. Pourtant, il se mue avec aisance en porte-parole de « *Ségolène*

Royal » et de « *François Hollande* » (*sic*). C'est lui qui a eu l'idée de ce déplacement. Le premier depuis la terrible déconvenue maternelle de la primaire. Proche de Patrick Mennucci, ancien coordinateur adjoint de la campagne de 2007 et maire du Ier arrondissement marseillais, le fiston dit être « *tombé amoureux* » de la ville. Chaque mois, il participe aux séances de réflexion d'un petit groupe d'universitaires. Avec l'ambition de fonder un nouveau *think tank*, un labo politique ancré dans une réalité sociale urbaine et métissée. « *C'est à Marseille que s'élabore la société française de demain* », affirme Thomas. Entre les quartiers Nord et la gare Saint-Charles, Ségolène est comme chez elle. Dans ces secteurs populaires, elle avait fait le plein des voix en 2007. Cinq ans plus tard, l'accueil qui lui est réservé ne peut que la requinquer. Une soixantaine de journalistes l'accompagnent. Mais la présidente de la Région Poitou-Charentes ne bénéficie pas des moyens d'un candidat à la présidentielle. Ici, elle fait mine de visiter une crèche installée au pied d'une cité... Mais doit y renoncer : les lieux sont trop exigus pour accueillir sa suite. Là, elle dialogue avec un professeur et quelques élèves d'un collège. Pour quoi faire ? Ségolène Royal, en bonne équipière, vante les mérites du projet Hollande. Mais elle peine encore à faire la campagne d'un autre...

Dans la salle bondée de la Maison arménienne de la jeunesse et de la culture, les socialistes marseillais lui réservent un accueil anti-spleen. Les militants se souviennent que la candidate avait fait chanter la *Marseillaise* – une première ! – à l'issue de son grand meeting du 23 mars 2007. Ici, la madone des sondages termina en tête au second tour. Bref, ce n'est pas dans la ville de la Bonne Mère qu'on aurait « oublié » de la faire figurer dans une histoire du socialisme français ! « *La victoire que j'ai obtenue aux élections municipales du centre de Marseille, je la lui dois* », confie Menucci, que l'on avait surnommé « Ségolin ».

« *Nous sommes à soixante-dix jours du premier tour de l'élection présidentielle, et ce changement nous devons le réussir* », répond Ségolène. Elle remercie le peuple de Marseille qui lui a apporté ses suffrages en 2007… Et l'appelle à se mobiliser de nouveau. « *Ils n'ont rien fait à droite, ils n'ont rien fait là-haut pour éteindre le feu de colère qui couve sous la cendre des illusions perdues.* »

La plus forte promesse du candidat Hollande ? L'éducation. Mais maîtresse Ségolène rappelle les jeunes à leur devoir. « *Nous ne voulons pas vous plaindre. Mais nous vous demandons de prendre vos responsabilités. Pour réussir, vous devez travailler dur à l'école. Faites-le et dites-le à vos frères et sœurs !* » Elle veut croire à l'énergie qui sourd dans les quartiers populaires. « *Dans soixante-dix jours nous devons faire cesser cette longue nuit du Fouquet's !* » Comme si la candidate malheureuse de 2007 entrevoyait enfin la lumière. Elle a échoué, certes, mais « *François Hollande le fera* »… puisqu'elle croit de nouveau en lui.

Jamais sans Thomas

Quand rien ne va, il y a Thomas. Cinq ans après son engagement dans la campagne de 2007, le fiston réapparaît dans la saga. Il tombe à point nommé. Pendant l'escapade marseillaise, les journalistes le pressent de questions. « *Comment vit-on le fait d'être le fils de deux parents qui se présentent successivement à l'élection présidentielle ? – C'est une histoire exceptionnelle, mais j'essaie de la vivre normalement.* » Après avoir été le confident et le conseiller de sa mère, le voilà qui s'apprête à s'engager dans la campagne de son père. Il se met en disponibilité du cabinet d'avocats-conseils qui l'emploie et rejoint l'équipe Internet, au quatrième étage du « 59 ». Thomas se passionne pour l'opération qui visera bientôt à frapper à 5 millions de portes pour convaincre l'électorat populaire de se rendre aux urnes et de voter pour le changement. La méthode pour cibler les bureaux de vote et mobiliser les volontaires a été importée des États-Unis par de jeunes expatriés ayant participé à la campagne de Barack Obama. Thomas veut servir, oui, mais sans jouer les vedettes. « *Je ne cherche pas à me mettre en avant* », précise-t-il.

En vérité, il n'a pas attendu le mois de février pour donner un coup de main. Dès la primaire, le fils du chef avait participé incognito à quelques réunions d'organisation de la web campagne. L'entourage du candidat voulait profiter de son expérience pionnière à la tête de la « Ségosphère » et de ses conseils en matière de mobilisation politique sur les réseaux sociaux avant de constituer les équipes. Mais il lui était impossible, à l'époque, de faire connaître publiquement son engagement. Sous peine de chagriner sa mère ! Pour avoir publié un entrefilet mentionnant la présence de Thomas dans les préparatifs hollandais, *Le Nouvel Observateur* s'est attiré, au mois d'octobre 2011, un démenti de la part du fiston... De l'histoire ancienne. « *La primaire a été une période un peu difficile, Mais heureusement cela n'a duré que quelques mois* », confie le plus politique des enfants de l'ex-couple Royal-Hollande. Désormais, l'heure est à la synthèse familiale. Du moins le fils aîné veut-il y croire... Toujours profondément attaché à sa mère, mais désormais réconcilié avec son père, Thomas en est le trait d'union. Dans cette campagne qui s'annonce, il rêve de restaurer une harmonie entre ses géniteurs, que la vie et la politique ont irrémédiablement opposés. Tombé tout petit dans la grande marmite de la politique et dans les secrets de la famille, Thomas est bien décidé à mettre de nouveau en scène les aventures de sa mère pour un bien qu'il imagine commun.

La mission est délicate. Le fils a, certes, ses entrées au quartier général du père. Il fréquente l'étage de la web campagne, et sa joyeuse bande de *geeks* rencontre le candidat en tête-à-tête et participe, à sa demande, à certaines réunions du comité stratégique. Mais le sort de sa mère ne compte pas parmi les priorités de l'état-major. Loin de là. Pour ramener Ségolène Royal au cœur de la campagne, Thomas, l'envoyé spécial au QG, doit organiser des opérations, en marge de la communication officielle. « *On ne sait rien de ce que fait Ségolène Royal* », reconnaît une attachée de presse. La candidate aux 17 millions de voix se refuse à passer sous les fourches caudines d'une équipe Valls au mieux condescendante, au pire méprisante. Elle agit de sa propre initiative et selon son analyse de la situation, n'hésitant pas, le cas échéant, à porter des jugements critiques.

Sa différence

« *La campagne manque de ferveur*, répète-t-elle. *Il faut s'adresser aux catégories populaires pour éviter qu'elles ne s'échappent dans l'abstention*[1]. » En privé, Ségolène compare volontiers l'élan qui l'a portée en 2007 et la tiédeur du soutien enregistré par son ex-compagnon. Il est vrai que le « *candidat normal* » connaît alors un relatif trou d'air. À la fin du mois de février, plusieurs sondages placent le socialiste et le Président dans un mouchoir de poche, autour de 28 %. Les spécialistes débattent, avec des airs entendus, d'un possible « croisement des courbes » qui verrait Nicolas

1. Entretien avec l'auteur, le 24 février 2012.

Sarkozy prendre l'avantage. C'est le moment que choisit son ancienne partenaire politique pour faire entendre sa différence. Mais elle ne se contente pas de commenter *mezza voce* la performance de François. Elle donne l'exemple !

Le 7 mars, à l'invitation de Thomas, elle se rend à Bagneux pour lancer la grande opération de porte-à-porte qui doit réveiller l'électorat populaire. Une demi-douzaine de journalistes sont invités à suivre la leçon, dans une paisible HLM de Bagneux. Après une séance de formation au démarchage à base de jeux de rôles, les militants organisés en binômes tirent les sonnettes et frappent aux portes. Dans le bâtiment où Ségolène Royal fait le job, des éclaireurs montent les escaliers quatre à quatre. « *C'est bon au cinquième gauche…* » lancent-ils. Il faut éviter que la candidate de 2007 ne se trouve nez à nez avec un butor ou un chien méchant. Quand la porte s'entrebâille sur une mère ou un père de famille tout ébaubis par la visite d'une personnalité « vue à la télé », Ségolène décoche son large sourire : « *Bonjour, on fait un petit tour, vous savez qu'on a des élections…* » Mais il est bien peu question de François Hollande. « *Je suis de la même équipe. Si vous avez voté pour moi, il faut revoter pour lui* », dit Ségolène. La démonstration est diffusée sur RTL, i>Télé et France 2… Sur la chaîne publique, les images du fameux porte-à-porte sont même soumises à François Hollande lors de son deuxième passage à l'émission *Des paroles et des actes*, le 15 mars. « *Elle a été candidate en*

2007 », admet prudemment l'invité. Avant d'assimiler l'engagement de Ségolène Royal à ceux de Martine Aubry et Laurent Fabius. « *C'est la même volonté de nous rassembler.* » Soit le service minimum…

À quoi tient cette froideur ? Sans doute à une interview de Thomas, parue le 11 mars, dans *Le Parisien*. Très direct, le fiston y critique l'atonie de la campagne paternelle. « *Le thème de la banlieue n'a pas été vraiment abordé. François Hollande n'a pas encore réussi à établir un pont avec les quartiers populaires, contrairement à Ségolène Royal, en 2007. J'essaie donc de l'aider à construire ce lien en organisant des rencontres, des déplacements*, juge le fiston. *Même si je note que les meetings sont pleins, il n'y a pas la même ferveur, le même engouement. Il y a cinq ans, les gens venaient déjà convaincus aux meetings de Ségolène Royal. Là, je parlerais plutôt de curiosité. Le contexte n'est plus le même. Le désespoir est réel et beaucoup de gens ne croient plus dans la politique.* » François Hollande, dont la campagne patine, n'apprécie pas du tout. Il ne le fait pas savoir directement à Thomas. Mais Manuel Valls, lui, n'y met pas de gants. Il demande au fils de se montrer moins bavard. Commentaire de Ségolène Royal : « *Thomas a eu raison à propos du manque de ferveur. Et il a tenu bon*[1]. »

Pas question de renoncer à son indépendance. Ségolène est notamment la seule dirigeante socialiste à adresser des

1. Entretien avec l'auteur, le 12 mai 2012.

louanges à Jean-Luc Mélenchon.« *Il fait une très bonne campagne* », répète la dame qui s'est rabibochée depuis 2009 avec cet ancien adversaire. Le candidat du Front de gauche qui mobilise les foules à la Bastille lui semble plus en phase avec les attentes du peuple. « *Nous sommes alliés avec Jean-Luc Mélenchon. Nous partageons une plate-forme commune*, dit-elle sur France 5. *Nous sommes les candidats, à gauche, des sans-voix. C'est un bon tribun, j'ai beaucoup de convergences avec lui.* » La présidente de Poitou-Charentes ne lésine pas sur la pommade. En privé, quand elle se plaint du manque d'égard de ses camarades socialistes, elle menace parfois de « *tout planter, convoquer les journalistes et appeler à voter Mélenchon*[1]. » Mais à quoi joue-t-elle? Comme souvent, Ségolène Royal tire parti de ses propres paradoxes. En soulignant la performance de Jean-Luc, elle adresse un signal à l'entourage : « Retenez-moi ou je fais un malheur. » Mais, dans le même temps, elle sert subtilement les intérêts de François ! Ségolène est la coursière spéciale, celle qui peut faire passer des petits messages.

Ségolène Royal, elle, ne semble jamais aussi bien dans ses escarpins que quand elle est la seule à parler « pour François ». Son plaisir consiste à ressusciter leur ancienne complicité. L'ex-compagne redevient, par instants, l'irremplaçable alliée politique qu'elle fut naguère. Ainsi, ce

1. Entretien avec l'auteur, le 24 février 2012.

18 mars, Ségolène et François se croisent dans les couloirs de France 5. L'un sort des studios, l'autre y entre. On papote. « *Des coups, j'en prends beaucoup quand même* », soupire Hollande. Royal, alarmée, se demande comment répliquer. En quelques minutes, les deux vieux partenaires politiques mettent au point une riposte. « *Nicolas Sarkozy a absolument besoin d'être réélu pour être couvert par l'immunité* », lance-t-elle à l'antenne. Indignation de l'UMP. Mais l'argument fait mouche. Ségolène Royal est la seule à avoir osé défier le Président sortant sur le terrain des affaires et des enquêtes judiciaires qui pourraient le menacer s'il n'était pas réélu. Elle considère qu'elle a mieux défendu François qu'aucun autre socialiste !

Un drame survient. Les tueries de Montauban et Toulouse, suivies de l'assaut mortel contre le terroriste Mohamed Merah, provoquent une suspension de la campagne… Le meeting tant attendu qui devait réunir Royal et Hollande, le 22 mars, à Rennes, est reporté… Dommage. Ségolène avait prévu une petite mise en scène à sa façon. Dans *Gala*, elle avait accepté de poser avec sa fille Flora. Les deux femmes jouant du piano à quatre mains et affichant leur complicité, près de vingt ans après les fameux clichés de la maternité parus dans *Paris Match*, qui avaient tant choqué François Hollande ! « *En 2007, je suis passée à côté de la campagne. J'avais treize ans, je voulais me protéger,* déclare Flora. *Mais je me suis rattrapée. J'ai été la plus impliquée de la fratrie dans la campagne de la primaire de ma mère. Moi aussi, j'ai pleuré au soir du premier tour de la primaire.* » Peut-on être plus clair ? À l'approche de la date fatidique, voilà une piqûre de rappel par presse interposée. L'étudiante en psychologie va jusqu'à envisager une candidature de sa mère à l'élection présidentielle de 2017[1]. « *J'ai trouvé ça mignon* », rigole Ségolène. Le reportage plein de sous-entendus n'a guère fait sourire Valérie et François...

Cela n'empêche nullement Ségolène Royal, quelques jours plus tard, de s'improviser marraine de Radio Hollande, la première web radio consacrée au candidat, qui doit émettre chaque soir depuis les locaux de l'avenue Ségur. Encore une idée de Thomas que ce débarquement impromptu en plein QG ! Le clou de cette première tranche animée par Pierre Lescure ? *Allô François*, une séquence de libre antenne qui permet à Ségolène Royal de répondre aux questions des auditeurs. « *Cette victoire, il ne faut pas la laisser partir* », s'inquiète Marcel, un militant de quatre-vingt-deux ans. « *Non seulement il ne faut pas la laisser partir, mais il faut l'attraper* », réplique Ségolène. À bon entendeur, salut.

1. « *Ségolène Royal et Flora, ensemble dans le tourbillon de la campagne* », Gala, 20 mars 2012.

Ségolène loyal

Quand on lui demande ce qu'elle ressent à faire ainsi la campagne d'un autre, Ségolène Royal répond : « *Une joie et une souffrance, en même temps*[1]... » Cette approche digne d'un yogi correspond sans doute aux rudiments de sagesse que la combattante est allée chercher en Inde, à la fin de l'année 2011, pour se remettre du cataclysme intime de la primaire. Mais pour beaucoup de ses camarades socialistes, moins versés dans l'ataraxie orientale, c'est d'abord la souffrance qui saute aux yeux. Combien de fois a-t-on entendu de hauts responsables du Parti souligner, l'air désolé, que sa situation devait être « *terrible* » ! Combien se sont apitoyés en aparté ! « *Voir tout ce qu'elle n'a pas pu réussir s'accomplir sous ses propres yeux, ça doit être très dur...* » Aucun des cadres du Parti n'aurait voulu – cette fois ! – « être à sa place ».

Car il est bien vrai que tout dans l'épopée conquérante de François Hollande la renvoie à son propre échec. « *J'ai le devoir de gagner* », répète Hollande qui veut venger 2002 et 2007. Deux dates fatidiques qu'il n'évoque pas dans les mêmes termes. 2002 se résume pour lui, à longueur de discours, au traumatisme du 21 avril : l'élimination du candidat socialiste au premier tour au profit du Front

1. Entretien avec l'auteur, le 24 février 2012.

national... Un enfer ! Mais Hollande se garde bien en public de détailler les fautes de son mentor qui ont conduit à ce désastre. Au contraire, il se vante d'avoir partagé la conduite des affaires du pays avec Jospin l'austère, à Matignon, tandis que lui préparait l'avenir de la gauche, à Solférino... Une période somme toute féconde, marquée par la croissance, la réduction du chômage, le rééquilibrage des comptes publics et quelques réformes sociales, les 35 heures en tête, hélas interrompue par un manque de clairvoyance politique. Quand il entre dans les causes du fiasco, Hollande incrimine la dispersion de la gauche ou l'insoutenable légèreté des communicants, qui eurent raison de la *Dream Team* jospiniste...

La campagne de Ségolène Royal en 2007, en revanche, n'est guère mise en valeur. Hollande salue le courage, l'inventivité et l'inspiration de la candidate, mais il ne cesse de relever les erreurs rédhibitoires qu'elle a commises. « *Parvenir au second tour ne suffit pas* », dit Hollande. Pour aller plus loin, il eut fallu d'abord réussir l'unité des socialistes. Ségolène n'en a jamais bénéficié. Hollande, lui, ne peut que se féliciter du soutien de tous ses anciens rivaux... Sans jamais admettre publiquement que la discorde constatée en 2007 entre le Parti et la candidate a d'abord été de sa responsabilité... Tandis que la belle cohérence de 2012 doit beaucoup, au moins symboliquement, à l'abnégation de Royal, au sens des responsabilités d'Aubry et à l'élan de la primaire, procédure de désignation à laquelle Hollande ne croyait pas. « *Que ce serait-il passé si j'avais été soutenue comme François l'a été ?*[1] » s'interroge Ségolène qui refait ses comptes. Il eut fallu ensuite adopter un projet cohérent. Mais François a été incapable, avant 2007, de rassembler le Parti autour d'un axe social-démocrate. En 2012, au contraire, le ségolénisme inspire nombre des soixante propositions hollandaises : redressement productif, fermeté sécuritaire, conversion écologique, priorité à l'enseignement, régulation de la finance, blocage des prix de l'essence et même démocratie participative... C'est le jeu favori de Ségolène Royal que de dresser l'inventaire des emprunts à sa doctrine dans le programme de son ancien compagnon. À bien des égards, la championne de « *l'ordre juste* » a le sentiment d'avoir eu raison trop tôt. Un constat frustrant. Même la féminisation du gouvernement avec la stricte parité édictée à la tête des ministères lui rappellent qu'elle fit cette proposition dès 2007. Copieur, Hollande ? Ségolène observe que le candidat s'est résolu à faire chanter l'hymne national à l'issue de ses meetings. « *J'ai été la première à le faire au PS. Et que n'ai-je entendu*[2]... », dit Royal. De même, l'homme qu'elle n'a jamais pu observer comme particuliè-

1. Entretien avec l'auteur, le 24 février 2012.
2. *Idem.*

rement féministe s'est converti. Sur le tard. « *En 2007, les Français étaient prêts à élire une femme à la présidence de la République. C'était mon moment*[1] », déplore-t-elle.

Pour toutes ces raisons, Ségolène Royal aurait pu adopter une position d'attente. Mais ce n'est ni son tempérament ni son intérêt. Au lieu de jouer les martyrs de l'Histoire ou les hypothétiques recours, Ségolène s'est proclamée missionnaire de François Hollande. Mettant en scène sa farouche volonté de vaincre, elle s'est taillé un rôle sur mesure. Car rien dans les annales de la politique ne permettait de concevoir qu'une ancienne candidate à l'élection présidentielle ferait campagne contre son ancien vainqueur. Et ce en faveur d'un successeur, Hollande, certes issu de son parti, mais qui l'avait trahie puis éliminée de la course.

Son engagement, parfois théâtral, est aussi un vivant reproche adressé à l'attitude de son ex-compagnon. En faisant campagne « *sans arrière-pensée* », la femme naguère bafouée met en exergue l'ambiguïté, pour ne pas dire le lâchage, dont s'est rendu coupable François Hollande en 2007. « Voilà ce qu'il aurait fallu faire… » semble dire l'ancienne candidate, à chacune de ses apparitions médiatiques. Toujours sainte et martyre pour les caméras, Ségolène se dévoue pour le bien de François. Mais demeure fidèle à elle-même. « *En définitive, elle ne fait que du Ségolène !* » observe un compagnon de route de l'ancien couple.

1. Entretien avec l'auteur, le 12 mai 2012.

Il est manifeste que la femme blessée a décidé de s'en sortir par le haut. Le stoïcisme est son meilleur atout. « *J'ai sauvé la campagne*, répète-elle. *Personne n'aurait compris que je ne sois pas aux côtés de François*[1]. » Ségolène est certaine d'avoir fait prévaloir le sens de l'histoire. Même si, à bien des égards, elle se contente de faire passer, pour les médias, sa solitude et son dénuement pour des choix délibérés. « *Il faut bien que quelqu'un fasse campagne !* » rigole l'ancienne candidate de 2007, qui juge avec sévérité les performances des éminences de Solférino. Que fait Aubry, par exemple ? La comparaison, pense Ségolène, est tout à son avantage. « *J'ai lancé la mobilisation populaire en démarrant le porte-à-porte, attaqué Sarkozy quand le candidat devait éviter la bataille de chiffonniers, demandé aux 17 millions de Français qui avaient voté pour moi en 2007 de faire élire François*[2]*…* » Ségolène est persuadée que rien ne pourrait se faire sans elle.

Madame tweete...

Et la voilà regardant François à la télévision. Il est 20 heures 30, ce 26 avril 2012. Sur France 2, l'émission *Des paroles et des actes* reçoit les deux finalistes de l'élection présidentielle. Chacun a droit à son tour de parole, face à

1. Entretien avec l'auteur, le 12 mai 2012.
2. *Idem.*

l'équipe de journalistes emmenée par David Pujadas. Dans la grande salle Marie-Thérèse Eyquem, au siège du Parti socialiste, rue de Solférino, une cinquantaine de jeunes twitteurs, penchés sur leur ordinateur ou leur tablette numérique, s'emploient à saturer les réseaux sociaux de petits messages de cent quarante signes. Pour Hollande ! Contre Sarkozy ! Dans le jargon de la campagne, on appelle cela une « soirée riposte ». Vincent Feltesse, à la tête de la web campagne, parle en chef de tribu : « *Ce soir encore, nous devons être les plus forts.* » On imagine, quelque part dans Paris, une équipe de *geeks* droitiers appliqués à démolir François Hollande en avalant des parts de pizzas froides et des bières tièdes. C'est « la guerre des boutons » sur le Net et Ségolène Royal a rejoint la jeunesse militante. Hollande intervient le premier. Ségolène suit sa prestation avec attention, sans risquer le moindre commentaire. « *Je ne tweete pas sur François*, dit-elle. *Je suis là pour répliquer à Sarkozy.* » Elle a déposé son iPhone devant elle, sur la table. Elle trône comme un modèle académique au centre de la classe. Tous et toutes l'observent à la dérobée mais se gardent bien de l'importuner. Les yeux reviennent sur les écrans, les mains s'agitent sur les claviers des portables. Dans la nuit fraîche d'avril, Solférino ressemble à un atelier clandestin. Ségolène jette parfois un regard à Flora qui l'a accompagnée. La jeune fille de vingt ans est attablée, à quelques mètres. « *Tu n'as rien mangé. Mange de la pizza...* » s'inquiète Ségolène en bonne mère de famille. « *Elle est belle ma fille!* sourit-elle. *Elle me ressemble?* » Comme toute l'assistance, elle s'offusque de l'insistance du journaliste David Pujadas, décidé à démontrer que le candidat socialiste est un prince de l'esquive... Tapotant enfin son téléphone, elle n'entre en action qu'à l'arrivée de Nicolas Sarkozy sur le plateau de France 2. Ségolène, alors, se déchaîne. À coup de tweets – une vingtaine pour quarante minutes d'interview –, elle vole dans les plumes de son adversaire de 2007. « *S'il est responsable de la police, pourquoi a-t-il supprimé autant de postes?* » « *C'est un spectacle ou une campagne présidentielle?* » « *Il n'a pas commencé à rendre compte de son bilan au bout d'un quart d'heure!* » « *Logement : pourquoi ferait-il ce qu'il n'a pas fait en cinq ans?* » « *Belle courbe du chômage, hélas, tout le contraire de la valeur travail, thème de 2007 trahi pendant cinq ans.* »

C'est ainsi, depuis bientôt deux mois, chaque fois que Nicolas Sarkozy apparaît à la télévision, Ségolène Royal lui règle son compte sur Twitter. « *Il ne faut rien lui passer* », répète-t-elle, même si elle trouve le Président sortant de 2012 « *un ton en dessous* » du Sarkozy de 2007. Ces rafales de petites phrases à distance enchantent les internautes. Tantôt espiègle, tantôt courroucée, la Royal dit tout haut ce que le candidat pense tout bas! Le 6 mars, Ségolène est au rendez-vous du lancement de la campagne sarkozienne sur France 2. Devant sa télévision, elle assure elle-même et en direct la défense de ses intérêts. Au début de l'émission, Nicolas Sarkozy raille « *cette pauvre Mme Royal* » et « *sa grande victoire avec 47 %* » des voix. Elle réplique du tac au tac : « *Pourquoi ce mépris de Sarkozy à mon égard en début d'émission ? La victoire dont je parlais pour la gauche, elle arrive…* » Son message est repris par des centaines d'abonnés à Twitter, qui le répercutent à des milliers d'utilisateurs. Par contamination virale, la saillie fait le tour de la France. Ségolène s'est trouvée une nouvelle tribune. Elle ose tout. Se moquant du comportement agité du sortant : « *Que de tics ! Que de nervosité ! Sarkozy très mal à l'aise.* » Ou de son parcours scolaire : « *Sarkozy a raté l'ENA. Il ne s'en est pas remis ! On peut réussir sa vie sans Rolex et sans l'ENA, il faut qu'il s'en remette !* » Déchaînée, elle ne passe rien à son ancien adversaire : « *Les attaques agressives de Sarkozy sont minables… Son nez s'allonge quand il dit qu'il n'a jamais menti !* »… « *Ce n'est pas un sourire, c'est un tic nerveux.* »… « *Ça le fait rire que son fils manque de respect à une femme policière ? Ça veut tout dire.* »

Twitter permet à Ségolène Royal de vivre une campagne par procuration. Même si le candidat et son équipe ne lui ont pas confié la mission d'aller défier la droite sur le plateau d'une émission, comme elle l'avait proposé, lui préférant Laurent Fabius ou Martine Aubry, Ségolène peut se faire entendre. On veut la bâillonner, elle s'exprime avec plus de liberté que jamais. Et administre une leçon de communication politique. La twitteuse fait coup double : elle démontre son engagement en faveur de Hollande et court-circuite les censeurs de l'équipe Valls qui préféreraient la réduire au silence ! « *Sarkozy peut insulter François Hollande tous les jours et il faudrait rester inerte ? Je n'ai dit courageusement que la vérité.* » Je tweete, donc je suis…

VIII

RENNES D'UN SOIR

La parade n'a duré que dix-huit secondes, chronomètre en main. François Hollande est monté sur scène. Il s'est tourné vers Ségolène Royal pour l'inviter à le rejoindre. Tous deux se sont avancés vers le pupitre de l'orateur puis se sont immobilisés côte à côte un court instant, saluant le public de la main. Pas de regards, pas de contacts, pas d'embrassades, mais deux sourires figés. Puis le bras droit de François Hollande s'est abaissé indiquant la sortie comme le ferait un M. Loyal pour reconduire un artiste après la fin de son numéro... Ségolène a tourné les talons et s'en est allée à petits pas, l'air emprunté, presque timide... Ouf! Les caméras du meeting et les photographes ont immortalisé les retrouvailles tant attendues. L'image a fait le tour du monde. Elle a trouvé sa place parmi les clichés souvenirs de la conquête. Et pourtant que de faux-semblants, de contorsions et de grincements de dents pour en arriver là ! Au grand rassemblement de Rennes, le 4 avril

2012, le couple mythique du Parti socialiste a bel et bien partagé la scène. Mais il faudra des semaines pour comprendre leur étrange chorégraphie ! « *Ils ont encore voulu m'enterrer* », dira Ségolène. Ce soir-là, l'Ex a dû forcer sa chance, bousculer le protocole et contrer les plans de son ennemie intime qui ne voulait pas que cette réunion au sommet soit l'occasion de mettre en scène l'ex-couple Hollande-Royal.

Ce jour-là, le ban et l'arrière-ban des journalistes qui suivent les affaires du Parti socialiste se sont donné rendez-vous dans le TGV de 13 heures 59 en partance pour Rennes. Voilà des semaines que les chroniqueurs attendent ce qui s'annonce comme un sommet de la campagne : Royal et Hollande enfin réunis pour un meeting à grand spectacle. On n'a pas vu cela depuis l'automne 2007 ! Déjà, à l'époque, la double apparition de la candidate et de son compagnon avait fait l'événement. Alors, cinq ans plus tard, le candidat et son ex… Le service de presse de François Hollande croule sous les demandes d'accréditations. La pression est si forte que Thomas Hollande, qui se faisait une fête de voir ses parents réunis pour un soir, a préféré renoncer. « *Je ne voulais pas donner dans le côté people*[1] », se justifie-t-il. Déjà, pour les initiés son absence détonne… Mais le train charrie d'autres célébrités. Quelques éditorialistes en vue font

1. Entretien avec l'auteur, le 4 juillet 2012.

partie du voyage. Et, sitôt quittée la gare Montparnasse, la voiture-bar se transforme en salle de presse… Cerné par une meute de journalistes, Manuel Valls, le directeur de la communication de François Hollande, affiche son air buté des mauvais jours. Les reporters le pressent de questions sur l'affiche très symbolique du « grand rassemblement ». Valls rétorque : « *Je suis le directeur de la communication d'un candidat à la présidentielle. Je fais de la politique, je ne fais pas de romanesque.* » Avec la suavité qui le caractérise, « la Kommandantur », comme l'appellent ses rivaux du quartier général hollandais, rappelle à l'ordre les éditorialistes sentimentaux, les chroniqueurs à l'eau de rose et les échotiers du palpitant. Halte aux cancans !

Valls est en service commandé. Il le répète à l'envi au cercle compact qui l'entoure : le sujet du jour n'est pas la reformation d'un couple, mais le lancement de l'agenda du changement concocté par François Hollande, c'est-à-dire les trente-cinq mesures prioritaires que le favori des sondages s'engage à prendre durant les trois premiers mois de son mandat. C'est la stratégie de la douche froide. Valls doit calmer les voyeurs accourus sur un malentendu et orienter les reportages vers le message politique du jour. Demain, Nicolas Sarkozy est censé dévoiler enfin son programme. Pour devancer d'éventuelles annonces, le staff du candidat socialiste a dès la veille au soir transmis à l'AFP le calendrier des réformes prioritaires. La planification a été établie avec l'aide de Laurent Fabius : l'ancien Premier ministre planche sur le sujet depuis six mois à la demande de Martine Aubry. Tout y est : les symboles, comme la réduction de la rémunération du gouvernement ; les petits cadeaux électoraux, comme l'augmentation de l'allocation de rentrée scolaire ; le grand nettoyage, comme la réforme fiscale ; et les gestes historiques, comme l'annonce du retrait des troupes françaises d'Afghanistan… En attendant, Valls annonce que la scénographie du meeting sera « *habituelle* ». Il n'envisage même pas que la candidate de 2007 et le candidat de 2012 se croisent sur scène. Encore moins qu'ils posent pour les photographes et les cadreurs.

À quelques voitures de là, François Hollande peaufine son discours. Valérie Trierweiler est à ses côtés. Elle tapote sur l'écran de son téléphone. Le portable de Hollande vibre. « *Mon amour* » s'affiche sur le petit écran de l'appareil. François Hollande ne lève pas les yeux de son discours. « *Je t'ai envoyé un message* », chuchote Valérie. François ne bronche pas. Concentré, il poursuit son travail. « *Autour d'eux une dizaine de personnes. Tout le monde regarde ailleurs. L'atmosphère est électrique* », rapportera Élise Karlin, journaliste à *L'Express*[1]. Anxieuse des retrouvailles entre « son François » et sa rivale, la journaliste a les nerfs à

1. « *Face à Royal, les nerfs à vif* », L'Express, 16 mai 2012.

vifs. Elle est ulcérée par la présence massive des médias : les photographes sont deux fois plus nombreux que d'habitude ! Et elle sait bien pourquoi... Sa rivale attend avec impatience cette réunion avec François. Pour sa part, elle la redoute depuis des semaines. Valérie ne veut voir ni effusions ni embrassades entre les deux ex. C'est sa hantise. Elle l'a fait savoir à l'équipe de communication, Manuel Valls en tête...

Ségolène Royal, partie en petit équipage par le train de 14 heures 12 – soit treize minutes après Hollande –, considère qu'elle assume une mission quasi historique. Il lui faut passer le flambeau de manière symbolique à François. Et inviter solennellement les millions d'électeurs qui lui ont fait confiance en 2007 à opter pour son ancien compagnon. À Rennes, elle cherche une reconnaissance de son rôle politique et familial. Ce meeting doit marquer l'unité retrouvée après « *les années compliquées* » et l'installer, sans ambiguïté, au premier rang des soutiens de François Hollande. Ségolène Royal tient d'autant plus à ce rendez-vous qu'elle l'attend depuis plus de deux mois. La rencontre de Rennes, sommet de sa campagne et point de passage obligé de son retour en grâce, doit réparer les vexations qu'elle a subies depuis l'« oubli » du Bourget. Elle a confié à son bras droit Guillaume Garot le soin de négocier dans les moindres détails le programme de l'événement. Le député-maire de

Laval a traité cette délicate affaire avec son grand complice, le Manceau Stéphane Le Foll, premier lieutenant de Hollande. « *Nous avons travaillé avec les plans de la salle sous les yeux. Tout était calé. Après son discours, Ségolène devait être rejointe sur scène par François*[1] », se souvient Garot. Problème : dans l'entourage de François Hollande, Le Foll, directeur adjoint de la campagne, est un rival de Valls. Proche de Valérie Trierweiler, Valls, lui, lutte contre le scénario des retrouvailles !

Au palais des expositions de Rennes, c'est l'affluence des grands soirs : 15 000 sympathisants ont fait le déplacement. Il faut utiliser la seconde salle dite « de déversement » pour accueillir tous les aficionados. À peine arrivée, Ségolène donne une interview à BFM TV, déjouant toutes les questions personnelles. « *Les gens ont envie de me voir aux côtés de François. J'ai un impact dans les quartiers populaires qui risquent de s'abstenir. Ce qui compte, c'est l'idée que la gauche est unie.* » Bien sûr elle a préparé ce rendez-vous particulier avec François Hollande, « *mais en responsables politiques au service de notre pays et au service du changement*, précise-t-elle. *Forcément, nous avons eu une longue vie commune, nous avons quatre enfants en commun. Il y a une dimension affective. Mais elle n'appartient qu'à nous…* »

Dans ces conditions, les discours de Daniel Delaveau, maire de Rennes, et Jean-Yves Le Drian, président de la

1. Entretien avec l'auteur, le 12 juillet 2012.

région Bretagne, ne sont que des formalités. Enfin, Ségolène Royal – corsage blanc, veste bleu électrique – monte en chaire. Elle prononce un discours cent pour cent utile. « *Chers amis, à dix-huit jours du premier tour, le moment est venu de lancer un vibrant appel à tous ceux qui veulent s'abstenir de venir voter.* » La candidate de 2007 a le sens du devoir. Elle exhorte « *les 17 millions de Français qui lui ont fait l'honneur de choisir un bulletin à son nom* » naguère à soutenir aujourd'hui « *celui qui porte nos couleurs : notre candidat François Hollande dont nous devons assurer la victoire !* »

Ségolène vibre pour les « invisibles », « *qui sont venus voter massivement en 2007* », ces Français des quartiers populaires, ces femmes isolées qui triment et élèvent leurs enfants, ces jeunes en galère, ces « *ouvriers traités pis que les machines ; car les machines, on les répare pour les revendre.* » Elle cite la féministe Flora Tristan : « *La femme est la prolétaire du prolétaire même.* » À l'heure du journal télévisé, la dame en bleu répond aussi à la question que tout le monde se pose : comment faites-vous pour faire campagne ? « *La cause de l'émancipation humaine est plus grande que nous. Nous sommes au service de cette cause, et non l'inverse. C'est une façon noble de faire l'histoire que d'aider celui qui est en situation de l'emporter.* » « *Ségolène ! Ségolène !* » scandent des supporters bretons nostalgiques.

Du projet de François Hollande, elle donne une lecture très personnelle : lutte contre la spéculation financière, aide aux PME, mutation écologique… On reconnaît les grands thèmes du ségolénisme, une hérésie qui prospéra en 2007. « *François est notre candidat. Nous n'avons pas un instant à perdre et toutes les voix comptent dès le premier tour car c'est lui le seul qui peut l'emporter à gauche. Je suis particulièrement heureuse de délivrer ce message d'unité sur la belle terre de Bretagne, là où la mer rejoint le ciel.* » Ségolène reçoit les applaudissements de la foule sentimentale.

Conformément au scénario négocié par Garot et Le Foll, elle s'attend à accueillir François Hollande pour lui donner la parole. Mais rien ne se passe comme prévu. On pousse sur le plateau Aurélie Filippetti, chauffeuse de salles attitrée, pour lancer le clip édifiant sur le parcours de François Hollande : « *Rien ne m'a été donné…* » entame la voix *off* du candidat. Ségolène descend du podium. La caméra mobile de la réalisation, pilotée par André Loncle, grand ordonnateur des shows hollandais, cesse de la suivre. Le public ne comprend pas… Royal réalise qu'on s'apprête à la priver du moment de communion tant attendu. « *Je décide de rester au pied de la scène et je refuse de rejoindre la loge comme l'organisation m'y invite* », raconte-t-elle. Au son de son hymne de campagne, « *Le changement, c'est maintenant* », Hollande effectue son entrée par l'arrière de la salle.

Comme à son habitude depuis le meeting du Bourget, il parcourt la haie d'honneur formée par les militants, en serrant les mains, embrassant les joues et récoltant les encouragements. Ségolène patiente. « *Je ne sais pas par quel escalier il va monter sur scène, il y en a trois*[1] », explique-t-elle. Ma fille, il ne faut pas te laisser faire ! Elle calcule la trajectoire et se place à l'aplomb de l'immense praticable du fond de scène. Bien vu ! C'est là que François Hollande parvient après son bain de foule. Il salue quelques membres de l'organisation. Passe à la hauteur de Ségolène Royal et lui claque la bise. Une image que les 15 000 spectateurs ne voient pas. Seule la caméra de BFM TV, bien placée, enregistre la rapide accolade. Hollande escalade les quelques marches qui mènent au plateau sous les projecteurs. Ségolène lui emboîte le pas. Un agent de sécurité, oreillette vissée dans l'oreille, lui fait signe de rebrousser chemin. Elle passe outre. François Hollande se retourne et l'aperçoit. Il lui fait signe de le rejoindre. Ségolène a réussi. Pour dix-huit secondes, le duo mythique du Parti socialiste est reformé… « *C'est une belle réunion car Ségolène Royal est là, qui a mené une campagne courageuse et imaginative* », reconnaît Hollande à la tribune. « *Ségolène Royal est là comme symbole de l'unité qui avait manqué en 2007 mais qui est là maintenant, puissante, irréversible.* »

1. Entretien avec l'auteur, le 12 mai 2012.

Mais les commentateurs ne sont pas dupes. Sur BFM TV qui retransmet l'événement en direct, Olivier Mazerolle s'impatiente « *François Hollande a une occasion rêvée de faire vibrer. Ha ! il n'a apparemment pas trop envie de s'en servir, c'est son problème.* » Puis vient le moment tant attendu. Et c'est la déception : « *Eh non, eh non, c'est Aurélie Filippetti qui remercie Ségolène Royal…* » L'ancien directeur de l'information de France 2 se perd en conjectures : « *Qu'à la dernière seconde on ne sache pas, c'est bizarre…* » Il exprime un étonnement teinté de désapprobation : « *C'était une image de réunification extrêmement forte, ils ne veulent pas nous l'offrir, c'est leur droit.* » Puis un nouveau scénario lui apparaît : « *Ségolène Royal l'attend dans l'ombre. L'image… où est l'image ?* » La voilà, dix-huit secondes seulement : « *Ah ben voilà, les anciens compagnons se passent le relais… Avec beaucoup de tiédeur.* » Olivier Mazerolle juge ça « *discourtois* ».

Manuel Valls, lui, est soulagé. « *Écoutez donc le discours de François Hollande* », répond-il aux incorrigibles reporters qui s'enquièrent de cet étrange passage de flambeau. Le vaudeville ne fait que commencer. Poursuivant son cavalier seul, Ségolène s'échappe par une porte latérale. Elle souhaite s'adresse aux milliers de sympathisants qui suivent la réunion sur écran dans la salle numéro deux. L'équipe de communication la rattrape par un pan de sa veste. On lui demande de prendre places, dans le carré VIP aménagé dans les gradins de la salle principale. Ségolène obtempère. Elle ne flaire pas le piège.

Jeu de mains

Depuis le début du meeting Valérie Trierweiler s'est retranchée dans la loge du candidat. Elle ne veut rien voir, rien entendre. Glacée, elle se recroqueville dans son fauteuil. Le moment qu'elle redoutait tant est arrivé. Elle aimerait crier son dégoût et sa révolte. Mais doit se contenir. Personne ne comprendrait sa colère. Les militants, les journalistes, la France entière attend Ségolène et François. Elle se terre, en attendant d'agir. Car l'idée lui est venue d'accomplir un geste qui lui permettrait de reprendre sa place dans l'histoire et lui redonnerait l'avantage. Valérie voudrait saluer sa rivale ! Lui serrer la main, tout simplement. Bien sûr, cette action que nous effectuons sans même y réfléchir peut sembler banale. Mais pour les deux rivales elle a longtemps paru impensable. Pour Ségolène, serrer la main de Valérie revient à reconnaître son existence et prendre acte de la perte de François. Saluer Ségolène, pour Valérie, c'est se soumettre et « pardonner » les coups portés contre elle et sa famille. Ainsi, quand les deux femmes se croisent fortuitement, comme à l'université d'été de la Rochelle en août 2011, préfèrent-elles baisser les yeux avant de fuir chacune de leur côté... Mais comment faire maintenant que leurs chemins ne cessent de se croiser ? Valérie estime qu'une « normalisation » est souhaitable. Tous ces proches la lui ont conseillée. Le mérite ne pourrait que lui en revenir. Déjà, lors du meeting du Bourget, le 22 janvier, elle avait eu l'intention de saluer sa rivale devant les photographes et les cameramen. Dans l'enthousiasme général, elle espérait que Royal accepterait cette main tendue. Mais il n'en fut rien. Quand elle l'avait vue s'approcher, Ségolène lui avait ostensiblement tourné le dos. Mais à Rennes, ce 4 avril, la situation est bien différente : l'Ex a eu son meeting. Elle a pu s'afficher avec François. Elle ne saurait lui refuser un salut. Le moment est venu ! Valérie prend son courage à deux mains et s'en va à la rencontre de la vedette de la soirée que l'équipe de campagne est enfin parvenue à faire asseoir à sa place. La responsable du service de presse propose à un photographe d'immortaliser la poignée de main qui s'annonce historique...

Dans le carré VIP, Ségolène Royal ne se doute de rien. Soudain elle remarque qu'Aurélie Filippetti, installée à sa gauche, s'éclipse. Soudain, elle voit Valérie Trierweiler, accompagnée d'une horde de photographes, se présenter au bout de la rangée, à sa droite. Catastrophe ! Immédiatement, Ségolène Royal comprend le stratagème : sa rivale se dirige vers la place de Filippetti. En remontant la rangée, elle salue déjà les personnalités présentes. Le tour de Ségolène arrive. Cette fois, pas question de s'échapper. Il faudra bien saluer « l'autre », celle dont elle ne prononce jamais le nom ! Son sang se glace. Valérie arrive à sa hauteur. Crispée, recroquevillée au fond de son siège, un sourire mécanique aux lèvres, Ségolène est acculée. Elle ne peut que s'exécuter. La photo de la poignée de main entre les deux femmes paraîtra bientôt dans *VSD*…

Valérie Trierweiler croit tenir sa victoire. Elle a fait le premier pas et pousse Ségolène à accepter la poignée de main si longtemps remise. Las, la réplique du camp adverse ne tarde pas. Furieuse, Françoise Degois, la conseillère spéciale de Royal, vole dans les plumes de Manuel Valls. Aucun terme de l'accord préalablement négocié entre les parties n'a été respecté. Ségolène, elle, se fend d'un SMS rageur [1]. « Tu ne me fais plus jamais ça. » Entre Ségolène et son ancien lieutenant, rien ne va plus. « *Il ne sait même pas que je l'ai recommandé à François…* soupire Ségolène, fataliste. *Il ne voulait pas faire de people et il m'impose cette mascarade indigne de la responsable politique que je suis* [2] *!* » Mais, une fois encore, la politique prend le dessus sur la femme en colère. « *Je leur ai sauvé la mise*, répète-t-elle. *Si je n'étais pas apparue à côté de François, personne n'aurait compris.* »

1. « *Face à Royal, les nerfs à vif* », *L'Express*, 16 mai 2012.
2. Entretien avec l'auteur, le 13 avril 2012.

Ségolène va plus loin. « *Après Rennes, les sondages ont commencé à remonter. C'est aussi grâce à moi. Je lui ai apporté un peu de la ferveur qui lui manquait.* » Quant à la poignée de main, tout est à refaire. Le 16 mai, dans *L'Express*, le jugement de Royal est sans appel : « *Je ne suis pas une people, mais une personnalité politique de premier plan. C'était dégradant.* » L'adjectif blesse Valérie Trierweiler. Retour à la case départ. Point de salut !

Tous derrière et lui devant

Remplir l'immense esplanade du château de Vincennes, voilà le défi que s'est lancé l'équipe de François Hollande. Il s'agit de réussir une démonstration de force aux portes de Paris. Nicolas Sarkozy a répliqué immédiatement en convoquant la « *majorité silencieuse* » sur la place de la Concorde. Ce samedi 15 avril, chacun y va de son chiffre. « *Vous êtes plus de 100 000* », hurle Aurélie Filippetti, l'une des animatrices attitrées du Hollande Show… Malgré le vent qui décoiffe et la pluie qui menace, le Tout-Paris de gauche a fait le déplacement. Anorak bleu ciel et chemisier pervenche, Ségolène Royal arrive par une allée latérale, entourée de quelques militants de Désirs d'Avenir qui lui servent de garde prétorienne. « *Je serai vigilante sur la parole qui est donnée et sur la volonté d'associer les Français aux décisions qui les concernent* », déclare-t-elle avant de s'offrir un bon bain de foule. Succès garanti. Le service d'ordre est débordé. En contournant la scène par l'arrière, l'Ex parvient jusqu'au carré VIP.

Martine Aubry l'accueille à bras ouverts. « *Madame Ségolène, viens là* », lance-t-elle à sa rivale du Congrès de 2008. Les deux femmes se tombent dans les bras. « *Ah, Martine, comment vas-tu ?* » Elles posent ensemble pour les photographes, bras dessus bras dessous. Un journaliste commence à questionner Aubry au sujet de son avenir : Matignon ou pas Matignon ? La Première secrétaire proteste : « *Arrêtez avec ça. Aujourd'hui, on avance ensemble avec François.* » Lionel Jospin s'approche, il fait la bise à Ségolène. C'est enfin l'union sacrée. Après avoir embrassé son fils Thomas qui a œuvré à ce grand rassemblement populaire, Hollande prononce son discours. « *Nous sommes à Paris car c'est notre capitale qui symbolise la Révolution française. Je sens monter et vous aussi un grand espoir…* » À sa descente de scène, le candidat salue toutes les personnalités du parterre. Valérie Trierweiler le suit. Ce jour-là, plusieurs témoins le certifient, la compagne et l'ex se sont serré la main.

Est-ce le sens des responsabilités ? L'imminence d'une probable victoire ? En cette fin du mois d'avril, les socialistes font plus que jamais bloc autour de leur candidat. Les anciens rivaux de la primaire et les ci-devant adversaires du

Congrès de 2008 se congratulent. Et il est de bon ton, entre « éléphants », de célébrer l'impeccable attitude de Ségolène Royal. Très présente sur le front médiatique, l'Ex joue sa partition de soliste comme à son habitude, mais désormais à l'unisson de l'orchestre. Acclamée à son arrivée rue de Solférino dans la nuit du 22 avril, Royal, à peine sortie de la réunion de campagne, donne le *la* des commentaires. Elle dresse le constat d'échec de la stratégie droitière de Nicolas Sarkozy et appelle les électeurs du Front national, auteurs d'un *« vote de souffrance »*, à opter pour le rassemblement et le changement. *« Je me souviens de 2007 où j'avais tendu la main à François Bayrou*, rappelle-t-elle sur TF1. *Un coup c'était oui, un coup c'était non. Je pense qu'il va faire la même chose… Peu importe. Nous avons une vaste coalition arc-en-ciel à construire qui va aller des électeurs de Mélenchon, qui sont contre la toute-puissance du système financier, jusqu'aux centristes humanistes, qui mettent en avant la réduction de la dette, l'impartialité de l'État… »*

Enfin réintégrée dans la famille socialiste après cinq années d'errance, Ségolène Royal suit le débat de l'entre-deux tours dans le bureau de la Première secrétaire ! Royal, Aubry et Fabius partagent le même canapé. D'humeur badine, la Première secrétaire imagine un petit jeu de société. À chaque attaque personnelle de Nicolas Sarkozy, elle attribue des points à ses hôtes. Quand le Président sortant critique Aubry pour son inclination supposée en faveur de l'ex-leader espagnol José-Luis Zapatero, la qualifiant de « Zapatera du PS », Martine « rend » le point à Ségolène. Dans un climat de franche camaraderie !

Les deux grands meetings de l'entre-deux tours, à Bercy, le 29 avril, et à Toulouse, le 3 mai, sont l'occasion pour Royal de confirmer son retour dans le camp des futurs vainqueurs. Plus un socialiste ne songe à la snober. Elle s'assied au premier rang des VIP, multiplie les interviews en direct et les bains de foule. À Toulouse, Lionel Jospin, son plus constant adversaire, rend hommage à celle *« qui a relevé l'étendard de la gauche en 2007 »*...

Sacré « Juju »

En ce mois d'avril, Julien Dray n'est pas au mieux. Poursuivi par la vindicte de Valérie Trierweiler, il n'a pas trouvé sa place dans la campagne. L'ancien bras droit de François Hollande au PS, l'ami intime des vacances à Mougins et le compagnon de galère à l'heure de l'explosion du couple est mis sur la touche. Motif : principal soutien de Ségolène lors de la campagne de 2007, ce « *traître* » a œuvré pendant des mois à une hypothétique reformation du couple. Jusqu'où est allé Julien pour parvenir à ses fins ? Trop loin sans doute, selon Valérie Trierweiler qui lui voue une véritable haine. Dès le 1er décembre 2011, jour du premier séminaire réunissant l'équipe de campagne, la présence de « Juju » est jugée indésirable. Pourtant l'énergique fondateur de SOS Racisme figure bien sur l'organigramme. Chargé de la mobilisation, il rêve de mettre à contribution les 700 000 sympathisants repérés à l'occasion de la primaire. « *Mais François m'a fait comprendre qu'il valait mieux que je m'abstienne de venir, parce que Valérie ne voulait pas et que cela créerait un incident*[1] », explique le vice-président du conseil régional d'Ile-de-France. Mouton noir, Dray ne parviendra jamais à prendre pied dans l'organisation. « *François me disait de traiter directement avec lui. Mais, ensuite, j'étais contredit par Valls et il ne tranchait pas, ne me soutenait pas. Au fur et à mesure de la campagne, il devenait de moins en moins joignable...* » raconte Dray. Le stress est si intense pour l'ancien fondateur de S.O.S Racisme qu'il n'hésite pas à lui attribuer l'accident cardiaque qui le frappe, au lendemain d'une réunion de préparation du grand meeting de Vincennes particulièrement tendue ! Fragile du cœur, « Juju » se remet tant bien que mal. Mais il tient à organiser une fête pour son anniversaire. C'est l'occasion chaque année de réunir la famille socialiste, ses proches et ses vrais amis. Le rendez-vous a été fixé au 28 avril, dans un bar-restaurant de la rue Saint-Denis : le J'ose. Un nom prémonitoire. Ségolène Royal, amie fidèle de Julien, a reçu

1. Entretien avec l'auteur, le 18 juillet 2012.

son texto d'invitation. « *Tous les ans, je vais dire à Julien Dray bon anniversaire et, là, d'autant plus volontiers qu'il a eu de graves problèmes de santé*, explique-t-elle. *Je me suis dit : ce n'est pas le moment de laisser tomber des amis de longue date*[1]. » Ségolène est accompagnée par sa fille Flora qui s'est mise sur son trente et un, c'est soir de fête ; la jeune fille est une amie des enfants de Julien Dray. Mais à peine est-elle arrivée dans le bar-restaurant – un ancien bordel transformé ! – que Dray l'informe de la présence d'un embarrassant convive : Dominique Strauss-Kahn est à l'étage, en compagnie de son épouse Anne Sinclair. « *Au téléphone, j'avais prévenu Ségolène que Dominique pourrait être présent puisque j'avais invité Anne*[2] », assure Dray. Selon les dires de l'ancien député de l'Essonne, Ségolène n'en aurait pas vraiment pris ombrage. « *Elle est restée deux heures en s'efforçant de ne pas croiser DSK qu'elle ne voulait pas rencontrer. Mais elle s'est bien amusée et m'a remercié en partant.* » Ségolène s'éclipse non sans avoir passé un petit coup de fil à Thomas. Le fiston, qui assiste à la finale de la Coupe de France en compagnie de son père, attendra que DSK ait tourner les talons pour venir saluer son ami Julien et ses fils…

1. Entretien avec l'auteur, le 12 mai 2012.
2. Entretien avec l'auteur, le 18 juillet 2012.

Le climat change après l'apparition sur Twitter de deux photos prises durant la soirée par le journaliste du *Point* Saïd Mahrane. On y voit Dominique Strauss-Kahn, d'une part. Et Manuel Valls, de l'autre. Mais un buzz très toxique se répand au sujet de cette soirée particulière où se sont rendus, outre Royal et Valls, les ex-strauss kahniens Pierre Moscovici, Jean-Marie Le Guen et Christophe Cambadélis. Une exploitation très politique de l'affaire se dessine. Que faisaient des amis de Hollande dans une soirée fréquentée par Dominique Strauss-Kahn et organisée dans un établissement au passé sulfureux ? À quelques jours du premier tour de l'élection, les esprits sont prompts à s'échauffer ? Et si DSK finissait par faire perdre Hollande ? Et que cherchait Dray en invitant le paria de la gauche ?

Ségolène comprend vite le danger. Jointe par l'AFP, elle organise déjà sa défense : « *Dire que j'aurais rencontré Dominique Strauss-Kahn à cette occasion serait diffamatoire*, prévient-elle. *Je suis allée dans ce bar avec ma fille fêter l'anniversaire de Julien Dray, nos enfants sont amis, mais je ne savais pas que Dominique Strauss-Kahn était également invité. En l'apprenant, nous sommes tout de suite reparties et nous ne l'avons pas croisé* », argue-t-elle en soulignant que M. Valls en a fait autant. Mais, surtout, elle juge « *inadmissible* » que Julien Dray ne l'ait pas prévenue…

Après tous les efforts qu'elle a consentis pour revenir dans la campagne, pas question de se laisser piéger. Dans la journée qui suit, Ségolène Royal répète sa version à l'antenne de sept télévisions et radios différentes. « *C'est inconséquent*, dit-elle sur RMC Info. *Je ne veux pas rencontrer DSK compte tenu de tout ce qui s'est passé, qui a porté atteinte à la dignité des femmes.* » Hollande aussi est furieux. Il est passé tout près de l'incident. Après avoir caressé l'idée de se rendre à l'anniversaire de « Juju », il s'est rendu à l'avis de Valérie qui le dissuadait de se rendre à cette soirée. Demain, il doit être en forme pour le grand rassemblement de Bercy, l'un des plus importants de la campagne. Et puis – est-il besoin de le rappeler ? – ce Julien Dray ne lui inspire rien de bon. François le sait, elle prendrait mal qu'il aille boire un verre avec ce traître plutôt que de la rejoindre. Alors pourquoi se compliquer la vie ? François décide de regagner son domicile… « *Ce soir-là, nous n'avons dû notre salut qu'à la mauvaise humeur de Valérie* », se souvient un proche conseiller de Hollande. *Imaginez ce que la droite aurait dit s'il s'était fait prendre en compagnie de DSK…* » Le lendemain, en découvrant l'imbroglio, Hollande pique une colère. Et le fait savoir… Il en veut à son ancien ami de lui avoir fait courir un tel risque et tance les strauss-kahniens, Jean-Marie Le Guen et Christophe Cambadélis, qui ont été vus en grande conversation avec l'ancien boss du FMI. Manuel Valls, qui ne s'est pas attablé avec Strauss-Kahn, n'est pas mis en cause. Ni Ségolène Royal qui n'a cessé de fustiger la légèreté de « Juju ». « *Ce qu'elle a fait est dégueulasse,* estime Dray. *Elle est la seule à s'être exprimée de cette manière. Elle ne peut pas passer son temps à se fâcher avec ceux qui l'ont soutenue*[1]... » La bonne copine a bien tenté de renouer les fils en expédiant un texto. Mais Dray n'a pas répondu...

Le vieux copain de François n'était pas encore au bout de ses peines. Après la victoire, le 9 mai 2012, un pot de fin de campagne est organisé au quartier général du 59 de l'avenue de Ségur. Tous les participants à la grande aventure sont les bienvenus. Tous sauf un ! Lorsque le malheureux Julien Dray, député sortant de l'Essonne et responsable de la mobilisation au sein de l'équipe, se présente, il est prié par Valérie Trierweiler de déguerpir : « *Tu n'as rien à faire ici, tu sors !* » Comme d'habitude, Hollande n'en peut mais. Depuis l'Élysée, il finit, lui aussi, par adresser un texto à « Juju ». Le Président y assure son vieux pote qu'il pense à son avenir et l'incite à le rappeler. « *Je ne demande rien* », précise Dray. Désenchanté, l'ancien complice de François et Ségolène revendique désormais son indépendance et ne veut avoir de comptes à rendre à personne.

1. Entretien avec l'auteur, le 18 juillet 2012.

IX

BONS BAISERS DE L'ÉLYSÉE

Ce 6 mai 2012, Ségolène Royal vit son heure de gloire. Veste bleu électrique, robe blanche, elle est l'invitée vedette de la soirée électorale de France 2. Il est 19 heures 59. Cinq ans – jour pour jour ! – après sa défaite, elle s'apprête à commenter en direct la victoire de François Hollande à l'élection présidentielle. Oui ! celui dont elle persiste à penser qu'il lui a fait défaut en 2007 !... La conjonction des astres est parfaite. Elle sourit. Sur le plateau, Manuel Valls, l'homme fort de la campagne, fait de la figuration. Son fils Thomas est en duplex avec ses amis de l'équipe Internet, au siège de campagne de l'avenue de Ségur. « *Regardez Thomas Hollande*, dit le journaliste David Pujadas, *il a pris une part active à cette campagne aux côtés de son père, comme il l'avait fait il y a cinq ans aux côtés de sa mère, et le voici avec ses amis, avec des jeunes militants socialistes qui sont à ses côtés. Je vous rappelle que nous ne pourrons pas l'entendre avant 20 heures pile, mais ce sera à France 2 qu'il réservera ses premières déclarations.* » L'affaire a donc été soigneusement préparée ! 5… 4… 3… 2… 1… « *C'est François Hollande qui est élu président de la République, avec 51,9 % des voix. Dix-sept ans après François Mitterrand, la gauche revient à l'Élysée. Victoire saluée par la clameur, on va la découvrir* »… Suivent des images de liesse, au siège du PS, rue de Solférino, et place de la Bastille, où affluent des milliers de partisans, ainsi qu'au siège de la campagne : « *On voit Thomas Hollande en larmes, des larmes de joie* » commente la journaliste Élise Lucet. « *Je suis très ému, voilà… J'ai participé à cette campagne. J'avais participé à celle de Ségolène Royal, ma mère, avant. Cette fois, c'est… voilà, cette fois elle se termine victorieusement, voilà. Ça va être très dur, on le sait, mais je veux profiter de ce moment de joie avec tous ceux avec qui j'ai fait la campagne.* » Pujadas se tourne alors vers la mère de l'enfant submergé de bonheur :

« *Quel est votre sentiment ce soir ? – Un sentiment de joie profonde et d'émotion*, répond Ségolène Royal. *Voir des millions et des millions de Français qui ont choisi le changement en apportant leur vote à François Hollande, renouer avec la grande histoire de la victoire de la gauche à la présidentielle, celle de 1981… Je pense aussi à François Mitterrand à ce moment précis.* »

L'ex-compagne est interviewée comme si elle participait à une émission de télé réalité. A-t-elle parlé à l'élu de la

France qui fut celui de son cœur ? « *Il était concentré et grave, quand nous l'avons eu au téléphone avec les membres du conseil politique, là, tout à l'heure, vers 18 heures 30. Il est conscient, aussi, de l'énormité du travail à accomplir.* » En attendant que François Hollande, lui-même, prononce ses premiers mots de président élu depuis la place de la Cathédrale, à Tulle, Ségolène tient l'antenne en professionnelle. Pujadas s'enhardit : « *C'est surtout de François Hollande que je voudrais vous parler. Vous le connaissez peut-être mieux que quiconque, j'allais dire… en tout cas très bien. Comment analysez-vous la métamorphose d'un homme qui n'apparaissait pas il y a deux ou trois ans en mesure d'avoir l'autorité pour devenir président de la République, et pour convaincre ?* » L'Ex boit du petit-lait :

« *Mais c'est très simple. Il est celui qui a gagné la primaire. Donc le fait même que les socialistes aient choisi ce mode de désignation lui a donné la légitimité et l'élan pour l'emporter aujourd'hui.*

– *Mais d'un point de vue un peu plus personnel*, insiste Pujadas. *Est-ce que vous pensez qu'il y a quelque chose qui a changé en lui ?*

– *C'est à lui de le dire, mais vous savez la tradition politique à gauche, c'est ce qui fait notre force aussi, c'est qu'on arrive à la fois à surmonter les défaites et à maîtriser les victoires. C'est que nous avons chevillée au corps l'idée que la cause que nous défendons est plus grande que nous, qu'elle dépasse nos histoires individuelles.* »

Merveilleux dévouement à la cause ! Royal exhibe sa vertu… Et défend son héritage : « *Je me suis beaucoup, beaucoup engagée dans cette campagne. Et puis, comme l'a dit François Hollande d'ailleurs, beaucoup d'idées, qui étaient très novatrices en 2007, ont fait leur chemin, ont été reprises, aussi, actuellement : la valeur travail, la relance par les PME, la réforme bancaire, l'ordre juste, la démocratie participative, la question aussi de ne pas laisser à la droite des symboles comme la Marseillaise, comme le drapeau, comme la nation, qui traditionnellement n'avaient pas été pris à bras-le-corps par les socialistes. Et c'est cela à quoi croit également François Hollande, je peux vous le dire, parce que vous savez que je suis* [Rire] *l'une de celles qui le connaît [sic] le mieux.* » Le vainqueur ne s'est pas encore exprimé que déjà Ségolène Royal se fait son interprète…

L'apothéose est à venir. France 2 lance une séquence qui deviendra culte. Au quartier général, Thomas Hollande compose le numéro de son père sur son téléphone. Un « *Papa* » s'affiche sur le petit écran de l'appareil. « *Allô ! Ben bravo ! Félicitations…* » entame le fiston, emprunté. *L'important c'était de gagner… Comment tu te sens, là ? Ouais… ouais.* » Thomas écoute sagement. Mais les propos paternels sont inaudibles. « *On n'entend rien, mais y'a du fond* », rigole un invité hors-champ. « *Comme dans les bonnes familles, c'est surtout le papa qui parle…* » conclut Pujadas. Grandiose ! Dès le lendemain, l'aparté familial alimentera les commentaires à la machine à café. Trop people, trop niais, trop sarkozien ! En vérité, ces images n'ont rien de spontané. Avant 20 heures, alors que le résultat est déjà connu de la France entière, Thomas Hollande s'est laissé convaincre par le journaliste de France 2 d'appeler son père. La séquence enregistrée a ensuite été diffusée en léger différé. « *Je ne pouvais pas deviner qu'il diffuserait ça à 20 h 01* [1] », explique Thomas Hollande. Une nouvelle fois recadré par Manuel Valls, le « Monsieur communication » de la campagne, le fils du Président jura qu'on ne l'y reprendrait plus.

Hormis cette fausse note, quelle excellente soirée pour l'Ex ! Après un petit tour par la rue de Solférino, Ségolène gagne la place de la Bastille, accompagnée de sa fille Flora. À 23 heures 43, elle harangue joyeusement le « *peuple rebelle et qui le restera…* » : « *Nous voulons être la voix des sans-voix qui ont subi le pouvoir de la droite et le pouvoir des marchés financiers.* »

Fidèle à sa stratégie, Ségolène Royal a parlé la première. François Hollande n'arrivera sur la place de toutes les révolutions que trois quarts d'heure plus tard. Elle s'est trouvé

1. Entretien avec l'auteur, le 4 juillet 2012.

une tribune pour dire ses « désirs d'avenir ». Elle a réussi son retour dans le premier cercle du nouveau pouvoir. Oublié le Bourget où une censure coupable l'avait retranchée de la saga socialiste ! Dépassé l'affront de Rennes, quand il lui avait fallu batailler pour quelques secondes aux côtés de François ! Cette fois, Ségolène est bien au centre de la scène. Plus rien ne l'empêchera, croit-elle, de reprendre la place qui lui est due dans l'histoire politique et intime de François Hollande. À la télévision, sur les tribunes, c'est elle qui parle. « L'autre » est réduite au silence...

Les caprices de Valérie

C'est déjà le 7 mai. La foule qui a envahi la place de la Bastille et les avenues adjacentes attend son héros : alentour minuit et demi, François Hollande arrive enfin. Il revient de Tulle, auréolé de la victoire, dans un Falcon loué par le Parti socialiste. L'image que la gauche française attendait depuis vingt-trois ans se matérialise enfin. François Hollande et ses conseillers en ont tous été d'accord : il serait inimaginable que le Président élu ne s'adresse pas au peuple de Paris ! François Mitterrand, de retour de Château-Chinon, ne l'avait pas fait le 10 mai 1981. Il avait filé tout droit vers le siège du PS, rue de Solférino. François Hollande, lui, répare cette fâcheuse omission : « *Merci, peuple de France, ici rassemblé...* » Le « *Président normal* » improvise une causerie d'une dizaine de minutes. L'ovation se prolonge. Tout ce que le Parti socialiste compte d'éminences fait cercle autour de lui. Ségolène Royal qui vient de s'exprimer est restée. Valérie Trierweiler qui l'a accompagné en ces heures historiques, aussi. Pour la première fois, les deux rivales apparaissent ensemble sur la même estrade. Magie de la victoire! Tout est bien qui finit bien? On pourrait le croire en voyant François Hollande embrasser chaleureusement sur les deux joues son ancienne compagne qui le regarde, souriante, les yeux brillants. Valérie Trierweiler a tout vu. Elle n'entend pas se laisser faire. Aussi, quand le triomphateur revient vers le centre de la scène, elle fait barrage de son corps et lui murmure quelques mots à l'oreille. Leurs bouches se joignent en un baiser un peu maladroit. Le lendemain, les images parleront. Valérie Trierweiler a bien dit : « *Embrasse-moi sur la bouche!* » La France comprend, un rien médusée, qu'elle a assisté, en direct de la Bastille, à une scène de jalousie digne des *Feux de l'amour*. Ce soir-là, Ségolène n'a rien vu de l'aparté possessif. François et Valérie lui tournaient le dos…

Mais quelques jours plus tard, pour les reporters de l'émission *Sept à huit*, diffusée sur TF1, le 13 mai, elle donne une explication de la scène du bisou, celui qu'elle a reçu de François, le seul qui vaille… « *Je vois que tout le monde est là, je dois y aller, donc j'y vais. Je me place. Et, à ce moment-là, le nouveau Président me voit et a ce geste, parce qu'il est porté par la foule qui demande cela, en fait.* » Voilà, selon Ségolène, pourquoi François l'a embrassée.

« *Qu'est-ce que vous ressentez à ce moment?* interroge le journaliste de TF1.

– *Ben, je trouve que c'est naturel. Je ne suis pas surprise…*

– *C'est un moment politique ou un moment personnel?*

– *Les deux parce qu'il sait ce que j'ai enduré. Il sait l'appui que je lui ai apporté. Il le reconnaît et c'était naturel de le marquer publiquement.*

– *Vous lui avez pardonné ce passé douloureux?*

– *Oui, je pense, j'ai cette force, cette capacité-là, oui bien sûr…* »

Ségolène a-t-elle voulu répondre à sa façon à la proposition « *Embrasse-moi sur la bouche* » de Valérie? Pourquoi une telle sentimentalité soudain de la part de celle qui ne voulait parler jusqu'alors que de politique? Ses confidences télévisées à une heure de grande écoute résonnent comme un défi. Le message est clair : Ségolène Royal n'a pas besoin de solliciter François pour être embrassée, elle.

Les impudeurs de l'Ex, on le devine, ne resteront pas sans réponse. L'harmonie relative de la fin de la campagne est détruite. Celles qui semblent « *condamnées à s'entendre* », comme le titre alors le magazine people *Gala*, reprennent une sourde lutte d'influence. Un nouveau cycle d'hostilités s'enclenche.

Valérie Trierweiler a pris de l'assurance. La victoire de François, on le comprend, est aussi la sienne. À Tulle, le 6 mai, elle a vécu l'attente du résultat, l'allégresse de la victoire, la poursuite des reporters à moto, qui ont pris en chasse leur voiture à la sortie du conseil général. « *Quelle histoire !* » comme avait dit Mitterrand le 10 mai 1981. Après son discours, l'élu de son cœur et des Français lui a fait signe de s'approcher. « *C'était un immense moment, un peu vertigineux*, a-t-elle raconté. *Je retenais mes larmes. L'élection, la découverte de la foule... Je n'étais pas préparée à monter sur la scène, je ne savais pas que François m'y inviterait.* » Bernard Combes, le maire de Tulle qui a demandé à Jean-Paul Denanot, président du conseil régional, de se tenir prêt à interpréter *La Vie en rose* à l'accordéon accompagné par un jeune clarinettiste. Les musiciens sont montés sur scène. Les notes se sont étirées dans la nuit corrézienne. Les paroles étaient dans toutes les têtes : « *Quand il me prend dans ses bras / Qu'il me parle tout bas / Alors je sens en moi/ Mon cœur qui bat...* » François a semblé apprécier la romance. Il a passé sa main autour de la taille de sa compagne comme pour danser... Puis s'est échappé, reprenant pudiquement ses distances. Toujours insaisissable. Dans l'avion, Valérie Trierweiler avait prévu de passer un peu de musique. *Avec le temps* et *Jolie môme* de Léo Ferré, les chansons préférées de François étaient sur la *play list*. Mais aussi tous ces tubes des années 70 signés Fugain ou Delpech qu'ils chantaient tous deux, il n'y a pas si longtemps, en roulant sur la longue route qui mène à Tulle… Mais François n'a pas voulu les entendre. Le moment ne s'y prêtait pas. De toute façon, il y avait trop de monde dans cet avion !

Il n'empêche, Valérie veut croire que cette soirée est un tournant. Elle a accompagné François pendant ses années les plus sombres, quand personne ne misait plus sur lui. Elle ne l'a pas choisi par ambition, comme tous ceux qui l'entourent depuis quelques semaines. Elle n'a pas attendu qu'il devienne quelqu'un d'autre. Elle l'a aimé comme il était, libre et débordant d'intelligence. Elle n'a pas contrarié son projet de se lancer dans la course à l'Élysée. Elle ne l'a pas encouragé non plus. Elle lui a donné confiance, voilà tout. Elle l'a conseillé pour qu'il présente son meilleur visage. Cette constance devrait lui valoir le respect, maintenant qu'il a triomphé. Il est temps qu'on l'écoute. Qui est la plus légitime ? Les jours de la consécration lui appartiennent : elle suivra François Hollande partout. Elle ne le quittera pas d'une semelle lors des cérémonies de passation de pouvoirs. Elle l'accompagnera dans ses premiers voyages internationaux, à la Maison Blanche, et au G8 de Chicago.

La passation de pouvoirs est fixée au 15 mai. Toute la gauche veut en être. Valérie Trierweiler s'est arrogé un droit de regard sur la liste des invités. Une nouvelle ère s'ouvre. C'est son François qui est à l'honneur, pas celui de l'Ex, laquelle ne sera pas autorisée, cette fois, à venir pavoiser sous les ors de l'Élysée. François ne veut pas d'ostentation familiale. Il se souvient de Nicolas Sarkozy, *pater familias* à l'américaine, foulant le tapis rouge en compagnie de sa famille recomposée : ses fils, Cecilia et les filles de son premier lit. Un clan s'emparant d'un palais de la République. L'image avait choqué. Elle rappelait trop l'Ancien Régime et semblait annoncer un pouvoir monarchique. « *Les Français élisent un homme à la présidence de la République, pas sa famille* », répète Hollande. Et comment faire ? Comment inviter ses quatre enfants sans admettre aussi leur mère ? Et *quid* des fils de Valérie ? Ils ont été tenus à l'abri de toute exposition… Et n'ont aucune envie de plonger dans le grand bain. D'autant que la pression médiatique s'annonce très forte. Pour trancher, François réunit ses quatre enfants à l'occasion d'un dîner. Au terme de la discussion, il leur apparaît plus sage de renoncer… Le 9 mai, RTL annonce que les enfants du couple Royal-Hollande ne seront pas présents à la cérémonie de passation des pouvoirs. Une information confirmée, dès le lendemain, par Ségolène Royal sur le plateau de la matinale de Canal +.

« *Ils considèrent que ce n'est pas leur place*, déclare-t-elle. *Il y a des moments intimes pour la famille et des moments officiels où doivent être respectées les règles protocolaires. L'Élysée, ce n'est pas la maison des courants d'air. Ne seront présents à la passation de pouvoirs que les représentants des corps constitués.* » Pour ce qui la concerne, cependant, Ségolène semble hésiter : « *Je souhaite bien sûr y être*, laisse-t-elle échapper. *Ancienne candidate, ancienne ministre ou présidente de Région… J'y serai s'il y a des règles protocolaires qui me le permettent.* » Rien n'est encore fixé. Mais, quand elle appelle le Président, l'Ex comprend vite que sa présence n'est pas souhaitée. Mais, pour la galerie, pas question d'apparaître comme celle que l'on a écartée. L'Ex est une grande dame. Elle a renoncé de son propre chef. « *Je ne veux pas alimenter cette chronique*, dit-elle à Jean-Jacques Bourdin, sur BFM TV. *Ma responsabilité de femme d'État m'a fait évaluer la situation, et je pense que dans ce moment, pour que cette place soit pleinement occupée par le président de la République, je me devais d'être momentanément en retrait.* » Et pourtant elle ne peut finalement s'empêcher d'exprimer quelques regrets : « *Je suis l'ancienne candidate, nous avons eu une vie commune très longue, cela m'aurait fait plaisir d'être là.* » Ségolène doit se contenter de l'invitation à l'Hôtel de Ville, où accourt tout le gratin de la gauche sur l'invitation du maire Bertrand Delanoë. François Hollande y prononce le quatrième discours de la journée. Puis fait le tour de tous les convives, suivi comme son ombre par Valérie Trierweiler. La bise du Président à Ségolène est réglementaire. « *Bonjour Madame* », dit à son tour Valérie à celle qu'elle connaît depuis vingt ans. La poignée de mains entre les deux femmes est glaciale.

Valérie Trierweiler vit son heure de gloire. La nouvelle locataire de l'Élysée a organisé une passation de pouvoirs inédite, s'affichant tout sourire aux côtés de Carla Bruni. À l'image, ces deux fringantes quadragénaires ont volé la vedette à leurs hommes respectifs. Valérie Trierweiler a pris la France entière à témoin de ces premiers pas glamoureux. Mais elle a aussi confié ses états d'âme : ayant dû interrompre ses activités journalistiques pendant la campagne, elle souhaite retrouver une activité professionnelle. Elle qui a conquis son indépendance dès l'âge de seize ans entend demeurer une femme normale et active. Surtout pas une « *potiche* ». Divorcée, elle ne saurait renoncer au salaire qui lui permet de subvenir aux besoins de ses trois enfants. Son combat, paré des vertus du féminisme, devient un sujet de débat national. Pourquoi ne reprendrait-elle pas la chronique littéraire qu'elle a abandonnée pendant la campagne ? Quelle incompatibilité y aurait-il avec ses nouvelles obligations ? « *Vous n'avez pas idée du nombre de courriers de soutien que nous recevons* », dit son ami Patrice Biancone, un ancien journaliste de RFI, fraîchement recruté pour diriger le cabinet dont Valérie Trierweiler dispose désormais à l'Élysée. L'appellation de « Première dame » ne lui convient guère. Dans les institutions françaises, aucun statut n'est accordé à la compagne du Président. Tout est à inventer. Voilà qui tombe bien. Valérie a de l'imagination à revendre. Elle demande aux Français de lui suggérer de nouvelles dénominations : « *Atout charme de la France* » ou « *Première journaliste* » ? Interviewée sur France Inter, elle fait mine d'hésiter ! Naïveté ou provocation ?

Journaliste et compagne du Président, la proposition fait bondir la profession. Comment prétendre incarner un tant soit peu le contre-pouvoir de la presse lorsque l'on baigne dans l'intimité du pouvoir ? Comment reprendre du service à *Paris Match* quand on est soi-même devenue un sujet de couverture pour son journal ? Et peut-on demeurer la salariée du groupe Lagardère, aux intérêts étroitement liés à la puissance publique, tout en tenant la main du président de la République ? Le conflit d'intérêts est manifeste. Mais Trierweiler, maîtresse en transgression, n'y voit aucun inconvénient. A-t-elle vraiment admis d'avoir dû, en 2005, abandonner son poste de journaliste politique, sous la pression de Ségolène Royal ? Son attachement au métier est aussi le produit de cette rivalité passionnelle. Pourquoi devrait-elle renoncer à sa fonction, son statut et sa raison d'être, alors même que sa rivale prétend reconquérir une position de pouvoir ? L'insistance de Valérie Trierweiler à redevenir journaliste est aussi une forme de revanche. Elle veut tout à la fois : la vie avec François, la liberté de la journaliste et, désormais, l'influence que confère sa position à l'Élysée. Au risque de tout confondre !

Le numéro de *Paris Match* du 9 mai consacré à la victoire de François Hollande fait éclater la perversité de la situation. Tout à la gloire du nouveau Président, cette livraison historique provoque, contre toute attente, la colère de Valérie Trierweiler. Un détail suffit à la faire bondir. Sous la photo de Thomas Hollande, une légende indique que le jeune homme est « *le fils aîné du couple Hollande-Royal* ». Crime contre l'objectivité ! Valérie Trierweiler expédie immédiatement un texto à Mariana Grépinet, la journaliste qui a suivi la campagne de François Hollande. Il fallait écrire : « *Thomas, c'est le fils de l'ex-couple Royal-Hollande. Il y a des choses importantes, je croyais que tu les avais comprises.* » Interloquée, la jeune journaliste de *Paris Match* s'ouvre de l'incident à quelques-uns de ces confrères. Ils connaissent les coups de sang de Valérie, mais cette fois ils sont ébahis : comment ose-t-elle ? Et ce qui devait arriver se produit : le bruit parvient aux oreilles du *Canard enchaîné* qui en fait l'un des confidentiels de sa célèbre page deux. « *À quoi joues-tu ?* » fait dire l'hebdo satirique à la Première dame à sa consoeur accusée de traîtrise. Ces mots qu'elle n'a pas écrits procèdent d'une déformation journalistique, mais l'esprit est bien là… L'anecdote fait les délices des échotiers : la jalousie de Valérie Trierweiler à l'égard de l'ex-compagne de François n'a pas diminué d'un iota, constatent tous les chroniqueurs. La victoire à l'élection présidentielle, elle-même, n'y a rien changé.

Olivier Royan, le directeur de la rédaction, est effondré. Mais il ne sait que faire. Voilà des semaines qu'il n'a pas eu la moindre conversation avec Valérie Trierweiler, qui se répand désormais dans les médias en expliquant qu'elle fera bientôt son retour à *Paris Match*. Comment lui résister ? Peut-on licencier la Première dame ? Toute la hiérarchie du groupe de médias Lagardère Active est dans l'embarras. Si Valérie le demande, il faudra bien lui faire une place sur mesure… En tout cas, il n'est pas question, cette fois, de divulguer ses nouvelles outrances. L'affaire en restera là. Quelques semaines plus tard, Valérie Trierweiler finit pas s'en excuser auprès de sa consœur et redémarre à sa guise sa chronique littéraire bimestrielle par un article consacré à une biographie d'Eleanor Roosevelt, femme de Président et… journaliste ! « *Tiens donc ! Une First Lady journaliste n'est pas une nouveauté*, souligne Valérie Trierweiler. *Évidemment, il faut regarder de l'autre côté de l'Atlantique pour trouver ce cas unique et ne pas hurler au scandale.* » Mais cette démonstration ne convainc guère : dès sa première contribution, la compagne de François Hollande instrumentalise son journal pour défendre son improbable statut.

Durant cette folle semaine, Valérie Trierweiler invente un nouveau personnage : la journaliste possessive. C'est à cette époque, en effet, qu'elle termine la rédaction des légendes du livre de photos de son compère Stéphane Ruet. Déjà coauteurs d'un album retraçant la campagne de Lionel Jospin en 2002, le photographe et la journaliste devenue compagne de François Hollande ont décidé de renouveler leur collaboration. Dès les premiers jours de la campagne présidentielle de François Hollande, Ruet a bénéficié d'un accès privilégié aux coulisses de l'exploit. Pour ces deux professionnels qui se sont connus à *Paris Match*, l'accord est gagnant-gagnant. Ruet engrange les exclusivités : François Hollande rédigeant son discours du Bourget, répétant le débat d'entre-deux tours avec ses collaborateurs ou découvrant les résultats du second tour dans son bureau du conseil général de la Corrèze... Et Valérie Trierweiler peut exercer un contrôle tatillon sur le choix des images de la campagne. Ce « droit de regard », considéré comme une première dans le photojournalisme politique, fait grincer des dents les professionnels, mais que faire ? L'embargo est impossible à contourner. Le photoreportage vire à l'entreprise de propagande. *Hollande président, 400 jours dans les coulisses d'une victoire*, qui paraîtra le 21 juin, après les élections législatives, est tout à la gloire de Valérie. L'ouvrage est programmé pour installer sa légende : une belle histoire d'amour dans la grande Histoire de France ! Tantôt hiératique, tantôt affectueuse, la compagne du candidat victorieux y apparaît sur une cinquantaine de clichés ! Et les commentaires de sa main sont à l'avenant. Trierweiler y dévoile quelques menus secrets et y expose ses états d'âme. Sous les clichés consacrés au débat d'entre-deux tours qui opposa Hollande et Sarkozy, elle écrit : « *Au fur et à mesure des échanges, nous comprenons que notre champion tient la corde. Tous exultent autour de François. Je préfère me tenir en retrait et attendre de l'avoir – un peu – pour moi.* »

Logiquement, Ségolène n'est guère présente dans cette édifiante galerie. Une seule photo du grand rassemblement de Rennes a été ajoutée *in extremis* à l'album. On y voit Ségolène Royal et François Hollande réunis sur la scène, saluant la foule. Commentaire de la journaliste en pleine confusion des genres : « *Ah, le meeting de Rennes ! Ou plutôt le meeting Hollande-Royal. Bref, les retrouvailles François-Ségolène. Beaucoup d'encre coule depuis le début de la semaine, les photographes viennent en masse. "Vont-ils s'embrasser, se donner la main ?" Voilà les questions cruciales que se posent mes confrères. Oui, l'homme que j'aime a eu une femme avant moi. Et il se trouve qu'elle a été candidate à l'élection présidentielle. Je fais avec.* »

Du mariage

Dans l'esprit de la Première dame, la victoire est un tournant. Pas seulement pour la France qui se donne un nouveau président du « changement ». Mais aussi pour le couple qu'elle forme avec François. Les voilà sacralisés aux yeux de l'opinion. Afin de parachever leur belle aventure, il ne leur reste plus qu'à s'unir par les liens du mariage. Ah, ce mariage ! Elle fait mine de ne pas y attacher la moindre importance. Elle jure qu'il n'en a jamais été question, ou alors il y a longtemps, quand elle sortait de son divorce houleux, en 2010. François lui aurait proposé de l'épouser. Mais pourquoi se marier quand on n'a ni enfants ni biens en commun ? Les journalistes, eux, ont souvent soulevé la question. Au nom du protocole et pour l'image de la France, ne serait-il pas préférable qu'en cas de victoire François Hollande officialise son union avec Valérie Trierweiler ? Et pourquoi le socialiste s'entêterait-il à devenir le premier président célibataire de l'histoire de la République ? Embarrassé, le candidat socialiste a toujours botté en touche. « *C'est une décision que nous prendrons à deux, soit de nous marier, soit de ne pas nous marier.* » À bon entendeur salut ! Post-soixante-huitard, partisan de l'union libre, François Hollande n'a jamais éprouvé beaucoup d'intérêt pour l'« *institution bourgeoise* » du mariage. Surtout, il a vu dans sa jeunesse ses parents mariés prisonniers de ses apparences alors qu'ils étaient si mal assortis… « *J'ai l'honneur de ne pas te demander ta main…* » Comme dans la chanson de Georges Brassens, le couple libre lui semble un idéal supérieur. Pour cette raison, Hollande n'a jamais épousé Ségolène Royal. Édifiée, elle aussi, par le naufrage conjugal de ses parents, Ségolène la féministe partageait sa philosophie… Il est révélateur à cet égard que la seule fois où la question des épousailles s'est réellement posée a coïncidé avec la crise finale du couple. En juin 2006, tandis que François la délaisse pour Valérie, Ségolène, en pleine accélération de sa campagne pour la primaire socialiste, évoqua devant quelques journalistes l'éventualité très romantique… d'un mariage civil et en famille à Tahiti. La suggestion venait d'Oscar Temaru, président de la Polynésie française, qui avait invité le Premier secrétaire et la candidate à convoler au bord d'un lagon ! D'abord incomprise, cette déclaration apparut comme une tentative un peu désespérée quand fut révélée la séparation des deux amants socialistes. Sollicité par la presse, Hollande répondit sèchement qu'il n'était pas au courant d'un tel projet. Ségolène Royal, elle-même, finit par démentir. « *Ce n'est pas d'actualité* », dit-elle. Au siège du PS, pourtant, certains camarades déjà au courant de la crise du couple se précipitèrent dans le bureau du Premier secrétaire pour le persuader d'accepter. « *Épouse-la ! Pour le bien du parti...* » dirent ces bons apôtres, persuadés que la candidature de Ségolène Royal ne manifestait qu'une volonté de revanche personnelle. Hollande sembla imperméable à leurs arguments. Pourtant, au mois de septembre, après un dernier été à Mougins en compagnie de Ségolène, il finit par demander la main de la mère de ses enfants. « *Mais c'était comme une manœuvre de congrès*, révèle un proche ami du couple. *Hollande voulait l'épouser. Mais Ségolène, elle, voulait qu'on l'aime.* »

Valérie Trierweiler, elle, ne croit plus au mariage. Elle a déjà divorcé deux fois ! Après la victoire du 6 mai, le moment n'est-il pas venu de convoler avec François ? Voilà qui la rassurerait et la distinguerait enfin de sa rivale... Les gazettes people parient sur l'heureux événement à venir. Et une folle rumeur court, dès le week-end du 13 mai, parmi les photographes, d'un discret hymen. Le départ pour les États-Unis où Valérie Trierweiler doit effectuer ses débuts de *First Lady* est imminent. « *Les journalistes étrangers me demandent si je suis légitime dans les cérémonies, n'étant pas mariée. Dans quelle époque sommes-nous ?* » s'indigne Valérie. Mais la demande de François ne vient pas...

X

LE PIÈGE DE LA ROCHELLE

Le soleil est un « gros macho ». Ce 17 juin 2012, il écrase La Rochelle qui prend aussitôt ses airs de station estivale. La cité « belle et rebelle » étincelle. Les Rochelais votent en silence puis s'en vont flâner sur le port. Les terrasses se garnissent. La ville est calme, trop calme… Chacun connaît son rôle dans la pièce qui a déjà été écrite. Ségolène Royal se rend au bureau de vote numéro 34 de la salle de l'Oratoire pour accomplir son devoir. Elle a le visage fermé et impeccablement maquillé des acteurs de théâtre nô. Veste bleue en soie sauvage rehaussée de rayures blanches, corsage zébré et jupe noire. Sa mise a quelque chose de solennel. Assisterait-elle à l'enterrement de ses illusions ? « *Croyons-y jusqu'au bout, j'espère que ça va se faire dans les urnes* », dit-elle pour la galerie. Ses yeux crient le contraire.

Elle effectue la tournée des bureaux de vote, laissant les cent quarante journalistes accrédités errer dans la ville. La présidente de la Région Poitou-Charentes offre une clientèle captive aux bars et restaurants de la ville. Une contribution positive à l'économie locale qui devrait mettre d'accord ségolénistes et falornistes… On tue le temps. Un dimanche après-midi pour presque rien. Sieste et cornet de glace. Les tours du port en ont vu d'autres. Les gréements oscillent à l'horizon. « À quoi bon tout cela ? » semblent se dire les flâneurs. Ségolène Royal s'esquive. *« Elle passe l'après-midi avec sa fille »*, prétend son entourage.

À 18 heures, les bureaux de vote ferment enfin. La loi des grands nombres va faire entendre sa sentence. Nul ne doute que 2 plus 2 font 4. C'est la foule des grands jours à la salle de l'Oratoire. Les premiers bulletins s'amoncellent. Et Falorni, le dissident qui a osé défier son propre parti, s'envole inéluctablement vers le Palais-Bourbon. *« C'est plié »*, répètent les Rochelais.

Le rendez-vous médiatique est organisé dans le jardin botanique du Muséum d'histoire naturelle Lafaille, connu pour sa collection d'animaux empaillés. C'est là que patiente pour l'éternité la girafe Zarafa, premier spécimen de son espèce à entrer en France, offert par Méhémet Ali au roi Charles X en 1827… *« Je vous vois venir »*, dit la conseillère politique de Ségolène Royal en faisant les gros yeux. Un petit podium a été installé près d'un bassin de nénuphars. Les Rouletabille et les curieux – même engeance voyeuriste ! – prennent place en cercle.

Sur le coup de 19 heures 50, la candidate fait son apparition. Le masque triste. Elle a troqué sa veste bleue pour une veste carmin. Une allusion au crime qui vient d'être commis ? Maxime Bono, le maire de La Rochelle, l'accompagne comme un aide-soignant. Il a passé une partie de l'après-midi avec sa protégée. Il fait ses calculs : pour l'emporter, il suffisait que le dissident rassemble 13 % des voix de gauche. Et que la droite le soutienne... Ce qui s'est produit ! Bono a sa façon à lui d'expliquer le phénomène Falorni. « *C'est la première victoire de la droite depuis 1993 dans cette ville. Le candidat qui sera élu le sera avec plus de 75 % de voix de droite.* »

Ségolène Royal, raide et digne, partage ce point de vue. « *Le résultat de ce soir est le produit d'une trahison.* » Elle cite Victor Hugo : « *Toujours la trahison trahit le traître et jamais une mauvaise action ne vous lâche, sans rémission pour les coupables. Et le jour vient où les traîtres sont odieux même à ceux qui profitent de la trahison.* » La citation lui a été soufflée par son amie Ariane Mnouchkine. Mais elle ne rend pas les armes. « *Je n'ai pas gagné cette élection mais je garde intacte ma volonté de servir ce territoire. Je suis animée passionnément par l'amour de la France et le bien-être des Français. Je continuerai à peser sur les choix et sur la politique nationale que mènent Jean-Marc Ayrault et le président de la République.* »

Un essaim compact, hérissé de micros et de caméras, l'enserre aussitôt. « *Je ne me sens pas émue, je suis combative. Ce qui m'importe, c'est de repartir au combat.* » Guignera-t-elle la direction du Parti socialiste ? s'enquièrent *illico* les reporters qui ne perdent jamais le nord. « *Je n'exclus rien* », répond Mme Royal. « *Attention, elle n'a pas dit qu'elle était candidate* », précise son entourage, déjà sur les dents. Un photographe tourne frénétiquement la molette de son appareil : « *J'ai une bonne plaque, j'ai senti un peu d'humidité sur sa joue* », se réjouit le professionnel. Quelques falornistes passent devant les grilles du muséum en klaxonnant. « *Allez Falorni !* » Ils rejoignent la fête du nouvel homme fort de La Rochelle. C'est la liesse sur le port, au Café des Dames… Ségolène Royal, mécanique, enchaîne les interviews. « *Tu vois bien qu'ils sont venus pour la voir craquer* », croit comprendre une Rochelaise. Le soleil se couche enfin.

L'idylle rêvée par Ségolène s'est muée en calvaire. Dans ce décor de pierre et d'eau qu'elle a tant aimé, ses illusions se dissipent. Le score définitif est sans appel : 63 % des électeurs de la première circonscription de Charente-Maritime lui ont préféré Olivier Falorni, ex-premier secrétaire de la fédération socialiste, entré en rébellion contre la candidate « parachutée ». Elle n'améliore son résultat du premier tour que de cinq points ! Tandis que son rival honni, lui, double la mise. Ce n'est pas une élection, c'est une acclamation. Gloire au chef, malheur à la prétendante vaincue. La législative a viré au référendum : pour ou contre Ségolène Royal ? La star déchue s'y est rendue comme au supplice. Hiératique, elle a prononcé les mots de circonstance en sachant qu'elle vivait, ce soir-là, une fin personnelle. Ségolène Royal qui a voulu tout connaître du pouvoir en éprouve l'ultime réalité : le meurtre rituel. La Rochelle, déchirée le temps d'une campagne électorale, tient son bouc émissaire. Au Café des Dames, sous la statue de l'amiral Duperré, les notables se pressent autour du vainqueur. Cette liesse est un sabbat. À 23 heures, un orage de cinéma éclate. Des trombes d'eau lavent les vieux murs et les quais.

Un cadeau empoisonné

À La Rochelle, Ségolène avait rendez-vous avec son destin. Qu'est-ce que la fatalité, sinon ce que l'on entreprend sous l'emprise de la passion ? Après l'humiliation de la primaire, à la fin du mois d'octobre 2011, c'est bien elle qui choisit de jeter son dévolu sur la cité portuaire et son île de Ré. Cruelle méprise ! Mais comment aurait-elle pu résister à la tentation ? Il y a des mois que son ami, le député-maire Maxime Bono, l'a mise dans la confidence. Il ne souhaite pas se représenter aux élections de juin 2012. À soixante-cinq ans révolus, l'heure de la retraite politique approche pour le premier magistrat rochelais. Bono veut se consacrer pleinement à sa mairie et briguer un ultime mandat aux élections municipales de 2014. C'en sera bientôt fini pour lui des allers et retours épuisants entre le port charentais et Paris. Mais il lui faut ménager sa succession. Les candidats ne manquent jamais dans ce genre de circonstance. Encore faut-il choisir l'héritier idoine, celui avec lequel il est possible de s'entendre. Alors qui? L'homme qui monte dans le vivier socialiste rochelais se nomme Olivier Falorni. Petit-fils et fils d'instituteur, ce prof d'histoire-géo du lycée professionnel Doriole a pris la tête de la fédération de Charente-Maritime en 2004. Ce qui lui a valu une position d'éligible sur les listes aux élections municipales et régionales. Mais, à quarante ans, il rêve de devenir député… Problème : le courant ne passe pas entre lui et Maxime Bono. Le député-maire soupçonne son adjoint chargé des finances de fomenter un complot contre lui : il s'agirait non seulement de s'emparer de sa circonscription, mais aussi de lui chiper sa mairie! Pour réussir ce coup double, Falorni ferait alliance avec Jean-François Fountaine. Ancien navigateur et patron des chantiers navals Fountaine et Pajot, cet industriel emploie 300 salariés et ne cache pas ses ambitions de devenir maire de la ville où il a si bien réussi… À Falorni l'Assemblée, à Fountaine la mairie? Maxime Bono ne veut pas de ce scénario et cherche une porte de sortie : une candidature de prestige et de poids qui annihilerait les combines des deux ambitieux et les renverrait à leur néant politique pour quelques années encore… Ségolène Royal, ancienne candidate à l'élection présidentielle et présidente de la Région, a le profil idéal !

Quand il appelle Ségolène, au lendemain de sa défaite à la primaire, pour lui proposer fermement de prendre sa succession, elle n'hésite pas une seconde. Elle cherche le moyen de repartir du bon pied. La présidentielle n'est plus qu'un rêve inaccessible. Et, quoi qu'il advienne, le 6 mai 2012, il lui faut revenir à l'Assemblée nationale pour se faire entendre. D'emblée, elle a exclu de reprendre la circonscription de Melle, dans les Deux-Sèvres, où elle a été élue à quatre reprises. Elle l'a confiée à sa suppléante Delphine Batho en 2007. Il s'agissait, à l'époque, de s'appliquer la règle du non-cumul des mandats… La réclamer cinq ans plus tard comme un dû ferait mauvais effet. Et puis Delphine Batho n'a pas démérité. Au contraire, la jeune pousse ségoléniste s'est affirmée comme une excellente parlementaire, bûcheuse et très investie. Impossible de l'évincer de la sorte. Donner, c'est donner !

Et, justement, voilà que Maxime Bono lui offre un cadeau d'une valeur inestimable ! Aux yeux de Ségolène Royal la première circonscription de Charente-Maritime apparaît comme un joyau étincelant. La ville au décor de carte postale est la perle de la Région qu'elle préside depuis sept ans. Elle s'y rend chaque année, depuis 1993, pour participer à l'Université d'été du Parti socialiste. Grande prêtresse des agapes, elle y prononce le discours de bienvenue aux milliers de militants et aux éminences roses. Entre la vieille ville et la salle de l'encan, où se déroule cette grand-messe, elle est un peu chez elle… Députée de La Rochelle ! Voilà qui aurait de l'allure et du sens. Bien plus que de retourner à Melle, le bourg rural des Deux-Sèvres de ses débuts, la sous-préfecture où elle a atterri un peu par hasard, en 1988, par la grâce d'un parachutage élyséen.

À La Rochelle, cette ville dont le cœur bat à gauche depuis trente ans, le mandat de député est acquis par avance à la candidate qui sera investie par le Parti. Comment en douter alors ? Entre terre et mer, la cité est un havre de paix, une vraie sinécure où se refaire une santé, croit-elle. Et, comme toujours chez Ségolène, les « désirs d'avenir » politiques se confondent avec la recherche du bonheur privé. Qu'il sera doux d'y séjourner chaque fin de semaine. Rien à voir avec Poitiers, la capitale administrative, où elle se rend par nécessité pour présider le conseil régional. À La Rochelle, elle pourra profiter des bons côtés de la vie, se requinquer et, surtout, rassembler sa petite tribu. Thomas, Clémence, Julien et Flora adoreront l'y rejoindre avec leurs amis et leurs amours. Que de tendres week-ends en perspective ! Ségolène restera le pivot de la famille. Finies les « *années glauques* » ! On rira, on s'émerveillera, on s'aimera de nouveau, à l'abri des digues de La Rochelle. Élue et remise en selle le 17 juin prochain, elle pourra briguer la présidence de l'Assemblée nationale, son rêve depuis quinze ans. Et devenir la première femme à occuper cette fonction républicaine des plus prestigieuses. Non vraiment, La Rochelle ne se refuse pas. La Rochelle ne demande qu'à être prise...

Le 24 octobre, Maxime Bono profite d'un *chat* avec les internautes du quotidien *Sud Ouest* pour annoncer qu'il ne se représentera pas à la députation. Et déclare *illico* soutenir la candidature de Ségolène Royal. Depuis Paris, la présidente de la Région et l'ex-candidate à la présidentielle confirme : elle a bien l'intention de briguer la succession de Maxime Bono... et dévoile aussitôt son ambition de conquérir le perchoir, quatrième fonction de la République, qui lui a été promise par François Hollande. Du pur Royal ! On la croyait au fond du trou, et la voilà qui prétend réussir le coup double : *primo*, un retour à l'Assemblée ; *secundo*, le perchoir, en cas de victoire de François Hollande. Qui dit mieux ? L'opération semble soigneusement préparée...

Le syndrome Falorni

Persuadée qu'un nouveau destin l'attend, et toute à la restauration de son personnage, Ségolène Royal ne prête guère attention à la réalité. À La Rochelle, Falorni est déjà en embuscade. La Rochelle est le berceau de sa famille. Son grand-père Gino fut capitaine et entraîneur de l'équipe de basket locale. Un gymnase de la ville porte son nom. Rochelais et fier de l'être, Falorni rêve de s'illustrer dans la ville de son enfance. La politique est sa passion dévorante. Combien de soirées a-t-il consacrées aux réunions des sections socialistes ! Combien de samedis et de dimanches à tracter sur les marchés ! Combien d'Universités d'été a-t-il contribué à organiser !

Premier secrétaire fédéral des socialistes de Charente-Maritime, Falorni est l'hôte du pot de la fédération qui ouvre l'université d'été de La Rochelle. Offert dans le local et le jardin des socialistes de Charente-Maritime, ce vin d'honneur avec dégustation d'huîtres et merguez à volonté est couru par la gauche caviar. Mais Falorni ne se satisfait pas d'être sur la photo aux côtés des Hollande, Aubry, Fabius ou Strauss-Kahn. Les « éléphants » de Solférino le saluent trop distraitement, il veut exister enfin à leurs yeux, quitte à les défier. Ce gaillard au regard d'azur et aux cheveux ras poivre et sel cache une ambition de conquérant. Il veut être récompensé de ces efforts. Il estime que son heure est venue. La révolte de l'esclave couve, les maîtres n'ont qu'à bien se tenir.

Falorni croit d'autant plus à son étoile qu'il a fait le bon choix. Depuis des années, il ne s'est pas ménagé pour devenir un des soutiens reconnus de François Hollande ! Avant beaucoup d'autres, il a opté pour le Premier secrétaire. Pour lui, ce n'est ni Aubry, ni Strauss-Kahn, encore moins Royal… Séduit par le sens politique du patron, Falorni est devenu hollandais. C'est lui qui organise, chaque année, le rassemblement des amis de François, en marge du programme officiel de l'université d'été de La Rochelle. Jusqu'où va le dévouement de Falorni en faveur de François Hollande ? Pendant la campagne des législatives, ces adversaires ont daubé son empressement à se placer sur la photo aux côtés de son mentor et souligné que Falorni, alors membre du bureau national du PS, n'avait même pas signé la motion soutenue par Hollande au congrès de Reims en novembre 2008… Il n'empêche, un vrai courant de sympathie passe entre le Rochelais et le Corrézien. Avec sa compagne Leslie Gauvin, médiatrice culturelle à La Rochelle, Falorni a même eu l'occasion de dîner avec François et Valérie… Cette complicité de couple aura des conséquences… Même si Falorni, contrairement à une rumeur qui se propagera entre les deux tours des législatives, sur les réseaux sociaux, n'a jamais hébergé les amours clandestines du leader socialiste et de la journaliste... Falorni aussi a fait partie du premier cercle des hollandais présents à la réunion de Lorient, au mois de juin 2009. Hollande, revenu de sa traversée du désert, y avait rassemblé ses maigres soutiens et prononcé son discours fondateur de futur candidat à la présidentielle...

Ami de François, Olivier Falorni se construit aussi – et peut-être surtout – dans le rejet de Ségolène. En 2008, il a été réélu à la tête de la fédération socialiste de Charente-Maritime contre David Baudon, un représentant de Désirs d'Avenir, le fan-club de Ségolène Royal. À une époque où la rivalité politique avec François Hollande atteint son paroxysme, la présidente du conseil régional le regarde comme un adversaire. Deux ans plus tard, elle tente de nouveau d'imposer son lieutenant Denis Leroy à la tête de la liste de Charente-Maritime aux élections régionales. Falorni s'y oppose. Ségolène doit l'accepter comme tête de liste départementale. La présidente sortante l'emporte haut la main, face à la liste UMP menée par Dominique Bussereau. Mais elle prend bien soin de ne confier aucune mission à Falorni dans la nouvelle assemblée. Selon une habitude éprouvée, qui lui cause un tort immense, elle traite le Rochelais par le mépris. « *Pendant deux ans, elle ne m'a pas adressé la parole* », dira Falorni. Marginalisé, le conseiller régional est peu présent en séance… Ségolène le lui reprochera vertement pendant toute la campagne des législatives.

Falorni, de son côté, intrigue contre la présidente. Les journalistes charentais se souviennent d'une anecdote révélatrice : à l'été 2010, alors que Ségolène Royal organise une grande moules-frites électorale sur les pelouses de Rochefort, elle se trouve confrontée à une improbable pénurie conchylicole ! La presse locale s'en fait l'écho sur un ton moqueur. Olivier Falorni fonce à Paris, photocopie de l'article en main, pour rapporter l'incident cocasse à son mentor François Hollande. À son retour, il raconte à qui veut l'entendre que l'ex-compagnon de Mme Royal s'est tordu de rire ! Ambiance… Si bien que, le 9 octobre 2011, lorsque tombent les résultats de la primaire, il fête autant la victoire de son chef de file Hollande que la lourde défaite de Royal. Il a choisi son camp. Cette détestation prendra bientôt une ampleur cataclysmique…

Quand il apprend que Maxime Bono – pour lui faire barrage ! – offre sur un plateau d'argent sa circonscription à Ségolène Royal, Falorni est ivre de rage. Tout, mais pas Ségolène ! Comme il s'y préparait depuis de longs mois, le Rochelais présente aussitôt sa candidature, précisant avoir attendu que Bono officialise son retrait pour se déclarer. Falorni espère alors que les militants seront appelés à voter pour départager les prétendants. N'est-ce pas ce que prévoient les statuts du PS en pareil cas ? Mais Solférino n'est pas du tout sur cette longueur d'ondes. Pour dissuader l'ambitieux, la direction excipe de la parité : dans une circonscription détenue par un sortant qui ne se représente pas, les femmes sont prioritaires. C'est la règle ! La première circonscription de Charente-Maritime doit échoir à une candidate. Et donc à Ségolène Royal !

Cette décision est un désaveu cinglant adressé à la fédération. À l'instigation de Falorni, les militants viennent de décider que la circonscription de La Rochelle demeurerait *« ouverte »*... Mais l'oukase de Solférino doit s'appliquer . le temps des filles de La Rochelle est arrivé... Qu'à cela ne tienne, Nanou Jaumouillié, conseillère municipale et secrétaire de la section PS rochelaise, se lance. Militante de l'aile gauche du PS, elle se voit déjà tirant profit de la situation... Mais elle n'est pas la seule. Patricia Friou, conseillère municipale et conseillère régionale, annonce aussi sa candidature. En position favorable, elle bénéficie du soutien d'un suppléant de poids : l'inévitable Olivier Falorni, qui semble tirer toutes les ficelles.

À Paris, l'imbroglio rochelais inquiète Martine Aubry. La Première secrétaire fait le point avec Christophe Borgel, secrétaire national chargé des élections. Il apparaît que Falorni a bien préparé son affaire : il contrôle deux des trois sections de la circonscription. « *Il ne faut pas que Ségolène se soumette au vote des adhérents, elle serait mise en minorité par une manœuvre d'appareil et Falorni ferait désigner Friou* », conclut Aubry. La Première secrétaire entend briser la jacquerie : Ségolène Royal sera donc investie directement par le Bureau national du parti. La procédure est exceptionnelle mais elle permet, au cas par cas, de trancher des litiges inextricables. Le 22 novembre 2012, la décision est adoptée à l'unanimité du Bureau national. Même Lionel Jospin a fait parvenir un message demandant à ses représentants de voter en faveur de l'investiture de Ségolène Royal. Aucun clan socialiste ne souhaite verser du sel sur la blessure de la primaire. Ancienne candidate à la présidentielle, Ségolène Royal mérite sa circonscription. Chacun sait qu'elle ne va pas fort. Elle court le monde pour se changer les idées. Au Vietnam, en Inde du Sud, puis au Burkina Faso, la présidente de l'Association internationale des régions francophones parle développement, coopération et francophonie. Autant dire qu'elle n'a guère la tête aux intrigues régionales ! Elle s'en remet à une direction qui, une fois n'est pas coutume, veut son bien. N'a-t-elle pas assez mérité du parti pour qu'on lui réserve un traitement de faveur ?

Mais la bienveillance de Solférino n'a d'égale que la fureur de La Rochelle. À 470 kilomètres de Paris, la résistance s'organise. Le 23 novembre, Patricia Friou et Olivier

Falorni réunissent une centaine de partisans à Nieul-sur-Mer. Deux sections socialistes sur les trois que compte la circonscription prennent parti pour la candidate présentée par Falorni. « *Pourquoi devrions-nous quitter le Parti ? Nous sommes majoritaires* », s'interroge Friou. À la tribune, trônent Jean-François Fountaine et l'ex-ministre socialiste de l'Intérieur Philippe Marchand. L'ambiance est électrique. « *Ma décision n'est pas prise*, déclare Falorni. *Pour l'instant j'entre en résistance et pas en dissidence. C'est Ségolène Royal qui est entrée en dissidence avec la démocratie. Elle a fait annuler des élections, elle empêche les militants de voter. C'est une fuite éperdue, l'histoire d'une longue chute. En 2007, elle avait recueilli lors de la présidentielle 17 millions de voix. Et en 2011, à la primaire, 17 000. Je comprends sa crainte d'une nouvelle défaite sévère. Mais quand on veut faire de la politique, il faut se confronter au suffrage. Le Bureau national n'a pas le droit de geler une circonscription nominativement. La direction nationale a annulé une élection pour le bon plaisir de Mme Royal qui, à La Rochelle, se nomme à la présidence de l'Assemblée nationale ! En République, on ne se nomme pas, on se fait élire.* »

Dans l'assistance, on se remémore l'assaut raté de Ségolène Royal pour s'emparer de la ville de Niort. C'était il y a seize ans. L'ambitieuse s'était heurtée aux militants du cru et au maire sortant Bernard Bellec. On jure de lui réserver un pareil traitement à La Rochelle... Jean-François Fountaine assène l'argument massue de la future campagne : « *Les habitants de La Rochelle veulent voter pour quelqu'un qui leur ressemble, et pas pour une personnalité imposée.* » « *Cette décision est abjecte. Pas une affiche de Ségolène Royal à ma portée ne restera intacte* », jure un falorniste exalté, sous les acclamations des conjurés.

La machine infernale est lancée. La controverse qui secoue la fédération socialiste fait les gros titres de *Sud Ouest*, accusé par Ségolène Royal de « *souffler sur les braises* ». Furieuse de l'écho donné à la sédition dans les colonnes du quotidien, la présidente du conseil régional refuse pendant de longues semaines de répondre aux demandes d'interview. Une lourde erreur de communication. Falorni, lui, multiplie les initiatives pour compenser son manque de notoriété. Un collectif de soutien à sa candidature est créé pour « *inscrire le mouvement dans la durée* ». Mais les anti-Falorni s'organisent, eux aussi. Une pétition, présentée par 295 membres du PS – qui demeurent anonymes ! –, demande sa destitution du poste de premier secrétaire fédéral. Déjà, le conflit venimeux de La Rochelle attire l'attention des médias nationaux. François Hollande, lui, se fait du souci. Il connaît Falorni. Il sait l'homme déterminé. Mais il ne peut agir directement. Le candidat à la présidentielle, accaparé par la préparation de son début de campagne et englué dans les remous de l'accord Verts-PS, se voit mal faire la leçon à l'un de ceux qui l'ont soutenu aux heures les plus noires de sa carrière... Hollande se tourne vers ses amis. Dès les premières escarmouches entre son ex-compagne et son ami rochelais, il demande à Bruno Leroux et Stéphane Le Foll, deux experts ès missions délicates, de prendre contact avec Falorni. Ses messagers discrets proposent au premier fédéral de changer de terrain de jeu. La deuxième circonscription de Charente-Maritime, à Rochefort, lui est proposée. Elle est favorable à la gauche et permettrait à Falorni d'être élu à l'Assemblée. Mais le Rochelais ne veut rien entendre. C'est dans sa ville natale qu'il veut triompher, et nulle part ailleurs. Il considère que son certificat d'origine « 100 % Rochelais » est son meilleur argument électoral. « *Nous nous sommes heurtés à un mur* », résume Bruno Leroux. Du côté de Royal, aussi, la réponse est catégorique. « *La Rochelle est dans ma Région, et je réponds à la sollicitation du député sortant Maxime Bono* », argue Ségolène, sûre de son bon droit. Les hollandais, dépités, doivent renvoyer l'examen du cas rochelais à l'après-présidentielle. En espérant que la victoire de leur champion facilitera l'exfiltration de Falorni...

Le 6 décembre, le quotidien *Sud Ouest* et la station locale de *France Bleu* rendent public un premier sondage qui conforte le camp falorniste : selon l'Ifop, 62 % des sondés n'acceptent pas que Ségolène Royal soit désignée d'office. Plus troublant, elle n'est créditée que de 23 % d'intentions de vote, contre 18 % à Olivier Falorni qui n'est même pas encore candidat, et seulement 17 % pour Sally Chadjaa, la jeune prétendante de l'UMP. « *Et si c'était gauche contre gauche ?* » titre *Sud Ouest* qui anticipe déjà un bras de fer fratricide. De retour de son voyage au Mali, Ségolène Royal évoque pour la première fois « *un contexte local violent et vulgaire* ». Derrière Falorni, elle dénonce l'influence de Jean-François Fountaine, conseiller municipal et deuxième vice-président de l'agglomération. Ce quinquagénaire à la barbe poivre et sel est devenu l'ennemi résolu de Ségolène Royal. Le contentieux remonte aux élections régionales de 2004. Alors grand espoir du socialisme charentais, Fountaine accepte alors à contrecœur de s'effacer devant Royal qui prend la tête de la liste socialiste aux élections régionales. En échange, la conquérante lui promet de partager le pouvoir en cas de victoire. Après une impeccable campagne, la députée de Melle l'emporte. Las, sitôt installée dans son fauteuil de présidente, la Zapatera n'a de cesse de rabaisser son premier vice-président : réduction de la subvention accordée au rassemblement nautique du Grand Pavois, dont Fountaine est administrateur, défiance permanente et humiliation publique… Le loup de mer se rebiffe. « *Ségolène ? Nous n'avons rien à dire contre elle. Au contraire, nous souhaitons son élection à la présidence de la République, c'est le seul moyen d'en débarrasser la Région* », blague ce soutien de Dominique Strauss-Kahn en 2006. Après la défaite de Royal à la présidentielle, l'hostilité monte encore d'un cran. Fountaine préconise une hausse des prélèvements fiscaux pour réduire la dette régionale. Royal n'en veut pas. Lors d'une séance du conseil régional, Fountaine réclame la parole pour exposer son point de vue. Majoritaire au conseil régional, Royal la lui refuse obstinément. Furieux, le premier vice-président quitte la salle, en dénonçant un déni de démocratie… Le point de non-retour est atteint. Humilié, Fountaine se met en retrait, cultive son réseau et attend l'heure de sa vengeance ! La voici qui se profile. Fountaine met toute sa puissance et son entregent au service de son ami Falorni. Il devient même le porte-parole de son comité de soutien et défend bec et ongles sa candidature. Mais il ne fait pas mystère de ses ambitions personnelles : adjoint au maire et deuxième vice-président de la communauté d'agglomération, il vise les municipales de 2014 et rêve de détrôner Maxime Bono, le parrain de Ségolène Royal à La Rochelle. La députation pour Falorni, la mairie pour Fountaine… Le piège de La Rochelle se referme. Il passe par l'élimination de Ségolène. « *En 2012, c'est la démocratie qui fera gagner l'espoir* », écrit Falorni sur sa carte de vœux en forme de carte d'électeur.

XI

UNE ÉLECTION EN ENFER

La campagne n'a pas encore commencé, mais elle est déjà empoisonnée. Le 1er février, Ségolène Royal doit se rendre devant le tribunal d'instance de La Rochelle pour justifier de sa domiciliation dans la ville. Un enseignant a engagé une action contre elle. Le dossier est mince : un courrier envoyé à l'adresse rochelaise de Mme Royal a été retourné à son expéditeur et un huissier a pu constater qu'aucun nom n'apparaissait sur la sonnette dudit domicile… Affligeant. Pourtant, ce citoyen rochelais – qui restera anonyme – entend, par là, contester la légitimité de la candidature présentée par la présidente de Région. Ségolène Royal, elle-même juge au tribunal administratif, doit plaider sa cause. Elle explique être titulaire d'un bail à La Rochelle depuis le 16 décembre 2011. Elle indique avoir transféré son domicile « *par souci de cohérence et de respect vis-à-vis des électeurs* », alors que, légalement, elle peut « *être candidate à La Rochelle même en restant sur la liste électorale de Melle (Deux-Sèvres)* ». Elle fait remarquer enfin que le courrier « *ne mentionnait pas le numéro d'appartement* ». « *Quand l'adresse est complète, je reçois le courrier. La preuve : j'étais au tribunal* », souligne la candidate qui précise ne jamais inscrire son nom sur les sonnettes « *pour des raisons de sécurité* ». Elle fait observer en outre que la liste électorale de La Rochelle sur laquelle elle figure a été établie par une commission administrative où siègent des représentants du préfet et du tribunal de grande instance. Le plaignant est débouté. Mais le mal est fait : Ségolène Royal vit douloureusement cette tentative de déstabilisation. « *Rien ne m'aura été épargné* », répète-t-elle. Elle n'a encore rien vu…

Le complot des « voileux »

En ce début d'année électorale, Ségolène Royal ne veut pas croire que la révolte rochelaise soit un phénomène spontané. Les coups qu'on lui porte ne peuvent provenir que de quelque puissance embusquée. Derrière Falorni, elle voit l'ombre tutélaire de Lionel Jospin, le retraité de l'île de Ré. Jospin, qui la considère comme une « *personnalité politique secondaire* » et ne lui a jamais pardonné de s'être présentée « *à sa place* » à l'élection présidentielle de 2007, ne vote pas à Ars-en-Ré. Mais il y possède depuis douze ans une charmante maison de village. Et compte dans la Région quelques amis fidèles qui se trouvent être de mortels ennemis de Ségolène. La petite bande gravite autour de l'incontournable Jean-François Fountaine. Ami de l'ancien Premier secrétaire depuis 1995, il est aussi son voisin sur l'île. Au contact de Jospin, Fountaine s'est aussi lié à Jean Glavany, jospinien de choc et ancien ministre, que l'on croise souvent sur le port de La Rochelle. Les trois amis partagent une passion : la voile. Jean-François, ancien champion de « 470 » et vainqueur de plusieurs courses transatlantiques, cabote avec Lionel et Jean. Même quand il était Premier ministre, Jospin désertait Matignon, chaque année, au début du mois de juin, pour naviguer. « *Ils passent leurs vacances ensemble*[1] *!* » grince Ségolène Royal. Et cette proximité n'augure rien de bon pour elle...

Jospin, Fountaine, Glavany, Falorni... Aux yeux de Ségolène, la collusion est évidente. Dès le 11 janvier, elle profite de la présence de l'ancien Premier ministre à l'inauguration du siège de campagne hollandais pour crever l'abcès. « *Lionel, tu ne pourrais pas dire à tes amis de La Rochelle de se calmer un peu ? Est-ce que je n'ai pas mérité qu'on me laisse un peu tranquille ?* » Jospin, embarrassé, bafouille, puis botte en touche. « *Ce n'est pas facile...* » Royal tourne les talons. Plus rien ne lui ôtera de l'idée que l'ex-Premier ministre et ses amis ont une responsabilité dans ses malheurs.

1. Entretien avec l'auteur, le 12 mai 2012.

Le nouveau Crépeau

Le 18 février, Falorni présente officiellement sa candidature à l'élection législative dans la première circonscription de Charente-Maritime. Il choisit de le faire à Laleu-La Pallice, commune de la périphérie de La Rochelle. Tout sauf un hasard : c'est ici que Michel Crépeau, maire mythique de La Rochelle, a remporté sa première cantonale en 1967 et lancé sa conquête de la ville. Premier magistrat de 1971 jusqu'à son décès en 1999, mais aussi parlementaire et plusieurs fois ministre, l'avocat radical est la grande figure locale. « *Michel Crépeau est ma référence en politique* », clame Falorni, devant trois cents partisans chauffés à blanc. Le prof d'histoire n'hésite pas non plus à évoquer l'histoire rebelle de la cité. « *Le courage de dire non, c'est celui de Jean Guiton face au siège royal de sa ville au* XVIIe *siècle. C'est le refus de la reddition, planté d'un célèbre coup de poignard dans sa table en marbre. C'est cette République rochelaise indépendante et protestante qui ne se soumet pas au pouvoir central. Le courage de dire non, c'est celui des quatre sergents de La Rochelle, ces jeunes officiers républicains, guillotinés pour s'être opposés à la monarchie restaurée au* XIXe *siècle, et qu'on appellera, dans la France entière, les martyrs de la liberté.* » Par lettre recommandée, Martine Aubry, Première secrétaire du Parti socialiste, lui demande de retirer sa candidature avant le 28 février, sous peine d'exclusion. « *Quand j'entends dire que je vais tout perdre si je suis candidat, c'est bien la réaction de notables enfermés depuis des décennies dans leur tour d'ivoire politicienne*, répond Falorni. *Je sais bien qu'en politique on achète tout, les hommes comme les âmes. Pourtant, je vous le dis, mes convictions ne sont pas à vendre car mes valeurs n'ont pas de prix.* » Il sera limogé du Parti deux jours plus tard.

Au lieu de se jeter dans la bataille, la candidate investie par le Parti socialiste temporise. Elle doit d'abord mener un combat personnel pour ne pas être exclue de la campagne présidentielle ! Ségolène Royal veut y jouer les premiers rôles. Elle est persuadée que François a besoin d'elle. Et elle sait qu'elle aura besoin de lui… Mais les vents sont contraires. Sous l'influence de Valérie Trierweiler, la cour de l'avenue de Ségur semble surtout pressée de l'effacer de la photo de famille… Courant les plateaux de télévision et les studios de radio, s'incrustant dans les grands meetings, Royal défend son rang d'ex-candidate à la présidentielle et d'ex-compagne du possible président. Elle se persuade que la victoire de François Hollande permettra de traiter, en son temps, « le problème de La Rochelle ». C'est du moins ce que lui laisse entendre, sans plus de précision, le candidat à la présidentielle lui-même… « *Je ferai une campagne courte en m'appuyant sur ma notoriété nationale*[1] », théorise-t-elle. Face à un dissident qui dénonce, chaque jour ou presque, le « *parachutage de la honte* » et en appelle à un « *vote identitaire* », Ségolène Royal croit encore à son étoile médiatique. Présidente de la Région, elle veut aussi démontrer qu'elle peut être utile à la ville. Le 23 mars, elle se rend à une commission-mer et annonce que la Région Poitou-Charentes prendra en charge la restauration de la digue Charron, l'un des ouvrages qui protègent le port de La Rochelle. Or Mme la présidente s'était toujours montrée hostile au plan-digue adopté après la tempête Xynthia. « *C'est à l'État de payer* », estimait-elle. Accusée jusqu'alors par Dominique Bussereau, le président UMP du conseil général, de manquer de solidarité vis-à-vis des Charentais-Maritime, la voilà qui change d'avis : elle accepte désormais que la Région apporte 20 % des financements nécessaires à la rénovation des digues…

La revanche des « gros machos »

« *Olivier Falorni à La Rochelle : un élu et un responsable politique courageux.* » Ce message de soutien laconique, posté sur le réseau social Twitter, le 19 février 2012, aurait pu passer inaperçu… S'il n'avait été signé Dominique Bussereau. Le président du conseil général de Charente-

1. Entretien avec l'auteur, le 13 avril 2012.

Maritime, UMP bon teint, ancien membre des gouvernements Raffarin et Fillon, y affiche sa sympathie pour un candidat de gauche à deux mois du premier tour de l'élection présidentielle et à trois mois des législatives, c'est du jamais vu ! Et sans doute cela ne se reverra jamais... Mais voilà, La Rochelle fait figure d'exception. Sur cette terre de modération, les intérêts du hiérarque UMP transcendent, pour une fois, les clivages partisans. Bussereau, l'homme de droite, est prêt à accorder son soutien à quiconque l'aiderait à se débarrasser de sa bête noire : Ségolène Royal. Y compris un dissident du PS proche de François Hollande. Quand il s'agit de la « dame du Poitou », le cordial Bussereau est prêt à se muer en prédateur. Il rêve de vengeance, il est avide de sang... Car Mme Royal l'a vaincu à plates coutures aux élections régionales de 2010 ! Une humiliation qui a freiné sa carrière et l'a privé de ministère. Alors, depuis, il ne peut plus la voir, même en peinture. Elle incarne ce socialisme de conquête qui se répand dans l'Ouest de la France et menace les vieux bastions chrétiens-démocrates. Bussereau rêve de la voir enfin chuter. Déjà, le 9 octobre, il se réjouit, sur Twitter, de sa défaite au premier tour de la primaire socialiste : « *Au revoir Madame. 7 % des électeurs ayant voté à la primaire.* » En vieil adversaire, il anticipait la prochaine déroute de sa rivale. La voilà qui se présente à La Rochelle et déclenche une scission de la fédération socialiste départementale... L'occasion de la torpiller est trop belle !

Il n'y a plus ni droite ni gauche qui tiennent. Dominique Bussereau est un pilier des réseaux de petits patrons et de notables qui défendent volontiers leur département et leurs intérêts contre les appétits venus de l'extérieur. À La Rochelle, l'esprit de rébellion est atavique. Localement, on parle d'un « parti charentais ». Et cette coterie a trouvé son nouveau champion : Falorni, qui s'est assuré, dès sa déclaration de candidature, du soutien des principaux relais. De la chambre de commerce et d'industrie au journal *Sud Ouest*, en passant par les clubs de notables, les loges maçonniques et les fédérations agricoles, Falorni devient le champion du Tout-La Rochelle. Son hostilité au débarquement d'une éminence, fût-elle présidente de la Région, est en soi un brevet de « charentitude ». « *Mme Royal sans primaire législative ou les progrès de la démocratie participative !* » tweete Bussereau, plus socialiste que les socialistes, soufflant sur l'incendie qui ravage la gauche.

Dans cette version charentaise du célèbre « diviser pour régner », le président du conseil général est vite rejoint par son ami Jean-Pierre Raffarin. Car l'ex-Premier ministre, qui publie alors ses mémoires sous le titre *Je marcherai toujours à l'affectif*, carbure aussi à la détestation. En 2004, Royal, au sommet de son art, s'est emparée de la Région qu'il dirigeait depuis dix ans. Vexant. D'autant plus que la nouvelle présidente a instruit un procès très médiatique de sa gestion, l'accusant de gabegies diverses et variées. Intolérable. La vengeance est un plat qui se mange froid ! Et l'ancien Premier ministre se délecte lui aussi de la possible défaite de son ancienne accusatrice face au Charentais Falorni. « *Quand je pense à tout ce qu'a dû endurer François Hollande en vivant avec Ségolène Royal* », lance-t-il, lors d'une visite de soutien aux candidats UMP de Charente-Maritime. Réplique cinglante de Mme Royal : « *C'est un gros macho, il a des couilles dans le cerveau*[1]*…* »

Le jeu des « Tontons flingueurs » picto-charentais est doublement pervers. Car leur embuscade anti-Royal fait une victime dans leur propre camp : Sally Chadjaa, « *jeune candidate courageuse* » selon Royal. Conseillère générale, appelée à se roder dans une circonscription acquise à la gauche, elle se trouve privée de l'appui des aînés de son parti et doit mener campagne avec le soutien de façade d'un Bussereau et d'un Raffarin, ces « gros machos » qui, en sous-main, jouent la carte Falorni !

Une course éperdue

Ségolène Royal pointe le pistolet vers l'azur. Pan ! C'est parti. Près de 1 500 Rochelaises en short et T-shirt multico-

1. Entretien avec l'auteur, le 10 juin 2012.

lore s'élancent pour cinq kilomètres de course à pied. Nous sommes le 12 mai. C'est la Sarabande des filles de La Rochelle. La présidente du conseil régional trouve cela « *très sympa* ». Elle improvise un petit discours : « *Vive le sport féminin ! Vive la fraternité ! Vive la joie ! Vive le soleil !* » Puis frappe dans ses mains pendant l'échauffement en musique des joggeuses. « *Ségolène ! Ségolène !* » On la hèle, on l'aborde, on se photographie à ses côtés… « *Quelle circonscription magnifique !* » glisse-t-elle en contemplant, soudain songeuse, les tours qui dominent la rade. « *Je vais faire une campagne de grande proximité dans la continuité de mon action régionale.* » Elle entreprend un tour du marché, puis se ravise. Les poignées de main sont furtives, les regards fuyants.

Ségolène préfère rejoindre sa permanence de la rue des Dames. Devant l'entrée, un petit guéridon et des sièges de jardin roses signalent la volonté de réserver un bon accueil à tous les habitants. Ce samedi, un couple est venu faire part de ses doléances en matière de logement. Mme la présidente écoute et prend des notes. Sa Mia, voiture électrique, symbole de son engagement en faveur du sauvetage du constructeur régional Heuliez, est garée à deux pas. Pragmatique, elle n'hésite pas à vanter les mérites de son action. « *Les gens savent ce que j'ai fait pour la Région, comment j'ai réussi à la faire connaître dans le monde entier.* » Dotée d'une notoriété écrasante, l'icône des médias joue aussi de sa proximité avec le nouveau président de la République *« Je pense avoir un peu plus de poids politique que mes concurrents... »*

Un vent mauvais souffle sur La Rochelle en ce début du mois de mai. Mais Ségolène Royal veut croire à l'embellie. Accaparée par la présidentielle, elle a décidé de mener une campagne éclair. Elle s'appuie sur les équipes de Maxime Bono, son parrain. Denis Leroy, directeur de sa campagne régionale en 2004 et adjoint au maire, reprend du service. En un mois, le lièvre Royal est censé distancer la tortue Falorni. Pour mettre toutes les chances de son côté, la candidate socialiste redouble de présence sur le terrain. De vernissages en réunions de quartier, elle court les moindres manifestations locales, comme au temps de ses premières élections... Mais son sourire fixe a quelque chose de mécanique. Son regard est vague, souvent perdu dans le lointain. L'énergie de ses premières campagnes l'a quittée. L'effort qu'elle consent pour aller vers les citoyens, serrer des mains, échanger quelques mots, est trop visible.

Il lui faut affronter des Rochelais, souvent hostiles, parfois moqueurs, voire agressifs. La bataille entre les ségolénistes et les falornistes coupe la ville en deux. Les différents clans prennent soin de ne pas se croiser. Le 19 mai, Royal et Falorni sont présents à l'inauguration du nouveau bateau de la Société nationale de secours en mer (Sncm). Ils ne s'adressent pas la parole. Dans les réunions falornistes, Royal est conspuée. « *On devrait y aller pour mettre un peu le bazar* », rigole Ségolène. Elle interdit à son entourage, un petit cercle d'admiratrices, de prononcer le nom de son rival. Les femmes qui la suivent, élues locales dévouées, disent « O.F. » pour Olivier Falorni, ou bien « Dark Vador ». À la demande de Ségolène Royal, l'avocat du PS met en demeure le dissident de ne plus faire mention, dans ses documents de campagne, de l'expression « *majorité présidentielle* », pas plus que du slogan « *le changement c'est maintenant* ». Olivier Falorni ne doit pas non plus utiliser le symbole du poing à la rose. Mais la fleur qui orne ses affiches est une pivoine… rose.

Une fois n'est pas coutume, Royal ne donne pas suite aux demandes de reportages des médias nationaux. « *Je ne veux pas faire de pub à Falorni* », explique-t-elle. Mais les reporters accourent, attirés par le duel fratricide qui s'annonce. Elle finit par leur accorder quelques mots. Royal ratisse les quartiers populaires. C'est dans ces parages qu'elle réalise toujours ses meilleurs scores. Mais il faut lutter contre l'abstention. Comme en 2007, comme il y a peu à la primaire… Royal guette les sondages. Le 1er juin, l'ultime livraison de l'Ifop semble indiquer qu'elle creuse l'écart avec son principal concurrent. Elle est créditée de

33 % des intentions de vote devant Falorni (28 %), et Sally Chadjaa (19,5 %), la candidate UMP. Mais le total de la gauche (59 %) démontre déjà qu'une mécanique dangereuse est à l'œuvre. Falorni pourrait non seulement capter une part des voix progressistes, mais aussi une part non négligeable des voix de la droite. En cas de second tour entre la candidate socialiste et le dissident, Royal est donnée vainqueur d'un cheveu… Ce jour-là, Jean-Marc Ayrault, appelé à la rescousse, effectue une visite de soutien. « *Je vais lui faire rencontrer une centaine de chefs d'entreprise de Charente-Maritime* », explique Royal qui ne veut pas devenir un objet de commisération. Sur le port, le Premier ministre lui lance un vibrant hommage. « *Ségolène, tu es la seule candidate de la majorité présidentielle !* » clame-t-il devant la présidente de Région, tout sourires, qualifiée de « *grande dame qui ne baisse jamais les bras* ».

En attendant le verdict, Ségolène Royal a mis en veilleuse ses aspirations nationales qui ont contribué à la discréditer aux yeux des Rochelais. Falorni ne cesse d'ironiser sur la « *candidate parachutée qui veut rebondir sur la circonscription pour conquérir le perchoir* ». Mais son inquiétude est grande. Après la victoire du 6 mai, Jean Glavany est sorti de l'ombre. Il caresse lui aussi l'ambition de se présenter à la présidence de l'Assemblée nationale ! Dissimulé, il ne dit encore rien de ses intentions. Mais il s'emploie à rassembler autour de sa future candidature des parlementaires hostiles à Ségolène Royal… Après le piège de La Rochelle tendu par Falorni et Fountaine, se profile l'embuscade du perchoir organisée, en sous-main, par Glavany. Et ce double traquenard bénéficie de la complicité silencieuse de Lionel Jospin !

Pour Royal, le coup monté est une évidence. Mais le rigoureux théoricien du « ni, ni » a-t-il véritablement encouragé la sédition rochelaise ? Rien ne le prouve. Pas une déclaration ni une apparition. « *Il n'y est pour rien. Il ne compte plus au Parti socialiste, alors vous pensez bien qu'à La Rochelle il ne contrôle rien* », assure un membre du Bureau national. Harlem Désir, numéro deux du parti et proche de Jospin, hausse les épaules : « *Lionel a fait savoir à Falorni et à Fountaine qu'il n'acceptait pas qu'un dissident du PS se réclame de son soutien ou de son amitié.* »

Devenu l'un des plus enthousiastes partisans de François Hollande, on imagine mal comment Jospin aurait pu encourager activement la révolte falorniste. Mais, dans la bataille de La Rochelle, il s'est bien gardé de prendre parti… C'est ce que lui reprochent les ségolénistes ! Pas un mot, en public, pour condamner la dissidence. « *Et Lionel Jospin ? On dit qu'il soutient Olivier Falorni. J'attends de celui qui a été Premier secrétaire du PS qu'il dise publiquement qu'il soutient Ségolène Royal* », s'indigne Jean-Louis Bianco sur son blog. Ségolène Royal, candidate officielle du Parti socialiste, aurait voulu bénéficier d'encouragements là où il n'y a eu qu'abstention. Qui ne dit mot consent ! Jospin a pourtant multiplié les déplacements pour venir en aide à ses amis candidats aux législatives… Entre les deux tours de l'élection, Guillaume Garot, bras droit de Ségolène, tentera une dernière démarche auprès de Daniel Vaillant, fidèle compagnon de Jospin. Sans succès. « *Vaillant m'a fait savoir que Jospin ne souhaitait pas soutenir publiquement Ségolène Royal*[1] », révèle le député-maire de Laval.

Le 8 juin, dans une interview à la *Tribune de Genève*, Ségolène Royal tire à boulets rouges. « *Quant à Jean Glavany, je remarque qu'il est très ami avec le président du comité de soutien du dissident* [Jean-François Fountaine]. *Que voulez-vous ? j'ai dérangé tous leurs petits arrangements !* » Joint par *Sud Ouest*, l'ancien ministre mis ainsi en cause se défend de toute intervention. « *Oui, j'ai un ami personnel qui est un proche de Falorni. Je suis*, ajoute-t-il, *copropriétaire avec quatre copains d'un bateau dans le port de La Rochelle depuis des années, ce n'est pas un secret. Et dans cette bande, il y en a un de chaque côté*[2]… » Pas question pour autant d'appeler Olivier Falorni à renoncer à sa candidature. « *Je ne m'en mêle pas* », répète Glavany. Le 18 juin, dès le lendemain de la défaite de Ségolène Royal à l'élection

1. Entretien avec l'auteur, le 12 juillet 2012.
2. « *Ségolène Royal cible Jean Glavany* », *Sud Ouest*, 13 juin 2012.

législative, il déclarera sa candidature à la présidence de l'Assemblée nationale…

Un vote révolutionnaire

Le 10 juin, à 18 heures 30, tandis que tombent les premiers résultats du premier tour, Ségolène y croit encore. « *Je suis en tête. J'appelle au rassemblement des électeurs de gauche qui veulent donner une majorité à François Hollande dans la nouvelle assemblée. Et je tends la main à Olivier Falorni…* » Son sourire et ses propos soigneusement préparés résonnent de manière irréelle. À la Préfecture, l'annonce des résultats tarde. Jusqu'à plus de 20 heures 30, une divine surprise semble devoir récompenser Ségolène Royal : Sally Chadjaa, la jeune candidate UMP, paraît en mesure de se maintenir au second tour ! Cette hypothétique triangulaire rendrait possible la victoire finale de Ségolène Royal. Et, surtout, elle placerait Olivier Falorni dans une fâcheuse posture : le dissident qui se réclame de la gauche et de la majorité présidentielle pourrait-il se maintenir, au risque de faire triompher la droite ? Ségolène Royal se poudre le front et les joues avant d'apparaître à l'antenne de France 2 quand le décompte définitif est arrêté : avec 19,4 % des suffrages, Sally Chadjaa n'est pas en mesure de concourir au second tour. Royal qui rassemble 32 % des suffrages ne devance que de deux points Falorni. Adieu triangulaire !

Mais il y a plus préoccupant pour Ségolène : dès le premier tour, il apparaît que son ennemi, dont elle ne voulait pas prononcer le nom jusqu'à ce soir, a déjà attiré des voix venues de la droite. La vengeance de Bussereau et Raffarin qui ont appelé à un « *vote révolutionnaire* » anti-Royal est en passe de se réaliser. Elle fait une victime collatérale : Sally Chadjaa. Effarée par tant de duplicité, celle-ci ne cache pas son dépit. « *C'est une très mauvaise stratégie que de voter à gauche… pour battre la gauche. Dans une triangulaire, nous aurions pu remporter cette circonscription* », déplore Sally Chadjaa, qui appelle ses électeurs à voter blanc au second tour. Sans vergogne, Dominique Bussereau persiste et signe sur Twitter : « *Entre un candidat Charente-Maritime et une intruse, j'appelle à voter en tant que président du conseil général pour le candidat de terrain et local qui représente le mieux la Charente-Maritime.* »

Dans la voiture qui l'emmène au siège de la fédération où l'attendent ses soutiens, la candidate est déboussolée. L'équation du second tour se révèle insoluble : le dissident peut compter sur de copieuses réserves de voix à droite. Ségolène Royal fait mine d'espérer une mobilisation des abstentionnistes de gauche. Mais elle se sent au bord du gouffre. Le regard dans le vague, elle anticipe le moment de refermer la porte de son appartement et de se retrouver seule. Thomas l'attend. Il lui apportera du réconfort. Et surtout, François l'a appelée…

XII

NE ME TWEETE PAS !

Dans la Citroën DS 5 présidentielle qui le ramène de Tulle, François Hollande est pendu au téléphone. Ce 10 juin, jour d'élections législatives, le nouveau Président se tient au courant de la participation et du détail des premiers résultats. Assise à côté de lui, Valérie Trierweiler reste silencieuse. Elle souffre de douleurs aux cervicales et porte une minerve. Les yeux dans le vague, elle boude depuis deux jours ! Ce matin, elle a refusé – une fois n'est pas coutume – de l'accompagner dans sa tournée rituelle des bureaux de vote tullistes... Déjà, elle appréhendait cette soirée de dimanche : François allait devoir, une fois de plus, se préoccuper de « *la dingue du Poitou* » ! Fourvoyée à La Rochelle dans une élection législative pourtant réputée imperdable. Mais voilà, l'Ex doit faire face à un de leurs amis, Olivier Falorni. Un vrai hollandais, que François et Valérie connaissent et apprécient depuis de longues années ! Et parce que Ségolène se heurte à ses légitimes ambitions, il faudrait désormais considérer ce Falorni comme un traître au Parti ! Pour Valérie, la situation est doublement scandaleuse : à La Rochelle, sa pire ennemie affronte un de ses amis. Voilà pourquoi, depuis des semaines, elle met en garde François Hollande. Son rôle de président lui impose de se tenir à l'écart de cette bataille où il n'a que de mauvais coups à prendre. François en est convenu. Il a même promis de ne pas s'en mêler. Mais Valérie sent bien que le sort de Ségolène, comme chaque fois, le préoccupe… Il veut la « *protéger* », comme il dit.

Non, décidément, ce n'était pas une très bonne idée de revenir de Tulle en voiture – cinq heures de route ! –, alors qu'un avion de la flotte présidentielle aurait pu les ramener à Paris en une heure. Mais François a voulu faire « *président normal* ». Cela ne lui pèse pas, à lui. Il a toujours adoré ces longs trajets routiers. Dans son bureau roulant, il lit la presse, passe ses coups de fil, fait la sieste, donne des interviews, s'alimente… La voiture est sa bulle, un mode de vie, en même temps qu'un outil de conquête. Hélas, ce dimanche soir, les embouteillages du retour de week-end freinent leur progression. Malgré les motards qui tentent d'ouvrir la route, la Citroën présidentielle est bloquée aux abords de Paris. Valérie est impatiente de rentrer, de retrouver leur appartement de la rue Cauchy, de se poser enfin. Ce trajet Paris-Tulle-Paris, elle le connaît par cœur.

Elle l'a parcouru tant de fois aux côtés de François. Aujourd'hui il lui semble interminable. Son compagnon est angoissé. On se demande bien pourquoi : les résultats du Parti socialiste s'annoncent excellents. D'après les premières estimations que lui communiquent ses collaborateurs, la gauche arrive en tête et les projections en sièges permettent d'espérer une majorité absolue dans la prochaine Assemblée. Et pourtant, quelque chose cloche. Comme on pouvait le prévoir, Ségolène est en fâcheuse posture à La Rochelle. Discrètement, François Hollande s'informe de la situation. Les résultats définitifs tardent à tomber. Et voilà ce qui énerve Valérie plus que tout ! « *Qui vous savez* » risque de revenir à la charge. C'est sûr, elle va solliciter l'aide du Président. Ça, Valérie le refuse. Celle dont elle ne prononce pas le nom est depuis longtemps majeure et vaccinée. Elle a choisi, elle-même, de se présenter à La Rochelle. Qu'elle se débrouille ! C'est déjà bien assez embarrassant que François lui ait promis le perchoir. Comment fera-t-on passer un tel geste de favoritisme si, par extraordinaire, elle réchappait du traquenard de La Rochelle ?

Un peu avant 20 heures, la voiture finit par se garer dans la cour de l'Élysée. Le Président s'enferme dans son bureau. Nul n'est alors témoin de ses conversations. En fait, la candidate malheureuse de la première circonscription de

Charente-Maritime a plusieurs entretiens téléphoniques avec son « ex ». Sa situation semble très compromise, François s'efforce de la rassurer. Le Parti fera tout son possible pour dissuader Falorni de se maintenir. En cas de second tour opposant deux candidats de gauche, la règle veut que le moins bien placé des deux progressistes se retire pour ne pas laisser la droite en position d'arbitre… Sauf que ce Falorni est un dur à cuire ! Sitôt les résultats définitifs connus, il annonce son maintien au second tour. La candidate UMP, n'ayant pas atteint le seuil de 12,5 % d'inscrits nécessaire pour se maintenir au second tour, est éliminée. Il n'y aura pas de triangulaire. Le face-à-face fratricide entre candidats socialistes aura bien lieu. Pour Ségolène Royal, c'est une catastrophe. Elle implore l'aide de François. Il faut qu'il s'engage. Il ne peut pas laisser Olivier Falorni se prévaloir de son amitié avec lui, comme il l'a fait depuis quatre mois. La candidate attend de François qu'il mette publiquement les points sur les « *i* » : il doit lui apporter son soutien sur la profession de foi qu'elle s'apprête à publier, dès le lendemain, en vue du second tour. Sa dernière chance de renverser la tendance consiste à rassembler toutes les voix de la gauche au nom de la future « *majorité présidentielle* ». François résiste pourtant. Ce n'est pas le rôle d'un président que de voler au secours d'une candidate aux législatives. Seul son fils Thomas, qui l'appelle alors et lui décrit la détresse de sa mère, parviendra à le faire fléchir. François Hollande accepte de soutenir publiquement Ségolène Royal. Même s'il risque d'écorner son image… Et d'indisposer Valérie !

Le communiqué à insérer dans la profession de foi de la candidate en perdition est négocié pied à pied avec Pierre-René Lemas, le secrétaire général de l'Élysée : « *Dans cette circonscription de Charente-Maritime, Ségolène Royal est l'unique candidate de la majorité présidentielle qui peut se prévaloir de mon soutien et de mon appui.* » Le texte est explicite. Mais Ségolène est un peu déçue. L'engagement de François manque cruellement d'empathie. Elle doit s'en contenter. Depuis le début de ses malheurs rochelais, son ancien compagnon se montre d'une prudence de Sioux…

Valérie « Twitweiler »

Le mardi 12 juin au matin, la compagne du chef de l'État s'éveille de méchante humeur. Elle a bondi en découvrant la revue de presse. Invitée de Jean-Jacques Bourdin sur RMC Info, Ségolène Royal s'est vantée d'avoir longuement échangé avec le Président après sa déconvenue du premier tour. Elle a même révélé que l'hôte de l'Élysée lui avait envoyé un message de soutien qui figurerait sur sa profession de foi ! Deux heures plus tard, le fameux document de campagne est adressé à toutes les rédactions. Valérie

Trierweiler découvre le pot aux roses. François a trahi sa promesse ! Pis, il a manqué à l'un de ses amis, Olivier Falorni, qui l'a toujours soutenu. Aux yeux de Valérie, il s'agit là d'une injustice. Elle n'en sera pas complice. En obtenant du Président qu'il la soutienne publiquement, Royal lui a fait commettre une double faute politique : il n'est déjà plus le chef d'État impartial qu'il voulait être. Et surtout, l'Ex a fait revenir au premier plan une affaire privée qui n'a pas lieu d'être en politique.

Trierweiler fait-elle part de ses arguments et de sa colère au Président ? C'est la thèse que soutient Anna Cabana, journaliste au *Point* [1]. « *Tu as pris position en faveur de Ségolène sans me le dire. Tu vas voir de quoi je suis capable…* » aurait menacé la compagne de François Hollande, avant de passer aux travaux pratiques. Mais les proches de la Première dame récusent cette version : « *Non, elle ne l'a pas menacé* », assure un intime de Valérie Trierweiler. Ni une, ni deux, la Première dame expédie un tweet d'encouragement au candidat que toute la gauche piétine : « *Courage à Olivier Falorni qui n'a pas démérité, qui se bat aux côtés des Rochelais depuis tant d'années dans un engagement désintéressé.* » Il est 11 heures 56. Impulsive, Valérie est loin d'imaginer le cataclysme qu'elle vient de déclencher…

1. « Le casse-tête du Président », *Le Point*, 14 juin 2012.

Twitter est sa liberté ! « *Non, je ne demande pas l'autorisation de tweeter* », avait-elle rageusement écrit au début du mois d'octobre 2011. Depuis la fin de la primaire socialiste, Valérie a fait de cette plate-forme de microblogging son outil de communication préféré. Elle en use – et parfois en abuse ! – pour attirer l'attention de dizaines de milliers d'abonnés sur ses programmes de Direct 8 – *Carnet de campagne* puis *Itinéraires* –, prendre à témoin la planète de ses réflexions personnelle, adresser des messages amicaux… Et surtout régler quelques comptes ! L'un des premiers à en faire les frais fut Marc-Olivier Fogiel, coupable, lors d'une interview sur M6, d'avoir interrogé François Hollande sur ses relations avec Ségolène Royal – « *Journaliste politique. Un métier* », lui lança celle que l'on rebaptisa vite « *Valérie Twitweiler* ». Son compte fut aussi le vecteur de philippiques contre son employeur *Paris Match* – « *Quel choc de se découvrir à la une de son propre journal. Colère de découvrir l'utilisation de photos sans mon accord ni même être prévenue* » – ou contre la profession journalistique, trop critique à son égard – « *À mes amis journalistes et photographes, laissez-moi le temps. Le temps de comprendre et d'apprendre. Mais j'apprendrai vite !* » – ou encore envers Jacques Séguéla, auteur d'une vilenie visant Audrey Pulvar, compagne d'Arnaud Montebourg et chroniqueuse de choc sur France 2 – « *Elle comme d'autres et moi sommes des journalistes à part entière. Pas des potiches ni des salopes.* »

Avant la catastrophe du 12 juin, l'entourage de François Hollande s'était souvent inquiété de l'utilisation intempestive de ce nouveau média par sa compagne. « *François me fait confiance sur tout, sauf sur mes tweets* », expliquait Valérie Trierweiler à *Femme actuelle*, au mois d'avril. Mais les mises en garde ne l'avaient pas fait renoncer. La journaliste a toujours refusé de fermer son compte, son seul mode d'expression pendant la période de suspension de ses articles et de ses émissions de télévision pour cause de campagne présidentielle.

Quand le message de soutien en faveur de Falorni paraît, la plupart des observateurs croient pourtant à un détournement ou à une plaisanterie. La Première dame défiant le Président, en affichant son soutien à un candidat dissident du Parti socialiste : voilà qui semble impensable ! Mais l'authenticité du tweet est vite confirmée par l'Agence France-Presse. L'affaire fait l'effet d'un coup de tonnerre. Sidération générale. Le message de moins de cent quarante signes tombe comme une réplique de théâtre, entre vaudeville et tragédie. Tous les observateurs comprennent que la litote « *Courage à Olivier Falorni...* » change le sens de la pièce. Royal, Hollande, Trierweiler... Dix ans d'une histoire enfouie refont brutalement surface. Une invraisemblable intrigue s'offre au regard d'une France stupéfaite. Le geste de la journaliste est immédiatement interprété comme une manifestation de sa jalousie maladive à l'égard de l'ex-compagne ! Comment pourrait-il en être autrement? Depuis des semaines déjà, les épisodes du Bourget, du meeting de Rennes et du baiser de la Bastille ont alimenté des articles dans la presse féminine sur les rapports difficiles, voire impossibles, qu'entretiennent les deux femmes. Chacun y va de son explication psychologique. « *Première dame contre première femme* », a titré le magazine *Elle*, le 25 mai, s'attirant une « *palme du sexisme* » de la part de Ségolène Royal, autre twitteuse de choc ! L'intervention de Valérie Trierweiler dans la campagne électorale de La Rochelle semble confirmer les soupçons. « *Il faut rassurer Valérie !* » répétait Hollande à tous ceux qui se formalisaient de son comportement ombrageux. Peu sûre d'elle-même, « *l'amoureuse de François* », celle que les journaux américains ont rebaptisée la « *First Girl Friend* », souffrirait d'un complexe à l'égard de l'ancienne. D'où son comportement jaloux et possessif ! « *La relation* [entre François Hollande et Ségolène Royal] *a pris fin il y a sept ans et elle est bien terminée, il n'y a plus d'histoire sentimentale entre eux* », a-t-elle précisé dans les colonnes du *Times*, le 9 mai. Après le tweet, les langues se délient. Les médias évoquent enfin l'« *obsession* » de la Première dame qui la conduirait à poursuivre de sa vindicte tout ce qui, de près ou de loin, pourrait rappeler sa rivale !

Dès le mercredi 13 juin, Valérie Trierweiler tente d'expliquer son geste. Alba Ventura, chroniqueuse à RTL, a recueilli quelques confidences de sa consœur. « *Parler de jalousie est idiot* », argue Trierweiler. La journaliste prétend n'avoir voulu qu'adresser un message amical à « *l'un des plus anciens et solides soutiens de François Hollande* », regrettant qu'il soit considéré comme un traître « *alors qu'il n'est pas moins socialiste qu'un autre* ». Valérie Trierweiler juge alors les réactions de ses confrères « *démesurées* », se comparant sans vergogne à Danièle Mitterrand qui, naguère, prenait des positions plus radicales que celles de son illustre époux. Inaudible ! Car pourquoi avoir rendu public son soutien à Falorni, sinon pour atteindre personnellement Ségolène Royal et prendre position dans l'élection législative de La Rochelle ?

Quoi qu'il en soit, son geste est largement condamné par l'opinion. Selon un sondage réalisé par l'institut Harris Interactive, 69 % des Français et 81 % des sympathisants de la gauche désapprouvent le comportement de leur Première dame. Nombre d'électeurs ayant voté pour Hollande, ne se reconnaissent pas dans les agissements de sa compagne. Le mélange de la vie privée et de la vie publique leur rappelle les errements de la présidence de Nicolas Sarkozy, empêtré au début du quinquennat précédent dans la rupture avec son épouse Cécilia. Hollande, au fond, est-il si différent ? Le

« *président normal* » qui s'était engagé à ne pas exhiber sa vie privée est pris à revers par sa compagne… « *En politique, le ridicule peut tuer*[1], écrit François Bazin dans *Le Nouvel Observateur. Un Président impuissant n'est guère mieux loti qu'un mari trompé. Si le chef de l'État n'est pas capable de remettre un peu d'ordre dans la circonscription rochelaise et s'il laisse ses proches se saisir de cette bagarre-là pour en régler de bien plus intimes, on peut légitimement s'interroger sur son autorité au sommet de l'État.* » Déjà le « vaudeville à l'Élysée » fait s'esclaffer la droite… Et douter la gauche ! Les proches de François Hollande qui, depuis plusieurs mois, s'étaient inquiétés en vain de l'influence de Valérie Trierweiler ne cachent plus leur mécontentement. « *Par son irresponsabilité, elle a gâché des mois de campagne pour changer l'image de la présidence de la République. Je ne sais pas comment François va s'en sortir*[2] » confie un vieux compagnon du Président.

Une flèche empoisonnée

Le jour même de la publication du tweet, Martine Aubry, Première secrétaire du Parti socialiste, et Cécile Duflot, présidente d'Europe-Écologie-les Verts, sont en déplacement à La Rochelle, pour venir en aide à Ségolène. Une

1. « Labiche à l'Élysée », 14 juin 2012.
2. Entretien avec l'auteur, le 14 juin 2012.

réunion « entre filles ». Oubliés le contentieux du Congrès de Reims et la déception née du ralliement à François dans l'entre-deux tours de la primaire ! Martine affiche, ce matin-là, son empathie pour celle « *qui a été notre candidate à l'élection présidentielle, et qui n'est quand même pas n'importe qui*[1] ». Et puis l'impensable survient. « *Tu as vu ça, c'est énorme…* » s'alarme Aubry, à l'issue de la conférence de presse organisée sur le port. Le déplacement de soutien vire au fiasco. La presse ne veut plus entendre parler que de l'affaire Trierweiler. La Première secrétaire refuse de commenter les agissements de celle-ci « *qui n'est pas une responsable politique* ». Sans demander leur reste, les copines reprennent le train pour Paris… Dans la soirée, un débat organisé par France 3 Poitou-Charentes oppose Royal et Falorni. Ségolène ne souhaite pas commenter le tweet de Valérie Trierweiler : « *Dans cette campagne, je n'ai jamais proféré d'attaques personnelles. Ma responsabilité, c'est d'élever le débat.* »

Ce 15 juin, à La Rochelle, la réunion publique de l'Oratoire est l'ultime rendez-vous électoral de Ségolène Royal. Sous la croisée d'ogives, la candidate a les traits tirés. Elle est au bord des larmes. Le tweet de son ennemie l'a achevée. Épuisée par les séances de porte-à-porte – quatre mille Rochelais contactés –, la candidate chancelle. Comment

1. « À la Rochelle, après le tweet… », *Le Monde*, 13 juin 2012.

desserrer l'étau prêt à la broyer ? Falorni s'est emparé d'une partie de sa base électorale et bénéficie d'une copieuse réserve de voix provenant de la droite... La situation paraît inextricable. Or c'est le moment précis que choisit cette femme qui la déteste pour décocher sa flèche empoisonnée. Pendant toute la campagne, Valérie Trierweiler l'a poursuivie de sa vindicte, Ségolène n'a pas bronché. En public, elle a toujours su tenir sa langue. Elle ne s'est pas plainte des petites humiliations que « l'autre » lui faisait subir. Et, la voici qui lui porte ce coup si violent. À l'Oratoire, ce soir-là, l'émotion semble la submerger : « *Moi, les coups, je peux les encaisser*, dit-elle. *Mais ce n'est pas évident. Trop c'est trop... Je n'ai pas répondu hier. Cela ne veut pas dire que je ne suis pas meurtrie, que je ne suis pas touchée. Je ne suis pas un robot. Mais j'ai une responsabilité politique. Je demande le respect à l'égard d'une femme politique, à l'égard d'une mère de famille dont les enfants aussi entendent ce qui est dit...* » Sa voix tremble et ses yeux se mouillent. La salle applaudit. La salle compatit...Ségolène Royal, en montrant ainsi sa peine, escompte-t-elle retourner la situation ? Dans son entourage, certains croient que l'agression dont elle vient d'être victime éveillera la sympathie des électeurs et bouleversera un scrutin qui semble joué d'avance. « *Les Rochelais vont se dire que Ségolène en a trop bavé. Ça va changer leur regard sur elle...* » espèrent encore les plus ardents supporters de l'Ex.

Le vendredi soir, avant-veille de sa défaite, la candidate en perdition se confie à quelques journalistes. « *C'est l'inversion des rôles*, déclare Royal dans *Le Point*. *C'est moi dont la famille a été bousillée, c'est moi qui pourrais avoir de la rancœur. Je lis des articles sur les monarques, leurs maîtresses, leurs femmes. Mais c'est horrible ! Je suis une femme politique, je me bats, et je suis ravalée au rang de feuilleton, de théâtre de boulevard, de machin à trois, de trio !* » Ensuite Ségolène fait état de complicités douteuses. « *Je me dis qu'en 2007, ça n'a pas dû arranger les choses. Je comprends pourquoi François ne m'a pas aidée. C'était facile, elle suivait le PS, elle suivait le Premier secrétaire. Dans un pays anglo-saxon, le jour même, c'est le licenciement. Mais* Paris Match *n'était pas mécontent de me voir affaiblie, alors ils l'ont laissée volontairement, comme tous les autres qui savaient, Lagardère, Sarkozy…* » Une théorie du complot ? Rappelons que, dès la fin de l'année 2005, Valérie Trierweiler fut déssaisie du suivi de la gauche par la direction de son journal… Les accusations de Ségolène Royal disent surtout à quel point la guerrière est blessée. Deux jours plus tard, cependant, son cas n'inspire guère de pitié aux électeurs rochelais. Par leur vote, ils renvoient Ségolène à ses regrets éternels…

Tweetgate à l'Élysée

Le 12 juin, quand il apprend la nouvelle du tweet fatal, François Hollande est dans son bureau de l'Élysée. Il reçoit

Lionel Jospin ! L'ancien Premier ministre socialiste réprouve autant que lui l'intrusion du désordre privé dans le champ politique. Aussi est-il peu probable que les deux hommes aient abordé ensemble le sujet déjà brûlant du tweet ! Seule certitude : François Hollande est furieux de la folle initiative de Valérie. Le Président en mesure immédiatement les conséquences néfastes. Moins d'un mois après son installation à l'Élysée, l'agression par sa compagne de la mère de ses enfants bat en brèche le postulat de « normalité » qu'il s'efforce d'imposer dans l'exercice de sa nouvelle fonction. Sans doute son image en sera-t-elle durablement atteinte. Orgueilleux et pudique, François Hollande déteste ce genre d'exhibition.

Les conséquences sur sa famille sont encore plus préoccupantes. Ségolène Royal, déjà ébranlée par son échec à la primaire, sans doute bientôt défaite à La Rochelle et éliminée de la course au perchoir, risque de redevenir pour lui un souci majeur. Comment va-t-elle réagir ? Et qu'exigera-t-elle en compensation de ce mauvais traitement caractérisé ? Les enfants, eux aussi, ne peuvent qu'être blessés. Ils prendront la défense de leur mère… Ils vont être scandalisés. Quelle folie ! Et que de complications à attendre, que d'énergie et de temps perdus pour un malheureux message de cent quarante signes ! François Hollande, qui adore téléphoner, a toujours refusé d'ouvrir un compte personnel sur ces réseaux sociaux. Grand bien lui en a pris ! Combien de fois a-t-il recommandé à Valérie de cesser de rendre ainsi publiques ses humeurs et ses émotions ! Un vrai politique comme lui ne commettra jamais ce genre d'imprudence. Ce tweet fait émerger une part cachée de son histoire, celle qu'il a toujours refoulée : sa rupture avec Ségolène Royal et la querelle incessante qui en a découlé. François Hollande, qui a vécu pendant plusieurs années le déchirement de quitter sa famille et les reproches amers de son ex-compagne, sait que rien n'est réparé entre les deux femmes. Valérie n'a pas accepté la réconciliation politique qu'il a négociée avec Ségolène dans l'entre-deux tours de la primaire. Le moindre rapprochement avec son ancienne compagne la hérisse. Elle considère qu'elle se sert de ses enfants comme de boucliers. Elle voudrait ne plus jamais la voir auprès de François. Réciproquement, sa rivale feint d'ignorer Valérie Trierweiler, l'écrase de son mépris et, depuis six mois, ne rate jamais une occasion de ressusciter l'image du couple qu'elle a formé naguère avec Hollande. François est écartelé entre ces deux femmes de fer. « *C'est à croire que tu cherches les emmerdeuses* », s'amusent ses vieux compagnons qui le charrient parfois sur le sujet. Ségolène et Valérie ont plus d'un point commun, il est vrai : la beauté, l'intelligence, le tempérament, un caractère possessif. Sans doute est-ce pour cela que tout les oppose. Sans doute est-ce aussi pour cela que François Hollande est passé de l'une à l'autre…

Mais, aujourd'hui, c'est une évidence, rien n'autorise Valérie à agir de la sorte. Elle met en péril l'Élysée et rompt le fragile équilibre entre vie privé et vie publique retrouvé avec Ségolène Royal. François Hollande n'a aucun doute sur la consigne à donner. Il faut circonscrire l'incendie. Entre les deux tours des élections législatives, ce coup de folie tombe au plus mauvais moment. Mais le Président ne saurait désavouer sa compagne en public. Il ne peut que s'en tenir à la règle de discrétion qui est la sienne, sous peine de basculer dans les errements de son prédécesseur Nicolas Sarkozy. Il ne fera pas de commentaires à chaud. Lors de leur entretien hebdomadaire du mercredi matin, il demande donc à Jean-Marc Ayrault, Premier ministre, d'intervenir ! « *Je pense que c'est un rôle discret qui doit être le sien et qui n'est pas facile à trouver*, explique le chef du gouvernement sur LCP. *Je veux bien comprendre que les débuts sont toujours un peu compliqués, mais chacun doit être à sa place.* » Avec l'autorisation du Président, François Rebsamen, un autre homme de confiance, tient le même langage sur Public Sénat : « *Il faut qu'elle apprenne à tenir la place qui est la sienne, c'est-à-dire la réserve. On a aujourd'hui un président de la République qui tient à ce qu'on sépare le public du privé, il y a eu trop de mélange des genres sous*

Nicolas Sarkozy. » Après son intervention, le chef de l'État donne un coup de fil d'approbation au maire de Dijon. Lequel est ravi par ailleurs d'avoir pu remettre à sa place cette Valérie Trierweiler qui l'avait malmené durant la campagne. L'affaire remonte au début du mois d'avril. L'un des fils de la journaliste est alors arrêté par la police, à la sortie du lycée Claude-Bernard, dans le XVIe arrondissement parisien, en train de fumer du cannabis. Chargé des questions de sécurité auprès de François Hollande, Rebsamen propose d'intervenir auprès de quelques connaissances dans la hiérarchie policière pour classer le dossier. Colère de Valérie Trierweiler qui demande sèchement à « Rebs » de se mêler de ses affaires ! Le tweet fournit donc à l'ancien directeur de campagne de Ségolène Royal l'occasion de prendre sa revanche. Rebsamen, qui n'a pas été nommé ministre de l'Intérieur comme il en rêvait, suppute que Valérie Trierweiler, s'étant faite la complice de Manuel Valls, finalement choisi pour le poste, est à l'origine de son malheur.

La voilà donc mise en quarantaine : plus d'apparitions médiatiques ni de déclarations intempestives. François Hollande assiste seul, le 14 juin, à la cérémonie en mémoire de quatre soldats français tués en Afghanistan. Valérie Trierweiler, au plus mal, ne se sentait pas capable d'apparaître en public. Mais elle participe à la rencontre privée avec les familles des militaires. Preuve que les ponts ne sont pas coupés entre le Président et sa moitié. François boude pendant quatre jours mais ne la rejette pas. Le 15 juin, Valérie et François dînent même bien en vue dans un restaurant proche de l'Élysée ! La presse scrute les moindres apparitions du couple. Le chef de l'État doit honorer une série de rendez-vous diplomatiques qui tombent à pic. Il se rend en Italie pour rencontrer le Premier ministre Mario Monti en vue du sommet européen des 24 et 25 juin. Lors de la conférence de presse, une journaliste demande au Président de commenter le tweet de sa compagne. François Hollande, souriant, refuse de s'exprimer à ce sujet et fait remarquer que son hôte italien ne saurait répondre à une pareille question. « *Mais je peux écouter les réponses* », plaisante Monti. La semaine suivante, Hollande passe du sommet de la Terre, de Rio, à la réunion du G20 à Los Cabos, au Mexique. Valérie Trierweiler reste à Paris ! Elle veille sur ses fils. Deux d'entre eux passent le bac. « *Valérie Trierweiler a disparu* », titrent les gazettes, qui comparent sa nouvelle discrétion avec son omniprésence lors de la passation de pouvoirs. La compagne du Président fait profil bas lors de la réception de Aung San Suu Kyi à l'Élysée. Elle n'est pas conviée à l'anniversaire de l'amitié franco-allemande à Reims ni à la visite chez la reine d'Angleterre… À la fin du mois de juin, les conseillers de l'Élysée remettent au Président une note redéfinissant les prérogatives de la Première dame : elle doit réduire le nombre de ses collaborateurs à l'Élysée, se contenter des apparitions protocolaires et songer à son avenir professionnel ! En privé, le Président confie qu'il préférerait la voir abandonner son bureau à l'Élysée. Mais il faut croire que Valérie a su défendre ses prérogatives...

Le Président soigne aussi sa famille. Le 23 juin, il reçoit longuement Ségolène Royal, obsédée par sa défaite de La Rochelle. François la réconforte : en politique, on ne meurt jamais. Le temps fera son œuvre, veut-il croire, il lui promet de ne pas l'oublier, elle lui a tant donné... Le chef d'État appelle ses enfants au téléphone pour les rassurer. Non, il n'est pas prisonnier de Valérie Trierweiler ! Il compte bien fixer des règles pour éviter, à l'avenir, ce genre d'initiative assimilable à une agression. Il comprend leur effarement. Mais il ne parvient pas à les faire revenir sur leur décision : ils ne veulent plus jamais rencontrer sa compagne ! Et ils l'ont fait savoir. Quant à Ségolène Royal, elle ne se prive pas de relayer l'information à tous les journalistes qui la sollicitent... Au lendemain de la passation de pouvoirs, un déjeuner avait été organisé à l'Élysée, réunissant les quatre enfants de François Hollande et la Première dame... La trêve est rompue. Thomas, Clémence, Julien et Flora estiment avoir consenti de gros efforts avant l'élection et ils refusent désormais de simuler l'entente avec celle qui a manqué de respect à leur mère. Comme toujours, Thomas est l'interprète de cette colère. Au début du mois de juillet, entre deux rendez-vous pour le cabinet d'avocats qui l'emploie, il reçoit des journalistes et leur dit son dégoût. Pendant toute la campagne électorale à laquelle il a si ardemment participé, la compagne de son père n'a cessé de mettre des bâtons dans les roues de Ségolène. Elle n'a jamais respecté les règles, tout en prétendant se conformer au cliché de la famille recomposée. Thomas qui avait semblé s'entendre avec elle veut désormais se tenir à distance. Le 12 juillet, quelques-uns de ses commentaires peu amènes publiés par *Le Point*[1] relancent la polémique du tweet. Thomas décrit son père comme « *ahuri* » par le geste de sa compagne. « *Je savais que quelque chose pouvait venir d'elle un jour, mais pas un si gros coup. C'est hallucinant.* [...] *Ça m'a fait de la peine pour mon père, il déteste tellement que l'on parle de sa vie privée. Ça a détruit l'image normale qu'il avait construite.* » En parfait interprète de la pensée paternelle, Thomas fait un rappel à l'ordre. « *Ce que je reproche au tweet, c'est d'avoir fait basculer la vie privée dans la vie publique.* » Il pointe aussi le conflit d'intérêts qui discrédite la position de son adversaire : « *Soit elle est journaliste, soit elle a un cabinet à l'Élysée.* » Mais, dès la parution de ses

1. « Thomas Hollande : Ça m'a fait de la peine pour mon père », Charlotte Chaffanjon, 12 juillet 2012.

confidences qui n'ont pas le statut d'une interview, le fiston en conteste la véracité. Sur le fond, il est permis de douter de la sincérité de ce démenti très tactique… En recevant Charlotte Chaffanjon, jeune et talentueuse journaliste du *Point*, auteure de l'article, Thomas sait parfaitement que ses propos filtreront dans le journal. Il n'en demeure pas moins vrai que la publication de ces confidences fait plutôt le jeu de l'adversaire du jeune Thomas. Ses commentaires d'après-tweet apparaissent comme un règlement de comptes qui justifie l'intervention du *pater familias* pour remettre de l'ordre dans la maisonnée. Ségolène Royal ne s'y trompe pas qui passe un savon à la journaliste du *Point*…

Après le défilé martial des forces françaises sur les Champs-Élysées, François Hollande, président de la République, consacre une minute très attendue de son entretien du 14 Juillet 2012, à l'Hôtel de la Marine, au feuilleton tragi-comique du tweet ! « *Je considère que les affaires privées se règlent en privé. Et je l'ai dit à mes proches pour qu'ils acceptent scrupuleusement ce principe. Les Français veulent que les choses soient claires, que l'État soit dirigé par celui qu'ils ont choisi et qu'il n'y ait aucune interférence… Valérie veut garder son activité professionnelle. Je comprends. À partir de là, elle sera présente à mes côtés lorsque le protocole l'exigera. Ce n'est pas très fréquent* », déclare le Président. Ces propos ont été préalablement discutés et négociés avec sa compagne qui se voit donc officiellement cantonnée à un rôle de représentation par intermittence. Piètre statut pour celle qui ne voulait pas devenir une « *potiche* » ! Entre François et Valérie, la confiance en a pris un coup. En fin d'après-midi, ce 14 Juillet, Valérie, qui marche désormais quelques pas derrière son compagnon, prend un bain de foule régénérant aux Tonnerres de Brest, un rassemblement nautique, à la pointe du Finistère. « *Je tournerai sept fois mon pouce avant de tweeter* », lance Valérie Trierweiler à quelques admiratrices. La journaliste reconnaît par-là qu'elle retiendra la leçon. Mais sous-entend aussi qu'elle conservera son fameux compte Twitter. François n'a qu'à bien se tenir…

Le Président n'en a pas fini avec sa famille. Thomas qui a reçu un message d'excuses de la part de Valérie Trierweiler, s'est vu prier de cesser ses rencontres avec les journalistes et de se dispenser de commentaires. Le jeune homme a juré qu'on ne l'y reprendrait plus. Reste le plus difficile : trouver un point de chute pour Ségolène Royal. La mère des quatre enfants répète qu'elle se donne du temps pour « *rebondir* ». À l'heure de l'élection du président de l'Assemblée nationale, elle a demandé à la vingtaine de députés qui se reconnaissent en elle de soutenir la candidature de Claude Bartolone. Il s'agissait de tout faire pour empêcher Jean Glavany, le complice du traquenard de La Rochelle, de se hisser jusqu'au perchoir. Puis, la « dame du Poitou » a recasé son entourage dans les cabinets des ministres amis. Présidente de la région Poitou-Charentes jusqu'en 2015, elle assure n'avoir « *rien demandé* » et se dit prête à attendre « *qu'on lui fasse des propositions* ». L'Ex veut se remettre de ses blessures. Ce sera long. Elle juge que l'affaire du tweet l'a « *rapprochée* » de François Hollande. « *Nous avons pu fêter l'anniversaire de nos filles* », dit-elle en se félicitant de la « *fin de la tyrannie* ». Bref, la vocation de Mme Royal n'est pas de se destiner à une vie contemplative. Les sommets, les abîmes, l'espoir d'une résurrection… Elle a fait de la politique un feuilleton. Elle voudrait juste des jours meilleurs.

TABLE DES MATIÈRES

Cet ouvrage a été composé et imprimé
en septembre 2012 par

CPI

FIRMIN-DIDOT

27650 Mesnil-sur-l'Estrée
N° d'impression : 114380
Dépôt légal : août 2012
ISBN : 978-2-35417-162-9

Imprimé en France